ROYAL DARLING - VERSION FRANÇAISE

KYLIE GILMORE

Traduction par
LAURE VALENTIN

Royal Darling - Version française : © 2019 par Kylie Gilmore

Couverture par : Michele Catalano Creative

Traduit par : Laure Valentin

Publié par : Extra Fancy Books

ISBN-13 : 978-1-947379-79-4

1

———

Emma

Demain, j'épouserai un homme que je n'ai rencontré que deux fois.

La première fois, j'avais seize ans, peu après nos fiançailles, et la deuxième fois était cette semaine, pour préparer notre mariage. C'est normal, pour un mariage arrangé entre deux royaumes lointains. Je me passe une main tremblante dans les cheveux. Ma nervosité est déplacée. Je suis la Princesse Emma Rourke de l'île de Villroy, troisième dans l'ordre de succession pour le trône et première fille. J'ai été élevée pour être convenable, stoïque et pour adhérer strictement au protocole royal. Je dois me montrer à la hauteur de la situation.

Je suis vraiment chanceuse, au vu du choix de mari que mes parents ont effectué pour moi. Le prince héritier Abdul Marjan de Kainei n'a qu'un an de plus que moi, il a vingt-six ans et il est beau, avec ses cheveux brun foncé soigneusement coiffés sur le côté, ses yeux bruns couleur chocolat et son large sourire blanc lumineux. Il a été éduqué en Angleterre et s'est comporté comme un parfait gentleman durant sa visite de cette semaine. Après notre mariage, j'emménagerai à Kainei, un royaume prospère dans le sud-est de l'Asie.

Il n'y a absolument aucune raison que j'inquiète.

La répétition du mariage dans la chapelle du palais commence bientôt, mais avant que je m'habille pour l'occasion, je décide d'aller voir ma mère dans ses appartements privés. Je pense qu'elle aurait été satisfaite de ma grâce royale durant les réceptions mondaines de cette semaine. Elle n'a assisté à aucune d'entre elles, désirant rester seule pour faire son deuil. Mon père est mort il y a trois mois. Il me manque, comme à nous tous. Il était le roi, et une présence large et vibrante dans ma vie, avant qu'un cancer ne finisse par l'emporter. Ma mère a abdiqué du trône à sa mort, ne voulant pas régner sans lui.

Je prends une profonde inspiration, m'efforçant d'afficher le flegme parfait attendu de moi, avant de frapper à sa porte.

La domestique de ma mère, Joan, répond, incline la tête et fait une profonde révérence.

— Votre Altesse.

— Est-ce que ma mère est réveillée ?

Joan fait un pas en arrière.

— Oui, madame, mais elle est encore au lit.

Je laisse échapper un soupir. J'espérais que mon mariage la sortirait de son état de réclusion. J'aimerais pouvoir faire quelque chose pour l'aider. Je traverse le petit salon protocolaire vers sa chambre, où elle est calée contre les oreillers d'un large lit d'acajou antique, pratiquement dans le noir, la seule lumière provenant de la télévision accrochée au mur. Le volume est si bas que je ne suis pas sûre qu'elle puisse l'entendre. J'allume la petite lampe sur sa table de chevet et jette un œil à l'écran. C'est l'émission de télé-réalité qu'elle regardait toujours avec mon père.

Elle se tourne lentement pour me regarder.

— Bonjour, murmure-t-elle, avant de se tourner à nouveau vers la télé.

Mon cœur se serre. Elle porte sa robe de soie bleu pâle, ses cheveux brun foncé, privés de leur habituel chignon soigné, sont relâchés sur ses épaules comme si elle ne se souciait plus de son apparence. Avant, elle revêtait toujours des robes pastel parfaitement taillées, entièrement faites sur mesure et accessoirisées. Il y a des cernes sous ses yeux noisette, sa peau est trop pâle. Elle n'est plus sortie, à part pour les funérailles, depuis plus d'un an. Elle est restée aux côtés de mon père pendant qu'il était alité. J'ai le même teint qu'elle, mais ma peau n'est pas aussi pâle. J'aime passer du temps à l'extérieur, dans Villroy.

Je me penche pour déposer un baiser sur sa joue.

— Mère, la répétition de mon mariage est pour ce soir. Nous rejoindras-tu pour le dîner qui suivra ?

— Je serai au mariage, dit-elle d'une voix rauque, comme si elle n'avait plus parlé depuis longtemps.

Je m'assois à côté d'elle sur le lit et prends sa main fraîche dans la mienne.

— Je pars bientôt. J'ai peur d'être mal préparée. Je ne parle pas encore le malaisien couramment. Tout sera si différent, là-bas.

Elle ne répond pas.

— J'ai peur, admets-je doucement.

Elle finit par me regarder, étreignant fermement ma main.

— Tu n'as pas peur. Tu es nerveuse, ce qui est compréhensible. Tu dois t'élever au-dessus de cela.

— Oui, mère.

Je sais tout ça. Pourquoi est-ce si difficile ? J'ai passé ma vie à répondre aux attentes élevées de ma mère, et cela m'a valu de créer un lien fort avec elle. J'étais la fille qu'elle attendait ardemment, après quatre fils. J'étais la fille dont elle était fière. Maintenant, elle me semble être à des kilomètres de moi.

— J'aurais aimé que tu assistes à plus d'événements, cette semaine. Tu es sûre que tu ne pourrais pas nous rejoindre, pour le dessert, peut-être ?

Elle relâche ma main et reporte son attention sur la télé.

— Je ne suis pas prête à apparaître en public. Je serai là demain pour la cérémonie.

Ma poitrine se resserre, rendant ma respiration difficile. Je peux comprendre qu'elle soit en deuil, mais je ne peux m'empêcher de sentir le vide qu'elle laisse dans ma vie. J'imaginais que ce moment serait un événement joyeux, où elle serait heureuse de se joindre à moi pour toutes les préparations d'avant mariage, un ultime moment de connexion mère-fille. Une petite part de moi espérait qu'elle me prépare pour ce qui m'attendait, vu qu'elle a traversé la même chose, parcourant la moitié de la planète, depuis un royaume situé sur une petite île près de la côte australienne, jusqu'à l'île de Villroy au large des côtes du Sud-Ouest de la France, pour épouser mon père, un homme qu'elle n'avait jamais rencontré avant le jour de son mariage.

Quand mes parents ont abordé le sujet d'un mariage arrangé, alors que j'avais seize ans, m'expliquant que c'était la tradition et me demandant si j'étais prête à accepter leur choix d'époux, j'avais immédiatement accepté. Ce n'était pas une obligation ; la plupart de mes frères aînés avaient décidé de refuser, mis à part l'héritier, Gabriel, qui devait se conformer à des critères plus élevés. La vérité, c'est que je *voulais* perpétuer la tradition, et que j'étais fière de savoir que j'aiderais Villroy avec une alliance utile. Sachant que le mariage de mes parents était aussi arrangé, et que des sentiments amoureux étaient nés entre eux, j'étais satisfaite de ma décision. Mais maintenant que le moment est venu, peu après mon vingt-cinquième anniversaire, comme mes parents l'ont demandé, je dois lutter pour garder mon sang-froid. Et, cela me fait de la peine de l'admettre, mais j'ai des doutes. Je vais partir vivre avec un étranger, dans un pays étranger que je n'ai jamais visité. Ma famille, mon palais et mon île me manqueront. Villroy fait partie de moi, avec sa mer bleu-verte, ses falaises rocheuses et ses plages de sable fin. J'ai vécu beaucoup de bons moments à Villroy. Mon bonheur futur est incertain.

Ma mère parle si doucement que je dois me pencher en avant pour saisir ses mots :

— Maintenant, tu dois te tourner vers ton mari pour trouver du réconfort.

Les larmes me piquent les yeux. Je comprends bien qu'elle essaie de m'aider en me poussant vers mon futur mari, mais cela me blesse. J'enfouis toutes mes inquiétudes, mes peurs et mes doutes au plus profond de moi. Je ne les partagerai pas avec Abdul. Je dois être courageuse. Je me lève et fais une rapide révérence.

— Je te verrai demain.

Elle incline la tête, mais son regard reste rivé à la télé.

Je me retourne et m'empresse de sortir de la pièce, me dirigeant à l'étage, vers mes propres appartements, pour m'habiller. Ma lèvre inférieure tremble et je dois la mordre pour me forcer à dépasser ça. Tout sera bientôt terminé. Je m'ajusterai à ma nouvelle vie. Je suis la fille de ma mère – forte, stoïque, fière – et je ferai ce qu'il y a de mieux pour mon royaume. Mon mariage forgera une alliance qui bénéficiera grandement à l'économie vacillante de Villroy et lui garantira un futur stable. J'honorerai ma mère et la rendrai fière en réalisant les souhaits de mes parents.

Ma domestique, Lina, m'attend, mes vêtements déjà sortis. Elle est efficace et compétente, il faut donc peu de temps avant que je sois prête pour la répétition de mariage. Ou peut-être que j'ai simplement l'impression que c'est rapide parce que je prie secrètement pour retarder les choses.

— Vous êtes magnifique, Votre Altesse, fait-elle. Cette couleur vous va bien.

— Merci, dis-je d'un ton absent.

Ma pudique robe rose pâle à manches longues, couverte d'une délicate couche de dentelle, est belle. Ma garde-robe a toujours été pudique et convenable, favorisant les tons pastel, mes épaules et ma poitrine toujours couverte et les jupes tombant toujours jusqu'aux genoux. Ma robe de mariage est une confection sublime, mais pudique, de soie, de dentelle et de tulle. Même ma lingerie destinée à la nuit de noces est pudique ; une culotte blanche avec un peignoir assorti. Mon esprit songe brièvement à ce que je pourrais ressentir durant ma nuit de noces avec mon nouvel époux. Il ne m'a jamais touchée, pas même pour me tenir la main. Il ne sait pas que je ne suis pas vierge, que j'ai déjà connu la passion. Je lui dirai la vérité s'il me semble compréhensif s'agissant des actions irréfléchies de jeunesse, mais s'il s'attend à une mariée vierge – ce qui est possible dans un royaume aussi traditionnel que le sien – j'ai déjà préparé un mensonge. Je réfléchis toujours vite.

Je me dirige vers la fenêtre de la chambre et regarde vers
la mer, ce paysage familier m'apaisant. Ils ne peuvent pas
commencer la répétition sans la mariée, alors si je m'accorde
quelques instants supplémentaires pour me ressaisir, tout ira
bien.

— Avez-vous besoin d'autre chose, Votre Altesse ?
demande Lina.

Les mots sont sur le bout de ma langue. *Est-ce que je fais
une erreur ?* Je me détourne du paysage.

— Rien d'autre, Lina. Merci.

Elle incline la tête, fait une rapide révérence et sort, la
porte se referme silencieusement derrière elle.

Je m'oblige à bouger, un pied après l'autre. Mon corps
refuse de coopérer, alors je prends une profonde inspiration et
ferme les yeux. Quelqu'un frappe à la porte. Lina doit avoir
décidé de me demander si j'ai besoin d'une escorte jusqu'à la
chapelle du palais. Il fut un temps où je m'imaginais que ma
mère serait celle à mes côtés.

— Entre, Lina.

La porte s'ouvre lentement et ma belle-sœur, Anna, avec
sa masse de boucles sombres en bataille, passe la tête à l'intérieur.

— Tu as une minute ?

Je lui fais signe d'entrer, avant d'incliner rapidement la
tête et de faire une profonde révérence.

— S'il te plaît, Emma, tu n'as pas besoin de t'incliner
devant moi dans l'intimité de ta chambre.

Je réfrène un sourire, légèrement amusée par la manière
dont elle n'arrête pas d'oublier que son rang est supérieur au
mien. Elle est la reine de Villroy, maintenant, depuis qu'elle a
épousé Gabriel il y a deux mois.

— Tu es ma reine, lui rappelé-je.

Elle est américaine, et elle a dû apprendre le protocole
royal.

Elle s'approche et baisse la voix.

— Tu as envie de parler ?

— De quoi ?

Elle m'adresse un sourire amical, un éclat chaleureux dans ses yeux bruns.

— Emma, un mariage est une grande chose, surtout quand c'est un mariage arrangé que tu as accepté à l'aveuglette alors que tu n'avais que seize ans.

Depuis l'âge de seize ans, je ne me suis détournée qu'une seule fois de la voie que j'avais choisie, et le chagrin écrasant causé par ce faux pas m'a fait retrouver mes esprits. La passion a ses limites.

Je colle sur mes lèvres un sourire poli.

— Mes parents ont eu un mariage arrangé, et cela s'est transformé en une histoire magnifique. Je suis sûre que ce sera exactement la même chose pour moi. Abdul est tout ce que je pourrais souhaiter comme mari.

— Est-ce que tu l'aimes ?

Je m'arme de courage.

— J'apprendrai à l'aimer.

— C'est ta mère qui parle, m'accuse-t-elle en me donnant une petite tape du doigt.

— C'est moi qui parle, répliqué-je.

Elle ne comprend pas ma mère ni le lien qui nous unit. Elles sont comme chien et chat, toutes les deux.

Elle pousse un soupir.

— Il y a une Renault Clio argentée garée sur la voie de service sur le côté de la chapelle, les clefs sont sous le tapis, au cas où tu voudrais prendre de la distance et réfléchir.

Je cligne des yeux, surprise par sa perspicacité, sachant que je vais peut-être avoir besoin d'échapper aux préparations prénuptiales. Malgré tout, je ne peux admettre ma nervosité. Elle est si franche et impétueuse qu'elle voudrait... je ne sais pas ce qu'elle voudrait, mais elle est capable de tout. Cette femme est parvenue à elle seule à concocter un plan brillant pour transformer notre industrie de la pêche moribonde en une manufacture de produits de beauté naturels composés d'huile de poisson, d'algues, de mousse, de sel marin et d'autres choses de ce genre, qui seront utilisés et vendus dans le nouveau spa de jour de Villroy. Le succès de cette opération

est incertain, vu qu'elle en est encore au stade de la prépara-
tion, mais il serait impossible de nier son potentiel. Et la
campagne de financement pour mettre ces plans en œuvre –
encore une de ses idées – n'était autre qu'une enchère de célibataires à laquelle ont participé mes frères célibataires. Plutôt
scandaleux ! J'ai entendu dire que mes frères ont dû montrer
leur corps, exhibant leurs pectoraux et abdominaux. Lucas a
même causé une émeute en se préparant à déboucler sa ceinture. On a accordé à mes frères plus de liberté qu'à moi, et ils
sont loin d'être aussi convenables que moi. Gabriel, l'héritier,
étant la seule exception. Est-il étonnant que je l'admire autant ?

Mais avec la répétition ce soir, suivie par un dîner, et le
mariage demain, je n'ai pas le temps de m'éloigner pour réfléchir. Et puis, réfléchir ne fera que me rendre encore plus
nerveuse. Il faut que je me montre plus forte que ça.

— Inutile, mais merci, dis-je en levant le menton. Maintenant, je dois me rendre à la répétition.

— Je viens avec toi.

Je retiens un soupir, sachant qu'Anne ne laissera pas
tomber si facilement. Elle est habituée à dire ce qu'elle pense,
et Gabriel la laisse faire. Elle l'a changé. Gabriel n'est plus
aussi convenable qu'il l'était. Il s'est assoupli sur beaucoup de
protocoles royaux ; même son comportement a changé. Il
sourit beaucoup, sa posture est moins rigide. Entre la transformation de Gabriel et le fait que ma mère se retire de la vie
royale et de ses devoirs, je suis à la dérive. Ils étaient mes
exemples. Une petite voix dans ma tête me murmure que
mon adhésion rigide au protocole royal et à la tradition n'est
plus requise ni sollicitée. Mais qui suis-je sans les règles que
j'ai suivies toute ma vie ?

Je relève les épaules et redresse le dos, maintenant une
expression posée et plaisante alors que je descends le couloir
avec Anna.

— Gabriel m'a épousée par amour, dit-elle. Il a refusé son
mariage arrangé.

Elle sait que j'ai un faible pour Gabriel.

Je ne dis rien. Elle ne m'apprend rien.

Elle m'attrape par le bras, me faisant sursauter. Personne

n'attrape jamais le bras d'une princesse. Sa poigne est ferme et sa voix pressante.

— Je te souhaite le même bonheur que celui que je partage avec Gabriel. S'il te plaît, Emma, si tu as le moindre doute, même simplement la plus petite pointe, nous reporterons le mariage.

Murmurant directement à mon oreille, elle ajoute :

— Ou bien nous annulerons. J'arrangerai ça, et je me rachèterai quand il le faudra.

Je déglutis, mon cœur cognant dans ma poitrine. Oserais-je rompre avec la tradition royale que j'ai accepté de suivre avec tant d'empressement ? Tout suspendre après toutes ces préparations ? Après qu'Abdul m'ait attendue pendant neuf longues années ?

— C'est ta vie, pas celle de ta mère, murmure-t-elle ardemment.

Je n'aime pas l'entendre parler de ma mère comme si elle me manipulait. J'aime ma mère.

J'arrache mon bras à son étreinte.

— Ne me parle plus de ça.

Elle soupire, mais demeure silencieuse. Nous atteignons les escaliers, au bas desquels Gabriel et Abdul nous attendent. Les yeux de Gabriel s'illuminent en la voyant arriver. Abdul m'adresse un petit sourire sans ouvrir les lèvres, que je lui rends.

Nous commençons à descendre vers nos hommes respectifs.

— La voiture restera à t'attendre si tu en as besoin, murmure-t-elle entre ses dents.

— Je n'en aurai pas besoin, dis-je sur le même ton.

Elle adresse un sourire à Gabriel tout en marmonnant :

— Tu es aussi butée que Gabriel.

Je souris aussi.

— Merci.

Puis je prends place auprès de mon fiancé.

— Tu es magnifique, fait-il comme chaque fois qu'il me voit.

— Merci, dis-je modestement, les yeux baissés.

— Pouvons-nous y aller ?

— Oui, bien sûr.

Il ne me propose pas son bras et ne me prend pas la main, se contentant de marcher à mes côtés alors que nous entamons la longue marche vers la chapelle au bout de l'aile ouest. Derrière nous, Gabriel, Anna et le cortège d'Abdul composé de membres de sa famille et de serviteurs nous suivent d'un pas tranquille.

— Je suis impatient de te faire visiter Kainei, dit Abdul. Je suis sûr que tu t'y sentiras comme chez toi, même s'il y fait beaucoup plus chaud qu'ici.

— Je suis impatiente, moi aussi.

Nous continuons à avancer en silence, et mon esprit s'égare vers l'avenir, tentant d'imaginer ma nouvelle vie. Aucune image ne me vient en tête, mon esprit est vide. Je me concentre plutôt sur Abdul. Sera-t-il satisfait ou déçu de sa nouvelle épouse ? Prendra-t-il une maîtresse une fois que j'aurai donné naissance à l'héritier attendu pour son royaume ? J'ai envie d'avoir un enfant. Le reste est incertain. Pendant si longtemps, j'ai imaginé ma vie en tant qu'épouse comme une expérience magique et romantique, imaginant mon futur mari comme étant très épris de moi. Il est temps d'abandonner mes rêves.

Quand je fais un pas dans la sublime chapelle, avec son plafond vertigineux, son abondance de décoration dorée et son plâtre peint à la main, une sensation de froid m'envahit. L'espace autrefois accueillant, avec ses statues en marbre familières, ses trois orgues à tuyaux en argent, ses bancs sculptés à la main et sa longue et belle allée couverte d'un tapis rouge, me semble soudain suffocant. Ma respiration s'accélère alors que les murs semblent se refermer sur moi. Anna s'est infiltrée dans ma tête, rendant mes nerfs encore plus à vif.

Je refuse de la regarder, refuse de regarder mon fiancé. Je concentre toute mon attention sur le prêtre au bout de l'allée et m'avance avec raideur, un pied devant l'autre.

Je surmonte la répétition de manière digne et composée.

Je participe poliment à la conversation durant le dîner de

répétition, m'excusant tôt pour me préparer à aller au lit. Toute la pression de la journée me rattrape et je m'endors en quelques minutes.

Le lendemain, je me réveille revigorée et prête à commencer le reste de ma vie. J'ai simplement eu la frousse. Bien sûr que je peux faire ça. Tout sera merveilleux.

Je m'habille avec l'aide de plusieurs domestiques et de ma plus jeune sœur, Silvia. Ma mère ne se montre pas, expliquant qu'elle ne pourra supporter de faire plus que se rendre à la cérémonie. Je repousse ma peine. Elle me verra faire mon devoir, comme elle l'a fait, et cela la rendra fière.

Je m'avance devant le miroir sur pied et m'observe dans ma robe de mariée. Tout semble soudain si réel. Mes cheveux sont relevés en un chignon, le voile perché au sommet, et mon expression est pincée. J'essaie de détendre les traits de mon visage, mais c'est impossible. Ma respiration est voilée et mes mains moites alors que j'examine la robe que j'étais autrefois pressée de porter. Elle est très traditionnelle, en soie blanche avec une couche de dentelle jusqu'à mon cou et le long des manches longues. Elle est resserrée à la taille, qui constitue le sommet de plusieurs couches de tulle en forme de cloche moelleuse. La robe descend jusqu'à mes pieds, parce qu'elle est faite pour être portée avec des talons et que je suis encore en chaussons. Je place le voile sur mon visage pour obtenir un effet complet et le monde devient tamisé, le bavardage joyeux des femmes derrière moi se retrouvant noyé sous le bourdonnement dans mes oreilles. Mon corps s'engourdit. Je flotte au-dessus de tout ça, regardant, depuis une distance très lointaine, la princesse sur le point de se marier.

— Vous êtes magnifique, Madame, dit Lina en apparaissant à mes côtés. La mariée *parfaite* ! Voulez-vous enfiler vos chaussures ?

Princesse parfaite. Mariée parfaite.

Je reviens brusquement à la réalité, les entrailles bouillonnantes, sentant un élan d'énergie fébrile parcourir brusquement mes jambes.

— Excusez-moi, j'ai besoin d'être un peu seule.

Les domestiques s'empressent de sortir de la pièce et ma

sœur, Silvia, m'envoie un baiser avant de sortir. Je retire le voile de devant mon visage et décide qu'une petite promenade est de mise. Je ne suis pas attendue dans la chapelle avant une heure.

Je soulève ma robe et descends le long couloir, avant d'emprunter le chemin sinueux menant à la salle de bal, m'efforçant d'éviter l'endroit où Abdul et sa famille se trouvent. Si je pouvais simplement voir la zone de réception, m'imaginer là-bas, comme une mariée heureuse célébrant son mariage, alors tout irait bien.

Par chance, la salle de bal est vide. Elle est superbe, comme toujours, avec son parquet en bois incrusté brillant, ses chandeliers en cristal, ses fresques au plafond et son papier peint en dorures. Je peux imaginer les musiciens, les danseurs au centre, sûrement pour une valse, élégante et royale. De longues tables sont alignées d'un côté de la pièce, sur lesquelles ont été disposés des chauffe-plats, et de l'autre côté se trouve une longue table au centre duquel est posée une pièce montée de mariage gargantuesque. J'évolue comme dans un rêve, attirée par ce gâteau de mariage avec le couple en porcelaine au sommet, sous une arche couverte de minuscules fleurs blanches.

Il s'agit de mon effigie et de celle d'Abdul. Nous sourions, l'air amoureux, aux yeux du monde entier. Un sifflement aigu résonne dans mes oreilles, tout mon corps entrant en surchauffe alors que je fixe le couple en porcelaine. Pourquoi nous ont-ils fait ressembler à ça ? Nous devrions avoir l'air fiers, dignes, royaux. Pas amoureux. C'est une distorsion de la réalité. Un *mensonge*. La décoration se brouille devant mes yeux. Soudain, c'est comme si Abdul se moquait de moi. Une farce. Une *insulte*.

Je plonge en avant pour attraper l'Abdul moqueur et la décoration vole dans la pièce, rebondissant contre la table et sur le parquet. *Oh non !* Je me précipite de l'autre côté de la table et fixe les dégâts. Ma tête s'est brisée et il manque plusieurs morceaux à ma robe.

C'est un signe.

Épouser Abdul sera ma perte.

Je lève la tête. Une voiture m'attend sur le côté de la chapelle.

Une vague d'adrénaline me parcourt, mon esprit s'activant aussi vite que mon pouls. J'attrape le bout de ma robe et cours droit vers la porte, traversant la cour et contournant l'arrière de la chapelle en direction de la LIBERTÉ !

2

J'arrache mon voile et le jette derrière un bosquet. Je suis une fugitive, maintenant. La vieille Renault m'attend, comme promise. J'attrape les clefs sous le tapis, entre précipitamment, démarre le moteur et pars. Je suis à nouveau sortie de mon propre corps, regardant la scène se dérouler, sauf que cette fois mon esprit est vif. J'ai un temps limité devant moi avant que quelqu'un ne remarque mon absence, et je suis extrêmement reconnaissable en tant que mariée en fuite, dans ma robe. Ils s'attendront à ce que je parte très loin du palais, alors je vais les prendre à revers en y retournant par l'entrée des domestiques !

Je parcours le court trajet jusqu'à l'entrée du palais et me gare sur le petit terrain, à côté des Renault identiques à la mienne que les domestiques utilisent pour faire des courses, avec les vélos. Je me glisse par la porte latérale du sous-sol et traverse le couloir des domestiques en courant, en direction d'un autre escalier. La plupart des domestiques seront occupés à aider les invités ou à travailler à la cuisine. Je cherche la chambre de la jeune Christina, une nouvelle domestique qui, d'après Lina, a porté une perruque pour ressembler à Anna, la reine. Les domestiques se sont tellement fichues d'elle qu'elle ne l'a plus jamais portée. Je passe la tête dans plusieurs chambres avant de la trouver – une perruque de cheveux bruns et bouclés posée sur une commode. Je me précipite, verrouille la porte et m'empare de l'uniforme de domestique dans son armoire, composé d'une chemise blanche et d'un pantalon noir. Je me change et vole des chaussettes, ainsi que ses chaussures plates, qui sont un peu serrées, mais qui conviendront. Puis j'attrape la perruque et l'enfile par-dessus mon chignon soigné. Je roule la robe en boule, la fourre sous mon bras et me dirige vers ma propre chambre.

Je suis un agent secret espionnant le palais pour une mission sous couverture, me glissant d'un bout à l'autre sans me faire détecter, évitant furtivement les domestiques déambulant dans les couloirs, me montrant plus maligne qu'eux tous.

Dès que j'arrive à ma chambre, je verrouille la porte. Mon cœur cogne si fort que je suis certaine qu'il est sur le point d'exploser dans ma poitrine. Je laisse tomber la robe dans le conduit à linge. D'ici à ce qu'elle soit découverte en bas, parmi la pile de draps et de serviettes, je serai partie depuis longtemps. Je secoue la tête à cette pensée. Ils découvriront que j'ai disparu bien avant de s'inquiéter de la robe. Et le couple en porcelaine brisé risque de les mettre aussi sur la piste. Ah ! Je suis si maligne que ce que je fais n'a aucun sens. La panique totale qui m'anime brouille mes pensées, mais une chose est claire, je dois m'échapper !

Je me précipite vers mon armoire et me fige, ne sachant trop ce que je veux. Un sac à main ! J'attrape celui qui est le plus proche et court d'un bout à l'autre de la chambre vers toutes mes cachettes pour fourrer de l'argent, des bijoux, mon passeport et mon téléphone dans le sac à main.

Plusieurs minutes enivrantes plus tard, je vole un vélo sur le parking et pédale le long de la route du palais en lacet. Ni trop vite ni trop lentement. Je suis une domestique, maintenant, menant une course pour le palais. J'entends du bruit au loin, des gens qui crient. La presse ? Ma famille ? La famille d'Abdul ? Je ne peux m'attarder pour le découvrir. Je pédale plus vite. La route est en descente et je prends rapidement de la vitesse. Je m'agrippe au guidon avec force, mon esprit ayant déjà un temps d'avance. Je vais aller au port, trouver un bateau inoccupé et me cacher. J'ai juste besoin d'un peu d'espace pour réfléchir. Ils s'attendront à ce que je prenne le yacht pour quitter l'île, je ne devrais donc pas être dérangée sur un bateau lambda.

Dès que j'arrive au port, je cache le vélo derrière un vieil entrepôt utilisé par les pêcheurs et jette un œil vers le dock, scrutant les bateaux disponibles. Je m'accorde quelques instants pour reprendre mon souffle et m'éclaircir les idées. À la seconde où je me calme, la culpabilité me frappe comme un coup de poignard. Mon Dieu, qu'ai-je fait ? Le pauvre Abdul sera tellement humilié. Toute sa famille est là. La presse. Je viens de faire quelque chose de tellement *mal*. Je *dois* me cacher. Je ne peux lui faire face, ni à lui ni à qui que ce soit d'autre.

Je déglutis. Les plus gros bateaux de pêche sont en mer. Il ne reste que les bateaux blancs, plus petits, des locaux, flottant sur l'eau, et une péniche comportant une grande cabine fermée et un drapeau violet arborant un hippocampe. Ce drapeau me laisse deviner qu'il s'agit probablement d'une péniche familiale, clairement accueillante et, plus important, parfaite pour se cacher.

Je file comme une flèche de derrière l'entrepôt et me dirige droit vers la péniche accueillante. Elle est amarrée à une passerelle, alors il ne m'est pas difficile d'y monter. Je jette un œil par les fenêtres de la cabine. Elle semble vide. Oui ! C'est le destin.

J'essaie d'ouvrir la porte de la cabine. Verrouillée. Par chance, je sais quoi faire, grâce à mon ex. Je tire une épingle de mes cheveux et crochète la serrure, avant d'entrer. À l'intérieur, tout est en désordre. Un canapé brun en forme de U entoure une table en bois carrée où se trouvent une assiette, un verre, une fourchette, une nappe froissée et un ordinateur portable. Une énorme boîte de céréales Coco Pops a été laissée sur le comptoir de la petite cuisine adjacente. Clairement, une famille vit ici.

Je fais un tour rapide du restant de la cabine pour m'assurer qu'aucun visiteur-surprise ne rôde nulle part. Un autre petit coin-salon se trouve à l'avant, désert. Derrière la cuisine, il y a une chambre avec un lit double et des armoires de chaque côté. Le lit est défait et des vêtements d'homme sont répandus sur le sol. Je suis sûre que les vêtements de la femme sont dans le panier à linge, à leur place. Il y a une toute petite salle de bains avec juste assez de place pour un siège de toilette, un évier et une pomme de douche accrochée au mur. Un refuge merveilleusement désert.

Je pousse un soupir de soulagement, reviens au salon et reste immobile au milieu de la pièce. Qu'est-ce que je viens de faire ? M'enfuir ? Je vais peut-être devoir laisser ma vie d'avant derrière moi pour toujours. J'ai humilié ma famille et déshonoré mon arrangement avec Abdul. Je serre mes mains tremblantes l'une contre l'autre.

Mon regard est attiré par une bouteille de tequila presque pleine et un verre à shots posés sur le comptoir. J'ai besoin de calmer mes nerfs.

Je me sers un shot de tequila. Pouah ! Ça brûle, ça brûle. *Waouh. Eh bien.* Je me sens soudain détendue. Je ne crois pas avoir été aussi détendue de toute la semaine. Peut-être de toute ma vie. Le fait de n'avoir rien mangé aujourd'hui à cause de mes nerfs en pelote n'aide probablement pas. Au lieu de ça, j'ai avalé trois tasses de thé à la camomille dans l'espoir de me calmer. Un exploit impossible et trop, beaucoup trop demandé pour du thé.

La vérité me frappe brusquement – je suis libre. Le poids pesant de mes obligations n'est plus sur mes épaules. Je n'avais pas réalisé, jusqu'à ce moment précis, à quel point je me sentais mal.

Je lève le bras et déclame une phrase effrontée :

— Il est temps de se bourrer la gueule, de se beurrer, de se prendre une cuite !

Je ne suis pas sûre de bien employer ce langage familier, mais cela sonne merveilleusement grossier à mes oreilles. Comme quelque chose que les gardes ou les domestiques diraient lorsqu'ils croient qu'aucun membre de la royauté n'est à portée de voix.

Une princesse digne de ce nom ne se laisse jamais aller à

boire de l'alcool fort, et ne boit absolument jamais à l'excès. Je
ne suis plus une princesse digne de ce nom. Je suis stupéfaite
de voir à quel point cela fait du bien d'être libre.

J'avale un autre shot, appréciant la brûlure, cette fois.
J'adore vraiment ce sentiment détendu. Je me promène un
peu de manière décontractée. Mes jambes ne sont plus raides.
Je souris sans la moindre raison. Bon Dieu, que j'ai faim ! J'attrape la boîte de Coco Pops, l'ouvre et verse les céréales directement dans ma bouche. Je n'ai plus mangé ce genre de chose
depuis l'université. C'est si délicieux ! J'en verse un peu plus
dans ma bouche et mâche goulûment. J'en rate quelques-uns
et de petites boules de chocolat roulent le long de ma
chemise, dans ma chemise et jusqu'au sol. J'en extirpe
certaines de mon soutien-gorge sans bretelles (censé aller avec
ma robe de mariée) et engloutis les céréales. Quelle incroyable
invention – les Coco Pops. Ils devraient servir ça, au palais.
Soudain, mes yeux me piquent et je serre les paupières, mon
humeur plongeant vers le désespoir. Je ne prendrai peut-être
plus jamais de petit-déjeuner au palais.

Je bois un autre shot et agrippe le comptoir, la pièce se
mettant à tourner autour de moi. Je dois décider quoi faire
ensuite.

Je ne peux pas me cacher dans ce bateau pour toujours. Je
ne peux pas non plus voyager facilement. La presse ne va pas
me lâcher. La seule issue serait de me forger une toute
nouvelle identité. Je ne peux pas utiliser mon passeport. J'ai
besoin d'une fausse carte d'identité, comme Polly, l'amie
d'Anna, en possédait une lorsqu'elle était une princesse
cachée. C'est ce que je suis, aujourd'hui. Mais Polly est en
liberté conditionnelle, après avoir échappé de peu à la prison
pour usurpation d'identité.

Je ne veux pas aller en prison !

Les événements de la journée me rattrapent, toute la
tension de la semaine précédente, la poussée d'adrénaline
provoquée par ma fuite, le sentiment de perte pour ce que j'ai
laissé derrière moi. C'est trop. Je titube jusqu'à la chambre et
son lit défait et me recroqueville sous les draps. J'ai perdu
Père ; j'ai le sentiment d'avoir perdu Mère ; je suis à la dérive,

littéralement et figurativement. Tout est différent, à la maison, avec le changement de dirigeant. Je ne sais plus où est ma place. Pas avec Abdul, je sais au moins ça. Qui suis-je, en dehors du palais ? Je ne peux me contenter d'être une princesse convenable. Il y a forcément plus que cela, chez moi.

Ma gorge est serrée par l'émotion, et le barrage explose. Je pleure la mort de mon père, pour avoir perdu l'amour de ma mère, m'être perdue et avoir perdu ma vie d'avant. Tellement. De. Perte. Fort heureusement, la tequila fait effet et je m'endors comme une souche.

Je me réveille lentement en sentant quelque chose de chaud se presser contre mes lèvres. Je suis La Belle au Bois Dormant, réveillée par le baiser d'un beau prince. Comme c'est charmant. Une seconde ! Ce n'est pas Abdul, venu me traîner jusqu'à l'autel, n'est-ce pas ? Mes yeux s'ouvrent brusquement, en alerte, et je me redresse d'un bond, remontant les couvertures jusqu'à mon menton, la tête me tournant à ce mouvement soudain.

Un homme blond est assis sur le lit à côté de ma hanche. Ce n'est pas Abdul. Les traits de son visage oscillent devant mes yeux et je cligne des yeux pour éclaircir ma vue. Il ne ressemble pas au père de quelqu'un. Il a dans les trente ans, avec des cheveux blonds ébouriffés, des yeux bleus, un nez droit et une barbe ayant besoin d'être taillée. Sa chemise épaisse grise à manches longues est tendue au niveau de ses épaules larges et de ses biceps incurvés. Il y a quelque chose de tranchant chez lui, une puissance étroitement lovée en lui qui semble un peu dangereuse. Même s'il m'a embrassée. Je crois. Quelque chose a touché mes lèvres. Il vérifiait peut-être que je respirais avec ses doigts.

— Je suis en vie, dis-je, forçant une note assurée et convaincue dans ma voix. Bonjour.

— Bonjour, ma belle. Descends de mon bateau.

Il a un accent britannique. Sa voix est profonde, rocailleuse et, étrangement, vaguement familière.

Mon esprit part en un tourbillon délirant à travers le flou

provoqué par le sommeil et la tequila, s'efforçant de se souvenir en détail de ce qui est survenu entre le moment où j'ai fui mon propre mariage et ma situation actuelle, dans le lit de cet étranger.

Il tend une grande main et arrache la couverture d'entre mes doigts. Mon regard est attiré par l'aigle tatoué sur l'intérieur de son poignet, que j'aperçois brièvement. Je baisse les yeux sur moi-même. Je porte l'uniforme de domestique. Les détails me reviennent d'un coup. J'ai mené une évasion digne d'une espionne de première classe, enfilant un uniforme de domestique, pédalant jusqu'au port et me cachant dans une péniche familiale. Non, apparemment, c'est *sa* péniche.

Il se lève et pointe du pouce vers la porte. Il n'a pas de très bonnes manières, même si, pour être honnête, je suis une passagère clandestine. Il est grand, il fait plus d'un mètre quatre-vingt, et couvert de muscles, ses longues jambes vêtues d'un jean noir et de bottes noires usées.

Je cherche vivement une raison appropriée pour expliquer ma présence ici tout en ôtant mes jambes du matelas. Je parviens à me mettre debout sans que la pièce se mette trop à tourner, mais c'est alors que mon estomac se contracte et, avec horreur, je sens la bile me monter à la gorge.

— Excusez-moi.

Je me précipite dans la minuscule salle de bains hors de la pièce et y parviens à temps pour renvoyer mes Coco Pops. *Dégoûtant.* Mes mauvaises actions sont exposées à la vue de tous. Ce ne sont pas mes instants les plus glorieux. La tequila était une très mauvaise idée. Je vomis encore et encore.

— Vous allez bien ? demande-t-il depuis l'encadrement de la porte.

Beurk ! Pas de témoins ! Je rampe vers la porte, la ferme vivement, la verrouille et me précipite à nouveau pour vomir le reste du contenu de mon estomac.

Une fois que j'ai fini, je me sens suffisamment mieux pour me débarbouiller, me servant parmi les rares objets que je trouve dans le petit placard. J'éprouve un choc en me voyant dans le miroir, la perruque brune et bouclée sur la tête. Je l'avais oubliée. Elle est légèrement de travers, alors je la replace. Puis, je me brosse les dents avec les doigts et les rince avec du bain de bouche.

J'ouvre la porte et le trouve assis dans le salon. La table est maintenant débarrassée des plats et il regarde quelque chose sur son ordinateur portable. Son regard se lève vivement vers moi et je comprends soudain pourquoi sa voix me semblait familière. C'est Jackson Walker. C'est le guitariste et chanteur d'Ignite. Ils ont joué durant l'événement caritatif pour la Fondation de Recherche contre le Cancer que j'ai animé à Londres. Sa musique tapageuse m'avait tapée sur les nerfs. Sa performance était déchaînée, moite et animale, ce qui m'avait à la fois outrée et fascinée. Il ne ressemblait à aucun homme que j'aie jamais vu jusque-là, ou que j'aurais jamais pensé voir. Une star du rock. Un bad boy légendaire.

Mon parfait opposé.

Il me fait signe d'approcher en repliant le doigt vers moi et je m'exécute, prenant garde de ne pas trop bouger ma tête lancinante.

Je tente un sourire, espérant qu'il n'est pas sur le point de me jeter hors du bateau. J'ai juste besoin d'un peu de temps pour réfléchir. J'ai semé la pagaille dans des proportions épiques et je ne suis pas prête à faire face à Abdul, ma famille et sa famille tant que je n'aurais pas de plan clair concernant la façon dont je vais gérer les choses.

— Oui ?

Il ne me rend pas mon sourire.

— Tu as dégueulé dans les chiottes et salopé la cuisine. Bravo. Dégage, maintenant.

Il indique la porte d'un signe de tête.

Je me retourne lentement pour jeter un œil à la cuisine, avant de me tourner à nouveau vers lui.

— La cuisine est propre.

— J'ai balayé les Coco Pops. Tu en as mis certains dans le bol, au moins ? demande-t-il, l'air extrêmement mécontent.

Je garde pour moi ma méthode consistant à manger les céréales directement depuis la boîte.

— Vous serez heureux d'apprendre que j'ai laissé la salle

de bains exactement comme je l'ai trouvée. Je n'ai pris qu'un peu de votre dentifrice et de votre bain de bouche.

Je m'assois face à lui, heureuse de voir que mon cerveau fonctionne à nouveau.

Il semble tout sauf satisfait alors qu'il se penche en avant, posant les bras sur la table devant moi. Ses manches sont relevées, révélant des avant-bras musculeux et bronzés. Sa voix est acérée, son regard direct.

— Je ne couche plus avec les groupies.

Je ne peux m'empêcher de sourire. Il me prend pour une groupie. Je dois déjà vraiment bien me fondre dans la masse, je ne suis plus le reflet de la princesse parfaite. Je me force à arrêter de sourire, serrant les lèvres. Je ne veux pas avoir l'air d'une idiote.

Il fixe ma bouche, avant de relever vivement ses yeux vers les miens.

— Je pars pour un long voyage, seul, OK ? Alors encore une fois, descends de mon bateau. Comment as-tu réussi à monter, d'ailleurs ? J'avais verrouillé.

Je me mords la lèvre inférieure, un plan se formant dans mon esprit.

— Pendant combien de temps ?

Ses sourcils se haussent vivement.

— Pendant combien de temps est-ce que je veux que tu partes ? Pour toujours.

C'est grossier. Je suppose que je peux supporter ce manque de savoir-vivre, vu qu'il est parfait à d'autres égards.

— Je voulais dire, combien de temps dure votre voyage ?

Il plisse les yeux.

— Aussi longtemps que j'en aurais envie.

— Où allez-vous ?

Il soupire brusquement.

— Si je te le dis, tu partiras ?

Je hoche aussitôt la tête et grimace, regrettant ce mouvement.

Il tapote des doigts sur la table, avant de finir par répondre :

— En France.

— Oh ! Je parle français.

— En fait, je vais en Italie.

— Je parle aussi italien.

Il plisse les yeux.

— En Chine.

— Je parle le mandarin.

Il se lève, se dirige vers la porte de la cabine et l'ouvre.

— Tant mieux pour toi. Au revoir.

Je me lève, fais un pas vers la porte et m'arrête. J'y suis. Ma seule et unique chance d'avoir un sursis. Je ne suis pas prête à me marier. J'ai à peine vécu. J'ai besoin de goûter à une vie différente. Le genre de vie qui lui vient naturellement.

Il est l'antidote à ma vie bienséante.

La clef pour libérer la nouvelle Emma inconvenante. Quelle chance j'ai eue de tomber sur cette péniche !

Je saisis cette chance, faisant montre d'un optimisme délirant et désespéré.

— Je viens de quitter mon emploi au palais. Avez-vous besoin d'une domestique ?

Jackson

Une domestique ? Elle se fiche de moi ? Premièrement, je n'ai pas de domestique, enfin, sauf si vous comptez mon agent, mais la moitié du temps j'ai l'impression que c'est moi qui travaille pour lui, et pas l'inverse. Deuxièmement, est-ce qu'elle me prend pour un idiot ? Tout le monde la connaît. Je l'ai vue sur des tonnes de magazines brillants, dans la presse à scandales et partout sur internet. Elle est bien connue pour son investissement dans les œuvres de charité et ses fiançailles à un riche futur sultan. La princesse Emma Rourke, avec son accent snob de Villroy, ne parlant qu'un anglais correct, avec une touche de cadence française. Elle a présenté notre groupe durant l'événement organisé pour la Fondation de Recherche contre le Cancer à Londres. Je déglutis pour avaler la boule qui s'est formée dans ma gorge, me remémorant cette soirée. Nous venions de perdre notre claviériste, Charlie, victime d'une overdose. Mon esprit était plongé dans un chagrin douloureux, que j'avais déversé dans ma musique. Il était comme un frère pour moi.

Je lance un regard noir à son visage parfait, avec ses grands yeux noisette innocents, son nez pointu et ses joues teintées de rose, pour m'avoir rappelé ce souvenir indésirable. Ses longs cheveux brun foncé et raides sont actuellement cachés sous une perruque bouclée très peu flatteuse. Je parie qu'elle est vierge, avec ces yeux innocents, son attitude guindée et propre sur elle, sans parler du fait qu'elle est fiancée depuis qu'elle a seize ans. Son fiancé est tout aussi propre sur lui, ils n'ont probablement jamais rien fait de plus que se tenir la main. Je n'ai absolument aucun intérêt pour les princesses vierges. Je n'ai plus été avec une vierge depuis mon adolescence, et je me suis comporté comme un crétin, ne me souciant que de prendre mon pied. Et je sais que je ne mérite pas quelqu'un d'une aussi haute lignée qu'elle. Je suis parti de rien et je ne reste jamais avec personne. Elle regretterait de gâcher sa première fois avec moi après avoir attendu si longtemps. J'aurais passé la porte avant qu'elle ait pu me dire bonjour le lendemain. Pour l'amour du ciel. Pourquoi diable est-ce que je *songe* à la sauter ?

C'est à cause de cette bouche qui appelle au désir, ce sont des lèvres de star du porno et, oui, j'ai pressé mon pouce contre sa lèvre inférieure pendant qu'elle dormait, pour voir si elles étaient aussi douces qu'elles en avaient l'air. Et je n'ai pas manqué de remarquer les courbes généreuses pressées dans une chemise blanche trop serrée et un pantalon noir. *Arrête de penser avec ta queue.* Elle sent les problèmes à plein nez. Je sais que son mariage est pour aujourd'hui, tout le monde le sait, alors qu'est-ce qu'elle peut bien faire ici, habillée comme ça ?

La liste de ses péchés est longue, et ne fait que grandir. Elle s'est introduite dans la péniche de mon pote, s'est soûlée avec ma tequila, a dormi dans mon lit, vomi, et mangé mes Coco Pops. C'était la dernière boîte ! Je l'ai commandée en ligne avant de partir pour ce voyage (j'y suis devenu accro durant ma première tournée aux États-Unis). On n'en trouve pas à Villroy, ou aux alentours de la France. Croyez-moi, j'ai cherché. Je veux dire, trouve-t-on des céréales au chocolat en France ? Oui. Est-ce qu'elles sont aussi bonnes que les authentiques Coco Pops, les meilleures céréales qui soient ? Non. La moitié de la boîte a été gaspillée sur le sol. C'est un sacrilège, voilà ce que c'est.

— Eh bien ? demande-t-elle. Voulez-vous m'embaucher ? J'aurais bien besoin de ce travail, et j'aime voyager.

Si convenable, si snob. Elle semble avoir oublié que les domestiques devraient avoir plus de retenue. Elle devrait peut-être ajouter un « monsieur » quelque part.

Je réduis la distance entre nous et arrache la perruque sur sa tête.

— Je sais qui tu es, Princesse.

Son visage se décompose.

— Oh.

Elle lève les yeux vers moi, les sourcils froncés dans une expression apparente de confusion.

— Qu'est-ce qui m'a trahie ?

— Euh, tout ?

Ses lèvres forment une expression boudeuse sexy, puis elle croise les bras.

— Je sais qui tu es, moi aussi.

— Génial. Nous savons tous les deux qui est l'autre. Que faudra-t-il que je fasse pour te faire descendre de mon bateau ? Je dois partir d'ici avant que toutes les personnes à ta recherche ne se pointent.

Je suis amarré ici depuis deux semaines, jusqu'à ce que son mariage, prévu aujourd'hui, attire les paparazzis et la presse que j'évite depuis mon dernier scandale. J'étais soûl après avoir bu trop de whisky, cette fois-là, mais cela ne m'a pas vraiment aidé à plaider ma cause quand la presse s'est retournée contre moi. J'ai peut-être proposé au Premier ministre et au président des États-Unis d'aller se faire foutre, pour être en partie responsable de la façon dont les musiciens sont saignés à blanc. J'avais besoin de rejeter la faute sur quelqu'un et ils sont au sommet de la hiérarchie. J'ai peut-être aussi laissé échapper certaines insultes ayant pour thème des phallus flasques. Je me souviens vaguement avoir parlé de « Saucisses molles que personne ne fourrerait jamais dans sa bouche ». J'étais sur ma lancée. C'est probablement la chose la plus créative que j'aie dite en un an. Mais la mauvaise presse a fait du mal au groupe et a mis la pression pour notre prochain album – qui doit sortir très bientôt, selon notre label

– qui devra reconquérir notre public. Je ne veux pas blesser les autres membres de mon groupe, John et Max. Nous avons tous déjà assez souffert en perdant Charlie.

Ceux qui ont mes intérêts à cœur (à savoir, ceux qui obtiendront une part de mon argent) m'ont conseillé de faire profil bas en attendant la sortie du prochain album. Je suis le compositeur du groupe, et ce même si l'inspiration et le goût de la création semblent m'avoir déserté. Officiellement, je me suis retiré au Tibet pour méditer. En réalité, je me promène tout seul en bateau, au gré de mes envies. En ce qui me concerne, c'est tout aussi efficace que la méditation. Alors que les caméras étaient braquées sur le palais pour le mariage d'Emma, je me suis aventuré à l'extérieur pour un dernier repas avant de poursuivre ma route.

Elle se pince l'arête du nez et ferme les yeux, apparemment plongée dans ses pensées. Je la jetterai par-dessus bord s'il le faut.

Elle laisse retomber sa main et ses grands yeux noisette s'illuminent.

— Enlève-moi. Je te paierai une rançon.

Je recule d'un pas.

— Hors de question. Je n'ai pas besoin de ce genre de publicité.

Certes, on attend quelques délits et comportements douteux de la part d'une rock-star : des démêlés avec les groupies, des fêtes débridées et une ou deux bagarres, à la rigueur. Mais des activités criminelles ? Ça va trop loin. J'ai connu la petite délinquance, mais c'est bien fini. J'ignore ce qui m'attend, à présent. Pour l'instant, mon avenir n'est qu'un vaste néant nébuleux.

Elle reprend d'une toute petite voix :

— Je ne peux pas rentrer chez moi. Pas encore. S'il te plaît, laisse-moi rester ici. Je suis certaine que je pourrai t'être utile.

Je ne sais pas pourquoi elle s'est enfuie et ça m'est égal. C'est une foutue princesse. Elle peut vendre l'un de ses nombreux bijoux, comme cet énorme caillou à son doigt, et se tirer d'ici par ses propres moyens. D'ailleurs, c'est exactement ce que je lui dis. Elle ne semble pas m'écouter.

Elle redresse le menton et annonce sur un ton catégorique :

— Jackson Walker, tu es exactement ce dont j'ai besoin.

Je me crispe. Elle s'est convaincue que j'allais jouer les chevaliers blancs avec elle. C'est hors de question. Je la toise du regard, de sa poitrine rebondie et sa taille étroite jusqu'à ses hanches aux courbes généreuses avant de croiser à nouveau son regard. Je ne suis pas immunisé contre son charme et je sens déjà mon jean trop étriqué au niveau de l'entrejambe, mais je lâche sans sourciller :

— Tu pourrais me payer autrement pour prolonger ton séjour à bord.

Je me penche vers elle et elle écarquille les yeux, entrouvrant les lèvres lorsque je passe un doigt dans son cou, à l'endroit où son pouls palpite furieusement. Dans un murmure rauque, j'ajoute :

— Un mois sans attaches, avec ce joli corps de princesse à ma disposition.

Je fais exprès de me comporter comme un fumier. Elle me donnera une gifle et elle partira sans demander son reste. C'est exactement ce que je cherche.

— D'accord.

Les bras m'en tombent.

— Quoi ?

Elle me regarde, tout sourire, douce et victorieuse à la fois.

— Je suis tout à toi. Un mois.

Je fronce les sourcils.

— Non, ce n'était pas…

Mais elle fait volte-face et se précipite dans ma chambre. J'entends le verrou cliqueter. Putain, je n'en reviens pas !

Je me dirige vers la porte et cogne dessus.

— Ouvre !

— Pas avant que nous soyons en mer.

— Je ne te garderai pas avec moi. C'était censé te décourager.

Silence.

Je me rends à la cuisine, fouillant dans les tiroirs à la

recherche de quelque chose pour crocheter la serrure. Je trouve un petit morceau de fil de fer rigide et me mets au travail. Quelques instants plus tard, le verrou tourne et j'ouvre la porte.

Ses yeux sont écarquillés.

— Tu as crocheté cette serrure très vite. Étais-tu un criminel avant d'être une rock star ?

— Je l'ai crochetée plus vite que toi ?

— Oui !

Je savais bien que j'avais verrouillé la cabine. J'ai envie de lui demander où elle a appris ce petit tour, mais mon besoin de la faire descendre de ce bateau est plus fort que ma curiosité. D'une minute à l'autre, les gens afflueront ici, ainsi qu'un nombre important de caméras. Je n'ai pas envie d'empirer les choses pour moi ou le groupe.

— Alors, Princesse, est-ce qu'on va faire ça de la manière douce ou de la manière forte ?

Son regard se baisse au niveau de mon entrejambe et je suis à deux doigts de placer mes mains devant moi pour me dissimuler. Quelle effrontée !

— La manière forte, répond-elle, les yeux brillants.

Je m'avance rapidement, la jette sur mon épaule et bloque ses jambes qui s'agitent dans tous les sens d'un bras. Je me retourne et me dirige vers la porte de la cabine pendant que ses poings me bottent les fesses. *Aïe*. Elle sait se servir de ses poings.

— Arrête de marteler mes fesses !

Je donne une tape sur les siennes.

— Ooh.

Est-ce que c'était un gémissement ? Je stoppe, avant de me reprendre.

— J'espère que tu sais nager.

Je passe la porte et monte les marches jusqu'au bastingage surplombant la mer.

Ses mains se referment en poing sur ma chemise.

— Ne me jette pas par-dessus bord ! Je vais me donner en spectacle ! J'ai tout gâché et je ne peux pas encore faire face à tout ça !

J'hésite en entendant la vive émotion dans sa voix. Je sais ce que c'est que tout gâcher.

— S'il te plaît, Jackson, j'ai besoin d'un peu de recul pour décider de ce que je vais faire ensuite. Et… et j'ai envie de goûter à une vie différente. La mienne m'étouffe.

Je peux comprendre ça. Le besoin de s'échapper, l'envie d'autre chose.

Elle s'immobilise.

— S'il te plaît, laisse-moi rester. J'ai juste besoin de temps, d'espace, et peut-être de me réinventer. Je me sens si perdue, ajoute-t-elle, sa voix se brisant.

Je laisse échapper un soupir, ces paroles me paraissant bien trop familières. J'ai envie de me réinventer, moi aussi, parce qu'en ce moment, je ne suis rien de plus qu'une coquille vide. Plus je me dis de revenir à la musique, plus c'est difficile. Avant, je faisais rebondir mes idées et mes riffs sur Charlie, et maintenant il n'y a plus de Charlie. Je n'ai plus touché à ma guitare depuis des mois. Je suis pitoyable, coincé, fichu. Toute cette histoire de voyage en péniche a pour but de me reconnecter à la musique.

Je ne suis plus le même depuis que j'ai perdu Charlie. Sa mort a déformé la musique, la transformant en un bruit d'électricité statique. C'est atroce de les avoir perdus tous les deux. J'ai déjà obtenu une extension d'un an sur mon contrat, mais je dois présenter le prochain album bientôt, ou il sera rompu. La maison de disque pourra me poursuivre en justice, et elle me prendra probablement le dernier bien que je possède, ma maison. Je suis déjà fauché, après avoir donné au fils de quatre ans de Charlie et à son ex-femme Dorrie un gros chèque, de façon à ce qu'ils n'aient pas à vivre de l'aide sociale. Dorrie a déjà assez de problèmes, avec son asthme sévère et devant prendre soin d'un petit garçon plein d'énergie. Charlie ne leur a rien laissé ; il a tout dépensé dans la drogue et son train de vie. Je suis en partie responsable. C'est moi qui lui ai fait connaître la drogue. Je me suis sevré. Il a empiré. C'est à cause de ça que son mariage s'est écroulé. C'est à cause de ça que *tout* s'est écroulé.

Je serre la mâchoire et la repose sur ses pieds. De près,

ses yeux sont verts, avec un anneau doré autour de l'iris, grands et pleins d'espoir, ses joues couleur rose vif. Ce serait comme donner un coup de pied à un chiot. J'en suis incapable.

— Je te dépose au prochain port, marmonné-je tout en m'avançant pour tirer l'ancre.

Elle me suit.

— En Italie ?

— En France.

Ce n'est qu'à deux heures d'ici. Ensuite, je serai débarrassé d'elle. Elle est une complication dont je n'ai pas besoin.

— Je préférerais vraiment que tu ailles plus loin d'ici.

— Et je me fiche de ce que tu préfères, répliqué-je en inclinant la tête.

Je termine de lever l'ancre et vais aux commandes sur le pont. Mon ami m'a montré comment manœuvrer le bateau et je me suis vite sentie comme un poisson dans l'eau.

Quelques minutes plus tard, elle est à mes côtés alors que je m'éloigne du dock.

— Je vais me rendre indispensable pour toi. Et dès maintenant. Apprends-moi comment conduire ce truc et nous pourrons nous relayer.

Je serre les dents. On ne *conduit* pas un bateau. Et puis, je suis censé être dans un voyage en solo, de manière à me ressaisir, pas jouer les baby-sitters.

— Et si, plutôt que de te rendre indispensable, tu te rendais invisible ?

Sa lèvre inférieure forme une moue boudeuse que j'ai envie d'aspirer dans ma bouche et de mordre. *Non, non, non.* Ça ne fait pourtant pas si longtemps que ça, n'est-ce pas ? Depuis que je suis sur la péniche. Un mois. En fait, c'est plutôt long, pour moi, et cela me fait me sentir mieux. Ce n'est pas elle. N'importe quelles lèvres boudeuses de star du porno conviendraient.

Je me tourne à nouveau vers les commandes alors que je navigue loin de Villroy.

— Merci, Jackson. Je promets que tu ne remarqueras même pas que je suis là.

Elle m'étreint brièvement le bras et je sens une chaleur à cet endroit. Bon sang.

Je laisse échapper un long soupir bas.

— Passe un coup de fil aux tiens pour leur faire savoir que tu es saine et sauve. Je ne veux pas qu'ils se lancent après moi.

— Dès que nous serons suffisamment éloignés, je te le promets.

Je ne sais pas pourquoi je pense pouvoir croire en sa promesse, après avoir eu la preuve qu'elle est clairement capable de tromperie, s'étant déguisée pour fuir son propre mariage, mais je la crois. Cette fille est une vraie contradiction ambulante.

Un sourire réticent étire mes lèvres.

~

Emma

J'observe secrètement Jackson aux commandes pendant un moment, hors de vue, au cas où il y ait une sorte d'urgence de navigation et qu'il ait désespérément besoin que je prenne le relais. Cela semble assez simple. Une fois que nous sommes en pleine mer, il semble ne faire que se tenir debout sans rien faire, alors je décide de jouer les domestiques. Je veux vraiment me rendre utile.

La première chose à s'occuper, c'est la chambre en désordre. Je ramasse les vêtements sales sur le sol et je cherche le panier à lingue. Je trouve un tout petit placard ne contenant qu'un objet : un étui à guitare. Bon, je ne vais pas empiler les vêtements sales sur ça. C'est probablement ce qu'il possède de plus précieux. Je pose les vêtements sales sur la commode et commence à fouiller dans les tiroirs à la recherche d'un sac à linge, ou quelque chose. Il n'y a que d'autres vêtements, aucun d'eux n'étant plié. Hum, est-ce qu'ils sont propres ou sales ?

— Qu'est-ce que tu fais ?

Je sursaute et fais volte-face, mon cœur battant la chamade contre ma cage thoracique.

— Je récupérais tes vêtements sales.

— Pourquoi ?

— Parce que je suis indispensable.

Ma voix part dans les aigus à la fin de ma phrase, presque comme si c'était une question. J'ajoute un bref hochement de tête pour raffermir mon assertion.

Il attrape la pile de vêtements sur la commode et la jette dans une petite alcôve au-dessus de nos têtes qui, je le comprends, est l'endroit où mettre les vêtements sales. Il se tourne à nouveau vers moi.

— Assieds-toi dans le salon et ne touche pas à mes affaires.

Ingrat. Ne sait-il pas quel geste de bonne volonté extraordinaire cela constitue, que je joue à la domestique ? J'ai des employés pour ce genre de choses. J'ouvre la bouche pour lui dire exactement ça, mais me ravise. Cela ne servira pas mon objectif de rester sur le bateau. J'espérais que sa menace de me déposer au prochain port ne soit qu'une fanfaronnade masculine, comme mes frères le font parfois, mais je dois envisager la possibilité qu'il soit sérieux.

Je me dirige vers le salon et m'assois sur le canapé.

Il me suit et s'arrête devant moi un instant, me fixant avec une expression indéchiffrable.

— Tu devrais retourner piloter, ou nous risquons de tourner en rond, lui dis-je.

— Merci du conseil, *Votre Altesse,* marmonne-t-il, avant de partir.

Bon. Il n'a pas besoin d'être aussi sarcastique. S'il m'autorise effectivement à rester, alors selon notre accord, nous devons devenir amants, une condition que j'aie acceptée avec enthousiasme. Quelle meilleure façon de me libérer de cette bonne vieille Emma bien convenable qu'en m'adonnant à une séance de sexe cru et scabreux avec un bad boy star du rock ? En tout cas, j'imagine que c'est le genre de relation sexuelle qu'il a. Je n'en ai plus eu depuis des années. J'attends depuis beaucoup trop longtemps et je me sens assez téméraire pour vraiment le faire. J'ai déjà abandonné brusquement mon ancienne vie. Ce bref répit va servir à me donner un aperçu d'une nouvelle vie. J'espère.

Je retourne à la chambre et fixe le lit défait, songeant à ce que cela serait de le partager avec Jackson. Une rougeur brûlante me monte au visage rien qu'à l'imaginer nu. C'est un lit double, pas très large. J'imagine qu'il prend presque toute la place, avec sa carrure musclée. Je devrais dormir pressée contre lui toute la nuit. Je me frotte le côté du cou, l'imaginant déposant un baiser à cet endroit. Je n'ai jamais passé la nuit avec un homme. Fais l'amour, oui. Dormi avec lui, non. C'était impossible, à cause de qui j'étais et de qui il était. Je me demande, pas pour la première fois, comment va Adam. Cela fait six ans maintenant. Il est peut-être marié, possédant sa propre famille. Une sensation douloureuse de regret me pousse à faire quelque chose et j'arrange et défroisse les couvertures du lit. Ce n'est pas que je suis jalouse du bonheur d'Adam. Je regrette simplement que nous n'ayons pas pu garder le contact. Il m'a tant donné, tant appris. Pendant un certain temps, je me suis sentie libre, heureuse, comme si tout était possible. J'étais jeune et stupide. Je n'avais que dix-huit ans, j'étais loin de chez moi pour la première fois, à l'université. Je l'ai eu pour un an, et je l'ai aimé de tout mon cœur. C'est peut-être la vraie raison pour laquelle j'ai abandonné Abdul. Je ne ressentais rien pour lui, pas même la moindre once d'attraction, et j'ai senti la différence.

Je fronce les sourcils tout en regardant mon ouvrage. Le lit n'a pas aussi bonne mine que lorsque Lina le fait. C'est peut-être parce qu'il n'y a pas de coussin décoratif. Je ramène la couverture sur l'oreiller et la borde un peu, mais maintenant elle ne descend plus tout à fait jusqu'au bout du lit. Ah, un compromis. Je baisse l'oreiller, rajuste la couverture pour couvrir le bout du lit et voilà ! Le lit est fait, tout beau tout propre.

Je sors de la pièce et jette un œil dans la minuscule salle de bains pour voir ce que je pourrais nettoyer dedans. Ça sent encore un peu le vomi. Je me mets rapidement à respirer par la bouche et ouvre la petite fenêtre rectangulaire au-dessus des toilettes. Je reporte mon attention sur le lavabo. Il y a des morceaux de dentifrice et des poils dedans. Mon estomac se contracte, de la bile me montant dans la gorge à cause de ces éléments dégoûtants et de l'odeur. Je ne peux pas faire ça. Je me précipite hors de la salle de bains et passe à la cuisine.

D'accord, je peux laver cette petite pile de couverts dans l'évier. Je trouve une éponge et du liquide vaisselle sous l'évier et verse une dose généreuse de savon. Un instant plus tard, je réalise mon erreur. Trop de savon. Les bulles sont en train de tout envahir et tout est extrêmement glissant. Aucun problème, je vais juste faire couler de l'eau. *La-la-la.* Je me rends vraiment indispensable. Je passe l'éponge sur tout, rince très longtemps, puis pose le tout soigneusement sur le comptoir.

J'explore le reste de la cabine. La pièce à vivre principale ne contient pas grand-chose. Juste le canapé en forme de U et une table, son ordinateur portable fermé et un meuble encastré avec une télé. Je me dirige vers l'avant du bateau, comportant un autre coin-salon plus petit et similaire à la pièce principale, mais aux murs peints d'un rouge fané. Les rideaux assortis obscurcissent la vue. Je soulève le rideau et regarde la mer. La liberté. C'est beau.

Je reste assise ici un long moment, à fixer l'horizon, puis à regarder les côtes françaises apparaître. Nous ne sommes pas très loin de Nantes. Le yacht peut y arriver en une heure. Je ne sais pas trop à quelle vitesse ce bateau peut aller. Je dois éviter un départ abrupt. Autrement dit, que Jackson m'oblige à partir. Il n'est pas encore convaincu que je peux être un bon compagnon de voyage. Je pourrais me mettre toute nue, mais je ne sais pas trop s'il serait partant ou s'il me jetterait à la mer. Je crains d'avoir été plus enthousiaste que lui à l'idée qu'on ait une aventure. Je me souviens soudain à quel point il semblait fâché que j'aie renversé ses Coco Pops. Il doit vraiment aimer ça. Je vais lui en faire avant qu'on arrive au port.

Je me rends à la cuisine et fouille dans le placard à la recherche d'un bol, avant de verser une part généreuse de Coco Pops dedans. La boîte semble vraiment légère. Il ne reste plus que quelques miettes au fond. Il n'y a pas vraiment assez pour un autre bol. Je les verse par-dessus. Maintenant, le lait. Le petit réfrigérateur est assez peu rempli. Il y a des boîtes de nourriture à emporter, de la moutarde, un sac de pommes, du Nutella et des œufs. Ah, le voilà, dans la porte.

Je verse le lait par-dessus les céréales, débordant presque du bol. Une cuillère, maintenant.

Quelques minutes plus tard, j'ai tout ce dont j'ai besoin et me dirige vers Jackson, aux commandes.

— Je t'ai préparé un casse-croûte.

Il jette un œil vers moi, avant de regarder à nouveau.

— Tu as versé toute la boîte ?

Je réduis la distance entre nous et lui tends le bol.

— Il ne restait pas grand-chose. Je t'en rachèterai.

Il fixe le bol.

— Le lait.

— Je pensais que c'était comme ça que tout le monde mangeait ses céréales.

Il ferme les yeux et marmonne :

— Le lait avait tourné.

— Pourquoi était-il encore dans le réfrigérateur, dans ce cas ?

Ses yeux se rivent aux miens alors qu'il siffle entre ses dents :

— Parce que je n'avais pas encore sorti les poubelles. Je ne m'attendais pas à avoir un visiteur, figure-toi. Je ne m'attendais pas à ce qu'une intruse annihile mon unique approvisionnement de Coco Pops.

Un rire s'échappe de mes lèvres. Il semble si indigné, tout ça pour des céréales pour enfants.

— Tu trouves ça drôle ? demande-t-il.

Je fais un pas en arrière.

— Non. J'ai simplement aperçu quelque chose qui était un peu drôle.

Je regarde par-dessus son épaule, faisant semblant de regarder quelque chose dans l'eau.

— C'était un dauphin espiègle.

Ses yeux sont réduits à deux fentes remplies d'intentions meurtrières.

Ma main se porte involontairement à ma gorge.

— Ton sac à main est dans le placard sous la télé, gronde-t-il. Appelle chez toi.

— Je le ferai. C'est comme ça que tu as su qui j'étais ? Tu as fouillé dans mon sac ? Je me sentirais si rassurée si c'était le cas. Non pas que j'aie envie que tu fouilles…

— *Maintenant*, ordonne-t-il d'une voix si pleine d'autorité que je redresse le dos.

Rassemblant toute la dignité dont je suis capable, je me retourne et rentre dans la cabine. Je n'aurais pas dû rire. Je gâche vraiment tout. Je ne crois pas qu'il me laissera rester, que ce soit pour jouer les domestiques ou les amantes. C'est vraiment dommage, parce qu'il me fascine. Il est naturel et libre, il dit ce qu'il veut, fait ce qu'il veut. Mes actes pleins de bonnes intentions à son égard n'ont pas vraiment abouti. Maintenant que les plans d'évasion A et B sont dans une impasse, j'ai besoin d'un plan C. J'adore l'idée de me réinventer, de vivre un peu et de goûter une vie différente. Cela m'accorde à la fois un répit de la pagaille que j'ai causée chez moi, tout en me laissant espérer une chance de trouver le bonheur. Évidemment, je devrai affronter la tempête à un moment ou un autre, et demander pardon à tout le monde, surtout à Abdul. Je ne peux m'engager à vivre avec lui. Je le sais, maintenant.

D'abord, il faut que j'appelle chez moi. Je récupère mon téléphone, m'installe sur le canapé et marque un temps d'arrêt. En qui puis-je avoir confiance pour ne pas me traîner immédiatement à la maison pour me faire répondre de mes crimes ? Je vais appeler Anna. C'est elle qui m'a fourni une voiture pour que je m'enfuie, ce qui veut dire qu'elle est de mon côté. J'entre d'abord en contact avec ma domestique, Lina, et lui demande de trouver discrètement Anne pour la faire venir au téléphone. Une longue minute plus tard, Anna dit :

— Dis-moi juste que tu es en sécurité.

— Je suis en sécurité.

Elle laisse échapper un soupir sonore.

— Où es-tu ? Quand est-ce que tu reviens ? Qu'est-ce que tu veux que je dise à Abdul ?

C'est beaucoup plus d'informations que de simplement vouloir savoir si je suis en sécurité.

— Je suis avec un ami, sur sa péniche.

— Tu es avec un homme ? s'étonne-t-elle, avant de baisser la voix. Est-ce que c'est ton amant secret ?

— Non !

— Eh bien, je ne sais pas. Tu m'as surprise, à t'enfuir ainsi. Je pensais que tu te contenterais d'une brève balade en voiture, puis que tu reviendrais à la raison et que tu annule-rais tout.

Je déglutis.

— Rétrospectivement…

Elle rit.

— Tout semble toujours plus clair, rétrospectivement. Bon, ce n'était pas la meilleure façon de procéder, mais au moins tu as défendu ce que tu voulais. Au fait, les domestiques ont trouvé ta robe à la blanchisserie et la figurine de gâteau cassée. Ça semble plutôt de mauvais augure, que ta tête se soit décrochée nette comme ça.

— C'est ce que j'ai pensé aussi, murmuré-je.

— Où est la voiture que tu as prise ?

— Je l'ai garée dans le parking des domestiques. Les clefs sont sur le contact.

— Bien joué, ma grande ! Qui aurait cru que la Emma toujours si convenable serait si sournoise ?

— Eh bien, on ne sait jamais de quoi on est capable dans les moments critiques… je réponds en lissant mes cheveux. Je me suis montrée assez impulsive.

— C'est un euphémisme. Écoute, je suis à cent pour cent derrière toi. Je ne le sentais pas, cette histoire de mariage arrangé, mais Emma, la presse est campée dehors et refuse de partir. Les informations qui ont circulé jusqu'ici ne sont pas bonnes pour la réputation de notre famille. Gabriel est furieux que tu nous aies laissés gérer les retombées, tout comme ta mère, et la famille d'Abdul refuse de partir tant que tu n'auras pas tenu tes engagements.

— Je suis tellement désolée ! J'ai paniqué !

— Il y a autre chose.

— Quoi ? demandé-je en serrant le téléphone plus fort.

— La famille d'Abdul dit que si tu ne reviens pas l'épouser, ils porteront plainte pour violation de contrat. Des papiers ont été signés. Il aurait pu épouser quelqu'un d'autre il y a des années, mais il a attendu que tu aies vingt-cinq ans. Il a rempli sa part du marché. Ils exigent que tu remplisses la tienne. Honnêtement, je pense qu'ils ne veulent simplement pas avoir à faire face à une humiliation publique. Si nous pouvons trouver un moyen de leur permettre de reculer plus facilement...

— Je ne sais pas comment on pourrait faire ça.

— Moi non plus. Nous devons trouver quelque chose. Ils ne peuvent pas rester ici indéfiniment.

Je laisse échapper un soupir tremblant.

— J'ai besoin de passer du temps loin de tout ça pour réfléchir. J'ai presque envie de faire ce que Polly a fait, tu sais ? Repartir à zéro en tant que quelqu'un d'autre.

Anna est une cousine éloignée de Polly, la princesse cachée, que je trouve très inspirante en ce moment.

— Tu veux rester cachée quelque temps. Ce n'est pas grave, tant que tu sais qu'à un moment ou un autre, tu devras affronter ta vie.

— Je sais. Je suis juste... commencé-je, ma voix se brisant. J'ai perdu Père ; j'ai l'impression d'avoir perdu Mère ; et quelque part en chemin, je me suis perdue aussi. J'ai juste besoin d'espace pour découvrir qui je suis, loin du palais.

— Oh, ma chérie, je comprends. Laisse-moi y réfléchir, et je te rappelle pour te donner mon plan. Je peux te faire gagner une semaine. J'ai envie que tu puisses profiter d'un peu de liberté, moi aussi. Tu es celle qui en a le plus besoin. Tu t'es montrée beaucoup trop rigide, comme l'ancien Gabriel. Tu as peut-être simplement besoin de passer du temps avec quelqu'un qui soit plus comme moi, pour te décoincer un peu. C'est dommage que je ne puisse pas partir, en ce moment, avec ce projet qui me tient à cœur...

— Merci quand même. Je vais réfléchir à tout ça, moi aussi.

Anna veut bien faire, mais elle va trop loin. J'ai peur

qu'elle me transforme en une autre version d'elle-même – effrontée et véhémente. Parfois, elle se révèle extrêmement impolie.

— Écoute, j'ai promis à ta mère que je lui ferai savoir quand tu reprendrais contact. Attends-toi à ce qu'elle t'appelle bientôt.

Mon cœur me remonte dans la gorge alors que je murmure un salut d'un ton hébété. Puis j'attends, les yeux fixés sur mon téléphone et mon corps entier vibrant de tension. De longues minutes passent. Mon estomac se noue et ma respiration s'accélère alors que mon esprit imagine les pires scénarios possible – elle va me déshériter, elle va m'exiler de Villroy pour toujours. Juste au moment où je pense m'être vue accorder un répit, le téléphone sonne et je sursaute.

Je m'en empare et regarde l'écran. C'est sa ligne privée.

— Bonjour, Mère.

— Qu'est-ce qui t'a pris ? demande-t-elle sèchement.

— Je suis vraiment désolée de m'être enfuie, j'aurais dû dire quelque chose avant d'en arriver au point de laisser la panique prendre le dessus, mais j'étais si absorbée par l'idée de faire mon devoir, de former une alliance pour le royaume, de te rendre fière, que j'ai repoussé toutes mes inquiétudes, jusqu'à ce que tout refasse surface au dernier moment.

Un silence. Une sueur froide m'envahit alors que j'attends que le couperet tombe. Sur ma tête.

— Mère ?

Lorsqu'elle reprend la parole, sa voix est glaciale.

— Tu as embarrassé ta famille, porté atteinte à notre alliance et pas seulement avec le royaume d'Abdul, mais aussi avec ses alliés, et, pire encore, tu as rompu ta promesse. Tu as attiré le déshonneur et la honte sur le nom des Rourke. Je n'aurais jamais cru que toi, de tous mes enfants, tu pourrais me trahir de cette manière.

Je prends une brusque inspiration.

— Ce n'était pas une trahison. Je suis d'accord pour dire que c'était inapproprié, et je suis tellement désolée de l'embarras que j'ai causé.

— Parfois, les excuses ne suffisent pas.

Et elle raccroche.

Je déglutis, les yeux brûlants. J'ai passé toute ma vie à essayer de satisfaire ses attentes élevées, une démarche totalement inutile. J'essuie une larme. Je n'ai peut-être plus envie d'essayer.

Je ne suis plus la fille de ma mère, ni une fiancée, ni une princesse convenable. Ce qui soulève la question...

Qui est Emma Rourke ?

4

Emma

Si Jackson me dépose au prochain port, où irais-je ? Serais-je capable de voyager seule, incognito, et d'explorer un peu le monde ? Peut-être en train. Le temps se rafraîchit, maintenant qu'on est en novembre. J'envisage la France, l'Espagne, l'Italie, qui sont tous des pays familiers pour moi. Je parle ces trois langues. Je suis douée en langues. Mon Dieu, que je suis fatiguée ! Je pose ma tête sur mon bras et accorde une pause à mon pauvre cerveau. Ce fut une journée complètement dingue.

Mon téléphone sonne quelques minutes plus tard. Cela provient d'un numéro privé du palais. Ce pourrait être Anna. Cela pourrait aussi être ma mère m'offrant un dernier adieu, ou Gabriel, prêt à me passer un savon.

— C'est Anna. OK. J'ai deux possibilités. Adrian peut t'obtenir une chambre à l'hôtel de Monte-Carlo. Il dépense si fréquemment au casino qu'ils se montrent toujours accommodants avec lui. Il dit que tu n'aurais même pas besoin de quitter l'hôtel. Ils ont tout ce dont tu peux avoir besoin, un restaurant, un spa, un casino. Eh, j'ai envie d'y aller aussi, maintenant ! Qu'est-ce que tu en penses ?

Adrian est mon plus jeune frère, et un joueur de poker accompli. Mon menton frémit. Il me soutient malgré le désordre que j'ai causé. Je prends une inspiration pour me calmer, m'efforçant de réfléchir sérieusement à tout ça. Je suis sûre qu'il est bien connu au casino, ce qui veut dire que je serai reconnue, et mes chances de trouver un endroit tranquille dans un casino sont minces.

— Ça me paraît trop animé comme endroit. Quelle est l'autre possibilité ?

— Une villa sur le Lac de Côme, en Italie. Lucas connaît le propriétaire, une vedette du cinéma. Il ne veut pas me dire qui c'est, mais il dit qu'elle n'est habitée que durant l'été. Le seul problème, c'est qu'elle est assez isolée. Tu penses que tu pourrais trouver un ami acceptant d'y aller avec toi ? Ou bien on pourrait envoyer Lina ? Je ne crois pas que tu devrais rester seule, en ce moment. Tu as besoin du soutien d'un ami. Et tu auras besoin de gardes. Ce n'est pas sûr, surtout quand toute la presse se passionne pour ton envol nuptial. C'est comme ça que j'appelle ça devant ta famille, en privé, pour faire comprendre que tu ne fais que déployer tes ailes.

— Je suppose que cette métaphore en vaut bien une autre.

C'est tordu, mais j'aime assez ça. Je réfléchis à qui je pourrais demander de venir à la villa avec moi. J'ai une poignée d'amis issus d'autres familles nobles. Ils ne comprendraient pas que j'aie besoin d'une pause de la vie royale. Ils adorent ça. Et ma domestique, Lina, ne ferait que me rappeler la maison.

— Je vais inviter mon ami, celui qui possède ce bateau. Il s'appelle Jack.

Je préfère donner une version raccourcie de son nom, ne voulant pas trop en dire. Il doit rechercher la discrétion, s'il partait pour un long voyage en solitaire. Je doute qu'il veuille m'accompagner, mais ma famille se sentira rassurée si elle pense que je ne suis pas seule. En fait, je ne *veux pas* être seule. Je ferai de mon mieux pour persuader Jackson d'y réfléchir. Cette perspective me semble bien plus facile que celle de me rendre utile sur un bateau.

— Oh, Jack. J'aime bien. Nom de famille ? Comment vous êtes-vous rencontrés ? D'où vient-il ?

— Nous nous sommes rencontrés à une œuvre de charité.

Elle laisse passer un instant de silence, puis s'exclame :

— C'est tout ?

— Oui. Il tient à rester discret.

— Désolée, Emma, mais cela ne va pas le faire. J'ai vraiment dû insister auprès de Gabriel pour t'obtenir cette semaine. Il était affolé, après ta disparition, et quand nous avons su que tu étais en sécurité, il était furieux que tu aies laissé tout ce bazar derrière toi.

— Je suis désolée. Sincèrement. Si je pouvais repartir en arrière…

— Je sais, mais le fait est que Gabriel pourrait t'ordonner de rentrer, et tu serais forcée d'obéir à ton roi. Je suis la seule chose qui se trouve entre ta liberté et ton devoir. Je veux que tu puisses avoir ce temps pour toi, mais nous avons beaucoup de choses à gérer, ici, et nous devons savoir ce que tu fais et avec qui tu le fais. Nous ne pourrons pas gérer les choses si d'autres surprises surviennent devant nous. Tu comprends ça, n'est-ce pas ?

Je rapproche le téléphone de ma bouche et murmure :

— C'est Jackson Walker, d'Ignite.

Elle émet un hoquet de surprise.

— Oh mon Dieu.

— Il s'est montré très gentil durant toute cette, hum, situation inattendue…

— Emma, tu as la moindre idée du scandale qui le poursuit en ce moment ? Est-ce que tu sais quelle catastrophe ce serait, si tu te retrouvais associée à lui ? *Ton* scandale ajouté au sien ?

— Je n'ai pas suivi son actualité…

— Eh bien, c'est *grave*. La presse s'est retournée contre lui. Un grand nombre de ses fans le dénoncent aussi. Il a insulté le Premier ministre britannique et le président des États-Unis. Il est allé trop loin. Oh, bon sang. Et maintenant, le royaume d'Abdul et celui de ses alliés se retournent contre nous. Je suis désolée, Emma, et je dis ça en tant qu'énorme fan de Jackson en tant que musicien, mais il est la dernière personne avec qui tu devrais passer du temps en ce moment. Et as-tu la moindre idée de sa réputation avec les femmes ? Elle est pire que celle de Phillip ! C'est un coureur de jupons de la pire espèce.

Phillip est mon frère aîné, autrefois connu comme le beau gosse royal, avec une réputation de séducteur pour aller avec ce surnom. Il s'est racheté par son dévouement auprès de sa fiancée, Ruby.

Cette nouvelle information me fait réfléchir. Jackson est la personne parfaite avec qui me cacher pendant une semaine. S'il est comme Phillip, alors je comprends au moins une partie de sa personnalité (ses problèmes pour s'engager), et il comprendra mieux que n'importe qui d'autre au monde le genre de scandale auquel je suis mêlée. Il voudra que tout cela reste discret, tout comme moi.

— Je ne m'inquiète pas de sa réputation ni du scandale qui le frappe. Nous pourrions faire profil bas. Et puis, Jackson et moi sommes juste amis.

Plus ou moins. Je ne suis pas sûre qu'il me trouve aussi fascinante que moi je le trouve.

Elle émet un son moqueur.

— Ce n'est pas comme ça qu'il joue. Combien de temps penses-tu que cette amitié durera, quand vous serez seuls dans une villa ? Et il n'est pas le genre d'homme que tu pourrais ramener à la maison. Personne ne l'approuverait.

Elle pousse un soupir et ajoute :

— Il y a des limites à ce que je peux faire.

Mon estomac se noue et un goût amer envahit ma bouche. J'ai déjà déçu ma famille avec le fiasco Abdul. Je ne veux pas risquer de les décevoir à nouveau. Clairement, je ne peux me mettre des idées romantiques en tête concernant Jackson.

Anna continue d'un ton doux :

— Tu n'as pas les idées claires, en ce moment, alors je vais clarifier les choses pour toi. Pas de Jackson Walker. Je vais t'envoyer deux gardes et l'un de tes frères. Et je sais qu'un frère n'est pas le premier choix que tu ferais pour trouver du soutien, mais malheureusement, ta sœur reprend le travail et part bientôt pour les États-Unis, et je suis occupée à tout gérer ici. C'est le meilleur moyen de garder tout ça discret. Tu as droit à un répit d'une semaine pour t'éclaircir les idées et ensuite tu devras rentrer à la maison et faire face à ta vie.

Je me raidis. Elle m'envoie un baby-sitter. C'est exactement comme les contraintes de mon ancienne vie.

Tout est décidé pour moi, mon devoir envers ma famille et le royaume surpassant tout ce que je veux. Je ne sais même pas ce que je veux vraiment, à part une chance de découvrir qui je suis, loin du palais. Peut-être qu'alors mes vrais désirs m'apparaîtront enfin clairement, et que j'aurais une chance d'être heureuse.

— Je ne suis même pas sûre que Jackson accepte de m'accompagner, dis-je en gardant une voix égale. Mais j'aimerais lui poser la question. J'accepterai les gardes. Mais pas de frères.

Elle laisse échapper un long soupir.

— Ne me force pas à jouer la carte de la reine.

Tout en moi se rebelle. Je déteste avoir le sentiment de n'avoir aucun contrôle sur ma vie. Je n'ai eu qu'un bref avant-goût de liberté, et les murs se referment déjà sur moi.

— Je t'aime, Emma. S'il te plaît, prends ce que je t'offre.

Ma respiration se coince dans ma gorge. Elle m'aime ? Ma belle-sœur est encore une nouvelle venue dans la famille. Mais je songe alors à ses efforts pour me parler à propos d'Abdul avant le jour du mariage, au fait qu'elle ait été la seule à me donner l'occasion de m'éloigner pour réfléchir. Et maintenant, elle est la seule à m'offrir une chance de respirer un peu. Elle dit probablement la vérité.

Ma vision se brouille de larmes et ma gorge se serre.

— Cela signifie tellement, pour moi, de t'avoir de mon côté, Anna. Je… j'espère que nous pourrons passer plus de temps ensemble quand je rentrerai.

— J'adorerais ça. Alors, tu es d'accord avec les conditions ?

— Oui.

Je n'ai pas le choix. Et elle en a déjà fait plus que j'aurais pu espérer.

— Super. Maintenant, dis-moi où tu es.

— Je me dirige vers le port de Nantes.

— Tu sais, j'avais dit à Gabriel de te chercher à Nantes. C'est l'endroit le plus proche de Villroy, mais nooon, a-t-il insisté, c'était trop évident et tu te dirigerais probablement plutôt vers l'Angleterre ou l'Espagne. Il était fou d'inquiétude et, visiblement, il n'avait pas les idées claires. Tes autres frères n'ont été d'aucune aide. Ils te soutenaient dans ta décision de ne pas épouser Abdul et ils pensaient que tu étais encore sur l'île, cachée quelque part. Gabriel et moi savions que tu finirais par craquer et quitter Villroy.

Je m'autorise un petit sourire. Mes frères se moquent peut-être un peu trop de moi, mais ils veulent vraiment ce qu'il y a de mieux pour moi, et ils savaient que ce n'était pas Abdul.

— Silvia est en colère parce que tu ne t'es pas confiée à elle, continue Anna. Elle t'aurait amenée avec elle aux États-Unis pour une longue visite.

Silvia, ma sœur de deux ans plus jeune que moi, a épousé un Américain et vit là-bas, maintenant.

J'arrête de sourire. Silvia et moi n'avons jamais été proches. Elle est la jumelle d'Adrian et ils sont restés collés l'un à l'autre pendant une bonne partie de notre enfance. Elle a toujours été jalouse du lien que je partageais avec Mère.

— Je n'aurais pas voulu m'imposer auprès d'elle et de son mari. Mais je la recontacterai.

— Le jet se trouve à Nantes, vu que Phillip vient d'arriver en avion pour ton mariage. Je vais leur dire que tu arrives. Tu as besoin de quoi que ce soit ? Des vêtements ? De l'argent ? Un passeport ?

— J'ai tout ce dont j'ai besoin.

Ce n'est pas tout à fait vrai, mais j'imagine que je pourrais m'acheter des vêtements en Italie. Je ne veux pas qu'elle prenne cette peine.

— Merci, Anna. Je te dois beaucoup.

— Et ne crois pas que je ne te ferais pas rembourser ta dette ! rit-elle. J'espère que cette semaine t'apportera tout ce dont tu as besoin. À bientôt.

Je lui dis au revoir et reste assise un moment, perdue dans mes pensées. J'espère qu'une semaine loin du palais clarifiera un peu les choses pour moi, même si je sais que rien n'atténuera la sévérité des conséquences auxquelles je devrais faire face à mon retour. Je ne sais trop comment je pourrais arranger les choses avec Abdul et sa famille.

La porte de la cabine s'ouvre et Jackson apparaît.

— Nous sommes arrivés.

Il semble méfiant, comme s'il s'attendait à ce que j'insiste pour rester sur le bateau. Je suppose que je lui ai donné pas mal de fil à retordre, plus tôt.

— Très bien, dis-je en me levant. Merci pour le voyage. Est-ce que tu vas rester à Nantes, ou aller vers le Sud ?

J'imagine qu'il se dirige vers des climats plus chauds, puisqu'on est en novembre.

Il se passe une main dans les cheveux.

— La météo ne s'annonce pas bonne sur le golfe de Gascogne. Je vais peut-être devoir attendre quelques jours.

C'est près de l'Espagne.

— Alors tu vas voyager seul autour de l'Espagne, du sud de la France, avant de finalement arriver en Italie ? À moins que ce ne soit la Chine ?

Je lui adresse un sourire rayonnant, lui faisant savoir que je ne lui en veux pas de m'avoir envoyée balader plus tôt.

— Ça risque de prendre un moment, ajouté-je.

Il hausse une épaule.

— J'ai tout le temps qu'il faut.

— Ça paraît épuisant.

— Je ferai des pauses.

Je fais un pas vers lui.

— Je fais une pause aussi. Je me rends dans la villa d'un ami, sur le Lac de Côme, en Italie. J'ai obtenu de la reine un répit d'une semaine, à l'écart de ma vie. Ensuite, je devrais faire face au bazar que j'ai laissé derrière moi.

— Qu'est-ce que tu as fait ? Tu t'es enfuie devant l'autel ?

Je grimace.

— Ce n'était pas tout à fait devant l'autel, mais oui, j'ai fui le jour de mon mariage. Au moins, Abdul n'a pas vécu l'humiliation de se retrouver devant l'autel à m'attendre. Non pas que ce soit une grande consolation.

Je repousse un sentiment de regret et de tristesse. J'aurais dû tellement mieux gérer les choses, et maintenant il est trop tard.

— Je vais assumer. La presse, l'alliance gâchée, mon ancien fiancé, la réputation ternie de ma famille.

Ma mère.

— C'est une longue liste de choses à gérer, dit-il d'une voix étonnamment compatissante. On dirait bien que le monde entier est contre toi. Je connais ça.

Je manque de le prendre dans mes bras. Je savais qu'il comprendrait ma situation. J'aimerais tellement que ce soit lui qui m'accompagne dans ce voyage, à la place de mon frère. Je ne sais même pas quel frère Anna enverra. J'espère juste que ce ne sera pas Lucas. Il aura plutôt tendance à se moquer de moi et à me harceler plutôt qu'à jouer les confidents.

Il se retourne, jette un œil par la fenêtre de la cabine, puis ferme les rideaux.

— La presse attend sur le dock. Comment ont-ils su que tu serais ici ?

Je mordille ma lèvre inférieure.

— Ils sont peut-être là pour toi, remarqué-je.

Il pose les mains sur ses hanches.

— Non. Personne ne sait que je suis sur ce bateau. Et je l'ai emprunté à un ami, que je connaissais bien avant d'être célèbre, alors rien ne le relie directement à moi.

Je laisse échapper un soupir tremblant.

— Ils sont probablement ici parce que ma belle-sœur a prévenu l'aéroport privé proche d'ici de préparer le jet pour mon voyage au lac de Côme.

Je l'observe, mon regard s'attardant un long moment sur lui. Il a quelque chose de primal et de bestial avec sa voix grondante, la sexualité brute qui émane de lui et ses mouvements masculins décontractés. Je ne rencontre généralement que des hommes aux chemises boutonnées jusqu'au col, bien rasés et méticuleusement soignés. Il m'a jetée sur son épaule et m'a donné une tape sur les fesses. Et j'ai aimé ça. Je me mords la lèvre, le cœur cognant dans ma poitrine et des papillons dansent dans mon estomac. Je ne peux pas faire ça. N'est-ce pas ? J'ai déjà tellement d'ennuis. Mais si je ne fais pas quelque chose tout de suite, alors nous ne nous reverrons jamais.

Son regard se pose sur mes lèvres, avant de remonter vivement vers mes yeux.

— Jackson, j'aimerais tellement...

— Quoi ?

Je secoue la tête.

— Je voulais t'inviter à venir avec moi au lac de Côme, juste pour une semaine, mais... j'imagine que c'était stupide.

Il réduit la distance entre nous, son regard scrutant mes traits.

— Pourquoi veux-tu à ce point être avec moi ? Tu es une fan ?

— Seigneur, non. Ta musique m'écorche les nerfs.

Il aboie un rire.

— J'imagine que tu écoutes de la musique classique, au palais.

— Entre autres choses.

J'apprécie aussi le blues et la musique folk, mais je ne pense pas qu'une star du rock comme lui apprécierait ça.

— Appelle l'un de tes amis pour qu'il se joigne à toi. Je suis sûr que tu évolues parmi un cercle social prestigieux.

— Tout est différent, maintenant, lâché-je. Ils ne comprendront pas que je veuille faire une pause loin de la vie royale.

Et la vérité, c'est que je veux tout ce qu'il représente, et dont j'ai manqué dans ma vie. Je sais que je ne suis pas censée l'emmener en Italie, conformément à ce que j'ai promis à Anna, non pas qu'il veuille venir, mais nous pourrions encore vivre une... expérience, sur le bateau. Ce serait un énorme pas en avant, si je pouvais connaître le côté sauvage de la vie que représente Jackson, même une seule fois. Je dois faire en sorte que chaque moment compte durant le bref répit qu'on m'a accordé.

Je m'arme de courage.

— Je n'ai pas envie de te dire au revoir si tôt, dis-je simplement et honnêtement. Je te veux.

Il fait un pas en arrière.

— Tu te trompes de type.

Je déglutis, me forçant à adopter une expression neutre. Clairement, lui ne veut pas de moi. Ça fait mal, mais au moins, maintenant, je sais. Je peux aller de l'avant sans regret, en tout cas en ce qui le concerne.

Je colle un sourire sur mon visage.

— Tu ne m'as pas laissée finir. J'allais dire que je te voulais comme professeur pour m'apprendre à jouer de la guitare.

Il m'adresse un regard sceptique.

— Bien sûr. La guitare.

— Tu pourrais me recommander l'un de tes collègues similaire à toi ?

— L'un de mes collègues similaires, répète-t-il.

Je me fais de plus en plus à cette idée. Ce n'est pas l'idéal, mais c'est peut-être ma seule alternative.

— Oui, quelqu'un d'aussi irritable et impoli. Ton collègue pourrait m'apprendre à jouer de la guitare.

Un sourire joue sur ses lèvres.

— Je n'ai aucun collègue similaire à moi. Paie-toi un professeur de musique.

Je fais un pas vers lui et lui confie :

— C'est du côté impoli dont j'ai besoin de manière urgente. On dit qu'on devient comme les gens desquels on s'entoure. J'ai passé ma vie entourée de personnes convenables. J'ai une semaine pour expérimenter une vie différente. Cela fait partie du programme de réinvention d'Emma.

Il me dévisage un long moment, et je me gonfle d'espoir, jusqu'à ce qu'il dise :

— Tu es complètement folle.

Je plaque les mains sur mes hanches.

— N'as-tu jamais eu le sentiment d'être le plus heureux du monde et d'aller dans la direction que tu pensais devoir prendre, pour brusquement n'avoir qu'une seule envie : tout abandonner derrière toi et recommencer à zéro ?

Il cligne des yeux devant mon coup d'éclat, mais ne dit rien.

Je lève les yeux vers le plafond, retenant mes larmes. Je me leurre peut-être. Je serai peut-être toujours la Emma Rourke convenable, qui fait son devoir et vit la vie tracée pour elle par d'autres.

— Eh, ne pleure pas.

— Je ne pleure pas, répliqué-je en balayant une larme s'étant échappée de ma paupière. Oublie ça. Mon frère connaît des gens à Hollywood. Peut-être qu'un acteur masculin aux faibles inhibitions sera prêt à passer un peu de temps avec moi.

Je lui adresse un sourire larmoyant et ajoute :

— Je connais déjà une femme aux faibles inhibitions, et elle n'a pas eu beaucoup d'effet sur moi.

Anna a plus été une curiosité qu'une influence pour moi, même si je l'apprécie de plus en plus.

Il croise les bras et grogne :

— Et que comptes-tu faire avec cet homme aux faibles inhibitions ?

Son indignation me semble bon signe. Il a peut-être envie de moi, finalement.

Je lève le menton et m'exprime d'un ton assuré et désinvolte :

— Je n'ai pas décidé ce que je ferai exactement avec un homme ayant peu d'inhibitions, mais je sais que ça me pousserait hors de ma zone de confort, et c'est ce dont j'ai besoin. Quelque chose qui me secoue toute entière, de complètement différent.

Il secoue la tête.

— Tu cherches les ennuis. N'as-tu aucun instinct de conservation ?

Mon dos se redresse, parce que pour la première fois de toute ma vie, je sais vraiment ce que je veux – lui – et je ne peux l'avoir. Je sors mon téléphone.

— En fait, je vais envoyer un message à Lucas tout de suite. C'est lui qui a des connexions chez les stars de cinéma.

Je tape un petit message que je n'ai aucune intention d'envoyer, parce que je bluffe comme une pro. Je ne passerais jamais par mon frère pour qu'il m'aide à trouver un homme. Quand il aurait eu fini de rire, il enverrait sûrement un domestique pour qu'il me ramène à la maison et m'y dissimule.

Je lève la tête.

— Lucas a déjà accepté de me rencontrer à la villa avec l'homme que je voudrais, que ce soit un acteur extravagant, un batteur grunge ou un membre rebelle de la royauté du Danemark. Waouh, il a bien plus de connexions que je ne le pensais. Il faut que je me décide. Hum, rebelle ou pas, je n'ai pas besoin d'un autre membre de la royauté, le choix se fait donc entre extravagant ou grunge. Qu'est-ce que tu en penses ?

Il émet un reniflement méprisant.

— Au revoir, Emma.

Mince. Ça n'a pas marché.

— Au revoir, Jackson, dis-je d'un ton égal tout en fourrant mon téléphone dans mon sac à main.

Je rassemble ce qu'il me reste de dignité et descends du bateau. Une Mercedes noire m'attend au loin. Je ne vois pas mes gardes, mais je sais qu'ils doivent être là. Ils montent toujours avec moi. J'hésite, songeant que je devrais attendre les gardes, mais je ne supporte pas l'idée de rentrer après que Jackson ait compris que je bluffais. Je n'ai jamais fait de propositions à un homme jusqu'ici, et ce rejet pique un peu.

Dès que j'atteins le dock, la foule afflue sur moi, me lançant des questions dans un anglais et un français rapides. Les caméras avec des objectifs qui zooment, les caméras de télévision portatives et les téléphones portables suivent ma lente progression.

— Par ici, Votre Altesse ! Par ici !

— Pourquoi avez-vous fui ?

— Avez-vous un amant secret ?

— Est-ce qu'Abdul vous trompait ?

Ils se pressent autour de moi, me collant des micros devant le visage. Le flash des appareils photo m'aveugle. Mon cœur cogne dans ma poitrine. Je me mets sur la pointe des pieds, cherchant les gardes, et je suis déstabilisée. Je ne les trouve pas. J'aurais dû ravaler ma fierté et retourner dans la cabine. J'étais si occupée à tenter de quitter Jackson avec dignité que je n'ai pas réalisé le danger plus grand qui m'attendait dehors. Je n'ai jamais eu à traverser la presse toute seule.

— Excusez-moi, pardon, je dois passer, dis-je, avant de me répéter en français.

Ils se rapprochent si étroitement que je ne peux bouger. Pour la première fois, je me sens effrayée d'être au milieu d'une foule. Je plonge les mains dans mes poches, baisse la tête et tente une nouvelle fois d'avancer, sans succès. Un homme m'attrape par le bras, me demandant si un domestique m'a aidée à m'échapper. Je secoue le bras pour m'arracher à son étreinte et me cogne dans un homme grand, un autre journaliste.

— S'il vous plaît, il faut que je passe !

Je bondis en avant et fais un pas, bousculée par des épaules et des coudes. Le volume des questions augmente, mais je peux à peine les comprendre par-dessus le grondement dans mes oreilles. Soudain, deux hommes vêtus de noir se dirigent droit sur moi. C'est Viktor et Oliver. Je suis sauvée !

Viktor se dirige droit sur moi et Oliver avance derrière moi. Une main se pose sur mon épaule et un ordre féroce s'élève près de mon oreille.

Je me retourne vivement. Ce n'était pas Oliver.

— Jackson ! Tu…

Je m'interromps, horrifiée, quand Oliver plaque Jackson au sol et se poste au-dessus de lui de manière menaçante.

Je me jette entre Oliver et Jackson.

— Ne lui fais pas de mal ! C'est un ami.

Je me tourne vers Jackson, qui adresse un regard noir à Oliver. Je peux le sentir même à travers ses lunettes.

— Tu vas bien ?

Il a l'air d'avoir tenté de se déguiser, revêtant un sweat, une casquette et des lunettes de soleil, mais j'ai reconnu sa voix. Et sa barbe négligée, son nez, ses lèvres, ses mains – tout est reconnaissable, pour moi. Il n'y a pas grand-chose que je n'ai pas remarqué, à son sujet.

— Oui, marmonne-t-il en se remettant sur ses pieds. Ça m'apprendra à jouer les chevaliers blancs.

La foule se referme sur nous, lançant question après question, hurlant nos deux noms, mais Viktor et Oliver les empêchent de trop se rapprocher.

Impulsivement, je le serre contre moi et lui adresse un sourire rayonnant.

— Tu es venu à mon secours.

Il pousse un soupir si grand que cela soulève mes cheveux.

— Tu es un danger pour toi-même.

5

Emma

Jackson et moi sommes rapidement poussés dans la Mercedes. Le mal est fait – quelqu'un l'a reconnu après que, dans ma surprise, j'ai prononcé son nom. Il y a des photos de nous ensemble et des photos de lui, plaqué au sol avec un garde planant de manière menaçante au-dessus de lui. Tout ce que nous pouvons faire, c'est fuir les lieux.

Le chauffeur s'engage dans la rue et je pousse un soupir de soulagement. Viktor est sur le siège passager à l'avant et je suis sur le siège arrière, prise en sandwich entre Oliver et Jackson. Je me tourne vers Jackson.

— Merci d'avoir veillé sur moi. Je n'ai jamais été aussi effrayée dans une foule auparavant.

Il retire ses lunettes de soleil et croise brièvement mon regard, avant de marmonner :

— Ce n'était rien.

— Madame, vous auriez dû attendre notre arrivée, dit Viktor.

Il est celui qui est auprès de moi depuis le plus longtemps, un homme pragmatique, la trentaine et des cheveux brun foncé, coupés courts, une mâchoire carrée rasée de près et une carrure large et intimidante. Je sais que je peux lui faire confiance pour se montrer discret en toutes circonstances.

— Je suis d'accord. Je n'ai aucune intention de refaire cette erreur. Alors, est-ce qu'on va tourner un peu en rond, attendre que la foule se disperse et déposer Jackson…

— Madame, cette foule n'ira nulle part, répond Viktor. Ils attendent que Jackson revienne à son bateau.

— J'irai récupérer ce dont vous avez besoin sur le bateau, dit Oliver à Jackson. Une fois que vous serez en sécurité dans le jet.

Oliver est nouveau dans la famille, je ne peux donc qu'espérer qu'il ait été entraîné à être discret. Ses cheveux blonds sont rasés, ce qui rend son visage encore plus anguleux et sévère, bien qu'il n'ait probablement que quelques années de plus que moi.

Je jette un œil à Jackson, qui arbore une expression lugubre. Je ne veux pas qu'il se sente forcé de faire quoi que ce soit, uniquement parce qu'il a essayé de m'aider.

— Le jet peut t'emmener où tu veux, lui dis-je. Nous pouvons faire en sorte que ton bateau t'attende là-bas.

Il s'affale contre son siège, les yeux à demi clos.

— Je suis ton professeur de guitare, alors je vais avec toi.

Ma bouche s'ouvre en grand, mon cœur cognant la chamade. Anna a dit pas de Jackson Walker. Son scandale ajouté au mien, c'est trop. Oserais-je risquer la colère de ma famille ? D'un autre côté, ma famille est déjà furieuse contre moi, et maintenant que la presse nous a vus ensemble, Jackson et moi, je suis jusqu'aux genoux dans les ennuis que j'étais censée éviter. Les choses ne peuvent être pires. Pourquoi ne saisirais-je pas cette opportunité ?

— Excellent, dis-je à Jackson, m'efforçant de paraître décontractée.

Je n'arrive pas à croire que ce soit vraiment en train de se produire. Je vais passer la semaine avec un bad boy légendaire. C'est forcément le genre de choses qui change une personne. De la plus délicieuse des manières. Au moins, je bénéficierai de leçons de guitare de la part d'un maître.

— Bien, dit-il.

Oliver tend le bras devant moi et ouvre sa paume devant Jackson.

— J'ai besoin des clefs du bateau. Je vais emballer vos affaires, les apporter au jet, puis je ferai déplacer votre bateau jusqu'au port de Villroy.

Jackson se redresse.

— Pourquoi ne pourrais-je pas laisser le bateau ici ?

— Pas d'autorisation. Pas de sécurité.

— Ça n'a aucune importance pour personne. C'est un vieux bateau.

— Ils savent que c'est le vôtre, monsieur. Les clefs.

— C'est l'endroit le plus sûr où le laisser, dis-je à Jackson.

Jackson laisse échapper un soupir, m'adressant un regard en coin, l'air mal à l'aise. Il n'aime peut-être pas l'idée de devoir retourner à Villroy, avec toute l'attention que cela dirigera sur lui, mais il serait bien pire de laisser le bateau ici sans surveillance.

Il sort les clefs de sa poche et les laisse tomber dans la main d'Oliver.

— Récupérez tout ce qu'il y a dans la commode, mes affaires de toilette, mon ordinateur portable et ma guitare. Elle est dans le placard.

Il s'affaisse sur son siège et remet ses lunettes de soleil.

Je ne peux m'empêcher de sourire.

Jackson

Je n'ai pas l'intention de coucher avec Emma. Ce n'est pas de cela qu'il s'agit. Quand elle a parlé avec son cœur, les yeux brillants de larmes, le ton vif et sincère, me demandant si je savais ce que c'était de réaliser que vous étiez coincé et aviez besoin de repartir à zéro, eh bien, elle m'a touchée. C'est le résumé de ma vie. Et je ne vais pas mentir, l'idée qu'elle demande à un type au hasard de faire déteindre sur elle ce qu'il a d'incorrect, *d'une quelconque manière que ce soit*, a fait résonner des sonnettes d'alarme en moi. Seigneur. Elle est bien trop innocente pour savoir à quoi elle s'expose. Je serais resté en dehors de ça, ne ressentant que l'impression tenace d'être une merde pour avoir laissé une telle chose arriver, quand elle s'est avancée dans une foule de paparazzi et de journalistes comme un agneau allant à l'abattoir.

Ils ont profité de sa vulnérabilité et l'ont presque piétinée. Je *devais* agir. Malheureusement, son garde aussi. Pourquoi diable n'a-t-elle pas attendu que ses gardes l'escortent ? Elle a besoin d'un gardien. Il est ironique que ce soit moi, un musicien has-been ayant son propre scandale à faire oublier.

Elle est peut-être encore plus amochée que je ne le suis, et d'une certaine manière, cela me rassure, de découvrir que quelqu'un d'autre est dans la même situation tordue que moi. Je ne sais pas. J'en ai peut-être assez d'être seul. Je ne sais peut-être pas ce que je veux. Je sais ce que je ne veux pas – passer plus de longues journées et de longues nuits à tenter de faire saigner les pierres. Je suis sous contrat et je dois retourner au studio en janvier pour préparer le prochain album. Nous sommes à la mi-novembre. Si je ne produis rien, je ne recevrais pas ma prochaine avance *et* je serais poursuivi en justice pour violation de contrat. Et si les choses tournent mal, il n'y aura plus d'argent pour le fils de Charlie, Jack. Il a été nommé après moi.

Je peux sentir la tension qu'éprouve Emma alors qu'elle regarde le paysage défiler par la fenêtre, sur le chemin de l'aéroport. Elle est pressée de s'échapper loin du jugement des autres. Je peux comprendre ça. Sa vulnérabilité m'a captivée. Je vais probablement regretter ça. Je pars avec une princesse désormais tristement célèbre, et ma seule échappatoire, mon bateau, sera près de chez elle, ce qui ne manquera certainement pas d'être remarqué. Je devrais probablement faire face à toute une foule quand j'arriverai la semaine prochaine. Je devrais être adoubé, pour tout ça. Vraiment.

Donc, nous allons jouer les amis. Je ne suis pas doué pour les relations. Et je ne sors certainement pas avec les princesses vierges. Mais ce sera amusant, de regarder cette princesse guindée et convenable tenter d'être une rebelle. Elle se sentira certainement insoumise rien qu'à jouer une chanson avec un gros mot dedans.

Je me redresse sur mon siège et tente d'étendre les jambes à l'arrière.

Emma m'adresse un regard rayonnant, son visage s'illuminant.

— Je suis si impatiente d'apprendre la guitare.

Mes muscles se détendent. Cela fait un moment que quelqu'un n'a pas semblé si heureux de simplement passer du temps avec moi. J'ai énervé beaucoup de personnes, récemment.

— Ah oui ? Et qu'est-ce que tu vas m'apprendre, toi ?

Elle mordille sa lèvre inférieure pulpeuse.

— Je pourrais t'apprendre d'autres langues, l'étiquette, les danses de salon, à toi de choisir.

— Hum, une décision bien difficile, avec tous ces choix alléchants.

Je laisse aller ma tête contre l'appui-tête et ferme les yeux, soudain fatigués. Je ne dors pas très bien en ce moment.

— Très bien, en tant que ton nouveau professeur de guitare, je t'annonce que ta première leçon est d'écouter plus que tu ne parles.

— Parce que cela aiguisera mon sens de l'ouïe et me tournera vers toutes les fréquences de la voix et du bruit ambiant ?

Je me retiens de rire. Comme si j'avais pu inventer un truc pareil.

— Oui.

Elle se tait, probablement pour écouter le bruit ambiant. Elle demeure silencieuse tout le reste du trajet et je m'assoupis un peu.

Quand la voiture arrive à l'aéroport, elle dit :

— Je t'ai beaucoup entendu respirer.

— C'est vrai que je fais ça. Presque tous les jours.

— Et aussi les sons de la voiture – les pneus, le moteur, le vent.

Je ne sais absolument pas quoi lui répondre. Ce n'était pas une vraie leçon. Elle me regarde avec espoir.

— Brillant, dis-je, et elle me gratifie d'un sourire incandescent.

Une chaleur se répand dans ma poitrine. Je ne mérite pas ce sourire. La vérité, c'est que, malgré ma célébrité, je ne suis pas digne de traîner avec elle. Ma famille serait les domestiques qui polissent ses chaussures. Mon père est parti quand j'avais deux ans et nous avons vécu de l'aide sociale, malgré le fait que ma mère faisait des travaux de ménage merdiques. J'ai été expulsé de l'école primaire pour m'être battu, embarrassant ma mère timide. Les gens disent que je ressemble à mon abruti de père, raison pour laquelle je n'ai jamais voulu d'une femme ou d'enfants. Il n'y a aucune raison que je transmette ça à qui que ce soit. Mon frère aîné était du genre premier de la classe, le préféré. Après avoir découvert la guitare, je me suis relativement calmé avec les bagarres.

Mais Emma fait partie de l'élite. Si je n'avais jamais touché le gros lot avec Ignite, nous ne nous serions jamais rencontrés. Elle n'aurait pas *voulu* me rencontrer. Je me souviens alors qu'Emma n'aime pas ma musique. Elle se fiche complètement que je sois membre du groupe Ignite. Elle n'attend rien de moi à part des leçons de guitare. Cela me fait me détendre un peu.

Le chauffeur se tourne vers nous.

— Voulez-vous attendre les bagages de Jackson dans le jet ou à l'intérieur du terminal, Votre Altesse ?

— Nous attendrons dans le jet, dit Emma.

Elle se tourne ensuite vers moi :

— Le terminal est très petit, il n'y a que quelques rangées de sièges en vinyle. Je pense que le jet serait plus confortable. Ou nous pouvons attendre dehors, si tu préfères.

— J'aimerais bien me dégourdir les jambes.

Elle hoche la tête une fois.

— Alors je vais faire ça aussi.

Elle adresse un remerciement cordial et un salut au chauffeur et à Oliver, avant de sortir de la voiture. Je la rejoins et Viktor apparaît de l'autre côté.

La voiture repart par où elle est venue. Je vais vraiment faire ça. Oliver va revenir avec mes affaires et ensuite je partirai vivre avec une princesse pendant une semaine. Je jette un œil à Emma. Elle essaie de se protéger du froid, les bras serrés contre sa poitrine. Elle a fui son mariage sans prendre le temps d'emporter un manteau, probablement dans la panique la plus totale. Je suis sûr qu'elle devra le payer cher, quand elle rentrera chez elle. Je suis sur le point de lui offrir mon sweat quand Viktor retire sa veste noire et la pose sur ses épaules.

— Merci, dit-elle en le ramenant contre elle.

Viktor semble insensible au froid, dans son tee-shirt et son jean noirs.

— De rien, Madame. Il y a une petite voie de service, là-bas, pour votre balade.

— Parfait, dit-elle, et nous nous dirigeons tous les trois vers la route étroite.

Viktor est une présence silencieuse et Emma est devenue anormalement silencieuse. Je n'ai aucune envie de faire la conversation, je me contente donc de marcher. De manière surprenante, le silence est confortable, et la vue, donnant sur un terrain vague, me paraît assez paisible.

Après notre balade, nous retournons au jet et y montons pour attendre mes bagages. Je laisse Emma passer devant moi alors que nous grimpons les marches vers les portes ouvertes du jet.

Emma s'immobilise brusquement juste au moment où nous entrons.

— Lucas, murmure-t-elle comme un juron.

Je retire mes lunettes de soleil et les accroche au col de ma chemise. Un grand type d'environ vingt ans, aux cheveux brun foncé et une barbe assortie nous accueille d'un signe de la main depuis l'une des places assises du fond, munies de tables. Le Prince Lucas Rourke.

Il sourit.

— Je me suis porté volontaire pour jouer les gardes-Emma, vu qu'il s'agit de la villa de mon ami. Et je crois que le salut approprié serait bonjour, mon très cher frère, merci de m'avoir sauvé les fesses en m'offrant cette magnifique occasion d'échapper à ma catastrophe personnelle.

Emma s'avance et ils ont une discussion animée. Je regarde autour de moi ; il n'y a pas d'autre membre de la famille royale ici. Juste le pilote et une hôtesse de l'air à l'avant du jet, tous deux souriant et semblant amusés par les deux Rourke.

Il y a quatre rangées de sièges inclinables à l'avant. Je retire mon sweat et ma casquette avant de prendre un siège près d'une fenêtre de la deuxième rangée. Viktor est déjà assis au premier rang.

— Puis-je vous apporter un verre, monsieur ? me demande l'hôtesse de l'air, une brunette voluptueuse d'environ vingt ans.

— De l'eau, s'il vous plaît.

Elle revient un moment plus tard.

— Merci.

Elle s'attarde et annonce d'une voix basse et rauque :

— Je suis très fan de vous.

— Merci.

— Comment avez-vous rencontré Emma, si vous me permettez cette question ?

— Je ne vous permets pas, en fait.

Elle incline la tête, se retourne et repart à son poste près du cockpit.

J'ouvre le bouchon de mon eau en bouteille et la porte à mes lèvres lorsque Emma se laisse tomber à côté de moi, bousculant mon bras. De l'eau se renverse sur ma barbe et ma chemise.

— Désolée ! s'exclame-t-elle.

Elle commence à essuyer ma barbe avec ses doigts.

— C'est doux, dit-elle dans un souffle. Et si humide.

Je suis à la fois excité et amusé.

— Est-ce que je pourrais avoir une serviette ?

L'hôtesse de l'air se précipite avec une poignée de serviettes. J'en utilise plusieurs pour essuyer ma barbe, puis Emma essuie mon torse, frottant assez pour déchirer la serviette.

Je repousse sa main.

— Ça ira, ma belle. Calme-toi, avec ces serviettes.

Elle regarde la serviette déchirée, dégoûtée.

— Quel produit de mauvaise qualité !

L'hôtesse de l'air récupère vivement nos déchets et nous apporte à tous les deux des bouteilles d'eau fraîches.

— Merci, Peggy, dit Emma en souriant à l'hôtesse de l'air.

— Tout le plaisir est pour moi, Votre Altesse, répond Peggy.

Elle m'adresse un regard spéculateur, comme si elle avait envie de dire autre chose, mais à cet instant le pilote l'appelle pour les vérifications d'avant décollage.

— S'il te plaît, contente-toi d'ignorer mon frère, dit Emma d'un ton tendu. Ça va être un moment merveilleux.

Elle se penche vers moi et murmure :

— Je suis si heureuse que tu aies accepté de te joindre à moi.

— Est-ce que le sultan était un abruti total ? lui demandé-je sur le même ton.

Je fais référence à son ancien fiancé.

Elle rougit.

— Il n'était pas encore sultan, et il était parfaitement sympathique.

— Alors pourquoi l'as-tu jeté ?

— Cela me paraissait la chose à faire, murmure-t-elle, les yeux baissés. Mon instinct me disait de ne pas aller au bout.

— Est-ce que ça t'a paru être la chose à faire jusqu'au jour de ton mariage ?

Elle fronce les sourcils.

— Non, avoue-t-elle.

— Alors pourquoi ça t'a pris aussi longtemps pour laisser tomber ce mec ?

Elle croise sagement les mains sur ses genoux.

— Je n'ai pas envie d'en parler.

Une grande main apparaît devant moi, suivie par le visage sérieux de son frère.

— Bonjour. Je suis le frère d'Emma, Lucas.

Emma le repousse.

— Retourne t'asseoir à ta place.

Il l'ignore et me dit, d'un ton empli de désapprobation :

— Je vous connais.

— Je ne crois pas qu'on se soit déjà rencontrés.

Il connaît ma réputation, il ne me connaît pas, moi.

Ses yeux bleu vert s'étrécissent en deux fentes pleines de mécontentement, dirigé vers moi.

— Je serai avec vous durant tout le temps que vous passerez en Italie. Considérez-moi comme votre chaperon.

— Lucas, siffle Emma. Va-t'en !

J'adresse un sourire léger à Lucas.

— Ravi de vous rencontrer, chaperon. Emma et moi sommes juste amis.

Il me regarde d'un air suspicieux avant de s'asseoir sur le siège juste en face de l'allée, me fusillant du regard tout en mettant sa ceinture.

Et c'est parti. Nous trois, plus deux gardes, dans une villa pour une semaine. Génial. C'est trop tard pour me tirer de là ?

Emma se tourne vers moi et me dit d'une voix basse et féroce :

— Il nous fait entrer dans la villa, et c'est tout.

— Est-ce qu'il sait ça ? demandé-je en parlant moi aussi à voix basse.

— Oui, murmure-t-elle. Je le lui ai dit. Il dit qu'il s'est porté volontaire, mais je n'y crois pas. Gabriel – c'est mon frère aîné, le nouveau roi – l'a envoyé pour jouer les baby-sitters. J'ai vingt-cinq ans, mais Gabriel me voit encore comme une petite fille avec des couettes. Il n'a aucune *idée* de ce dont je suis capable.

Je la dévisage, intrigué.

— De quoi es-tu capable ?

Elle hausse le menton.

— De beaucoup de choses.

— Comme la philosophie ?

Elle me fusille du regard.

— J'ai déjà assez de mal à supporter que mes frères se moquent de moi. Je n'ai pas besoin d'endurer ça venant de toi.

Je souris largement.

— Mais je n'ai jamais eu de petite sœur à embêter.

— Ce n'est pas une excuse, réplique-t-elle, ses lèvres se contractant.

J'émets un petit rire, malgré la sensation des yeux de Lucas rivés sur ma tempe.

— Eh oui, je m'y connais en philosophie, mais je connais aussi des choses utiles.

— Quel genre de choses utiles ? Comme crocheter les serrures ?

Elle m'adresse un sourire mystérieux.

— Entre autres choses. Mes frères me sous-estiment.

Je jette un œil à Lucas et il m'adresse plusieurs gestes de la main, pointant d'abord Emma, puis moi. Seigneur. Le message est clair — un doigt dans l'anneau formé par ses doigts, puis un geste tranchant sur le cou, et un doigt pointé dans ma direction. Il fronce les sourcils, le regard meurtrier. Message reçu – saute ma sœur et je te tue.

Je regarde devant moi.

— Donc, Lucas fait partie de ces grands frères surprotecteurs ?

— Non, ça, c'est plutôt Gabriel. Lucas est juste casse-pieds.

— Je vois.

Je peux le sentir nous observer. Toujours à voix basse, je demande :

— Tu ne t'attends pas à ce qu'on baise durant ce voyage, n'est-ce pas ?

Ses joues deviennent rose vif et ses doigts tirent sur son col.

— N-non. Je ne m'attendrais jamais… – elle tousse – je ne sais pas pourquoi tu dis ça. Je veux dire, tu as bien dit, plus tôt… mais alors… ne parlons pas de…

Elle se racle la gorge et termine :

— D'accord ?

Je ne peux m'empêcher de la titiller. Elle peut à peine prononcer les mots, après avoir réclamé quelque chose de téméraire.

— Et pour ce qui est de – je tousse – te repousser hors de, hum – je me racle la gorge – ta zone de confort ?

Elle plisse les yeux, avant de dire d'un ton affecté :

— Une femme a d'autres côtés, en dehors de ses parties intimes.

Je meurs d'envie de l'entendre prononcer le nom de l'une de ces parties intimes.

— Qu'est-ce qui est si intime ?

— La ferme.

Je ris.

~

Emma

Je suis furieuse. Pas à cause de Jackson. Je suis habituée à ce que les hommes dans ma vie se moquent de moi. C'est Lucas. Sa présence est déjà assez contrariante, mais a-t-il besoin de nous fixer, moi et Jackson, comme si nous étions exposés dans un zoo, pendant tout le trajet jusqu'en Italie ? C'est embarrassant et terriblement flagrant. Je ne pense pas qu'il sache qu'Anna m'a avertie de ne pas emmener Jackson, parce qu'il n'en a pas parlé, et elle n'en a probablement rien dit à personne, supposant que je me conformerais à ses conditions, ce que je fais habituellement, mais une chose en a entraîné une autre et, maintenant, c'est fait.

Clairement, Lucas connaît la réputation scandaleuse de Jackson. Je ne sais pas si Jackson et moi sommes déjà placardés partout sur internet, et je ne veux pas le savoir. J'espérais vraiment avoir l'occasion d'en apprendre un peu plus sur Jackson durant le vol, mais après que Lucas a interrompu notre conversation plusieurs fois, Jackson s'est affaissé sur son siège et a placé sa casquette devant son visage.

Je suis reconnaissante à Lucas de m'avoir fourni un endroit sûr où trouver refuge. Je pensais juste que je pourrais... me laisser un peu aller et explorer tout ce qu'il peut y avoir à explorer en moi, loin de la vie de palais. Lucas me rappelle la maison, ma famille et mon devoir. Non pas qu'il n'ait jamais lui-même semblé entravé par cette vie. Peut-être parce qu'il est le troisième frère de la famille. Il ne ressent pas la pression de devoir apprendre comment être roi, et mes parents ont donné beaucoup de liberté à mes frères. Lucas n'est pas ce que j'appellerais un homme à la vie trépidante, ou si c'est le cas, alors il s'est montré très discret, parce qu'on n'entend presque jamais de choses croustillantes sur lui dans la presse. Il adore faire la fête, par contre, se mêlant à des stars et se laissant aller facilement. Je pousse un soupir. Je devrais peut-être essayer d'être plus comme Lucas, sauf que je n'aime pas les grosses fêtes bruyantes pleines de personnes en état d'ébriété, et je me couche toujours à neuf heures et demie, c'est-à-dire avant que la plupart des fêtes aient commencé. J'ai respecté une routine inflexible pendant des années, me disant que les règles et les normes strictes que je m'imposais étaient nécessaires pour m'acquitter de mon rôle de représentante de la famille Rourke. Maintenant, je suis perdue.

Nous atterrissons à l'aéroport de Milan, où une voiture nous attend. Lucas fait un geste vers une grosse valise à roulettes qui est en train d'être sortie de la zone de cargaison du jet.

— Silvia a préparé certaines de tes affaires pour toi.

Mes joues rougissent de honte et ma gorge se serre. Silvia est mon unique sœur, à qui je n'ai pas confié mes inquiétudes. J'aurais dû me tourner vers elle. Nous sommes du même sang. Elle a quand même eu ce geste attentionné pour moi.

— C'est très gentil de sa part.

Lucas penche la tête sur le côté.

— Je serais curieux de savoir ce qu'elle a mis dans cette valise. Elle était énervée que tu aies été si malheureuse sans qu'elle n'en entende jamais parler. Elle est peut-être pleine de vêtements de vieille dame. Oh, attends, c'est déjà ta garde-robe habituelle. Ah, ah.

Jackson rit et mon frère fronce immédiatement les sourcils.

Je leur lance à tous les deux un regard noir, même si Lucas a raison. Ma garde-robe est essentiellement constituée de pudiques robes pastel qui descendent sous les genoux. Rien d'un tant soit peu sexy. Je ne sais pas pourquoi je pensais avoir la moindre chance de séduire Jackson pour qu'il me libère de mon style de vie convenable. Même si j'avais eu une robe flatteuse, il semble éprouver un désintérêt prodigieux pour moi, si ce n'est à la manière moqueuse d'un grand frère. Et puis, nous avons un insupportable chaperon. Je réprime un soupir. J'apprendrai la guitare et pourrai souffler un peu durant ce voyage. C'est tout. Je dois être reconnaissante pour ce qui m'a été accordé et espérer que ces quelques jours m'octroieront un peu d'éclaircissement quant à mon futur.

Une Mercedes noire de location aux vitres teintées nous attend. Oliver s'installe derrière le volant. Lucas insiste pour que Jackson s'installe sur le siège passager, à l'avant, pour pouvoir étendre ses jambes, même si Lucas a aussi de longues jambes. Il ne fait qu'environ deux centimètres de moins que Jackson. Je me glisse sur le siège arrière avec Viktor et Lucas s'installe avec nous un instant plus tard, l'air suffisant.

— La villa est très sûre, elle est isolée et équipée d'un système de sécurité dernier cri, dit-il en se tournant vers moi. Il y a un gardien, qui passera quotidiennement pour pourvoir à nos besoins.

— Ça m'a l'air génial.

Je m'efforce de me montrer aussi enthousiaste que possible, au vu de son comportement envers Jackson.

— Merci, ajouté-je un peu tardivement.

— Enfin un merci, pavoise Lucas.

Je serre les dents et n'ajoute rien. Il fait noir, maintenant. Cette journée a été interminable, et je suis impatiente d'aller me coucher.

Une fois la voiture en mouvement, Lucas sort son téléphone et tape un message rapide, probablement pour faire son rapport et annoncer que nous sommes bien arrivés.

Je ferme les yeux, m'assoupissant presque, quand je songe brusquement que Lucas a peut-être mentionné le fait que Jackson soit avec nous. Mince. Je sais que les gardes et le personnel ne rapporteraient jamais mon comportement à moins que je ne sois en danger. Lucas est le maillon faible. À moins que Jackson et moi soyons déjà placardés partout sur internet. Je ne veux pas que Gabriel m'adresse un ordre royal me forçant à rentrer. Je dois obéir à mon roi. Je suis sur le point de demander à Lucas ce qu'il a envoyé comme message quand il se tourne vers moi et secoue lentement la tête, sa bouche formant une ligne fine.

Mon estomac se noue. C'est fini. Mes ongles s'enfoncent

dans mes paumes. Il a suffi d'une simple décision, celle d'amener un invité de mon choix, et tout est fini.

Lucas me murmure directement à l'oreille :

— Je viens de découvrir qu'Anna t'avait dit de ne pas amener ce *type*.

Je hoche la tête.

— Gabriel n'est pas content.

Je grimace.

— Est-ce qu'il va me forcer à rentrer ? murmuré-je.

— Je ne sais pas. Anna dit qu'elle s'en occupe. Mais, Emma, la presse est…

— Ne m'en parle pas. S'il te plaît.

— Nous en parlerons plus tard, dit-il, le regard direct et le ton acéré.

Mes yeux s'arrondissent au ton de sa voix. Il ne se montre jamais sévère avec moi. Il est toujours chaleureux et accommodant. Super. Pour couronner le tout, je vais maintenant devoir subir un sermon de la part d'un fêtard.

C'en est trop. Je ferme les yeux, me coupant du monde extérieur, et m'assoupis en quelques minutes.

Je me réveille quand mon frère me secoue le bras.

— Nous sommes arrivés.

Je sors de la voiture. La maison est plongée dans la pénombre, je ne peux donc pas distinguer grand-chose. C'est une large maison en pierre à plusieurs étages, située tout au bord du lac. Il y a un front de mer, une piscine avec une structure en pierre plus petite et une véranda.

Les gardes restent près de moi alors que je suis Lucas avec ma valise. Jackson marche derrière moi. Il regrette probablement d'être venu à mon secours et de s'être retrouvé embarqué là-dedans. Eh bien, bonne nouvelle, Jackson, tout ça sera probablement terminé demain, à la demande du roi. Lucas tape le code de sécurité pour nous près de la porte, avant d'entrer.

— Oh, comme c'est charmant, murmuré-je tout en me dirigeant vers le salon.

L'intérieur est chaleureux et douillet, avec des murs de pierre, des poutres et un plafond aux poutres apparentes. Les deux canapés beiges moelleux avec des oreillers décoratifs rouges, des guéridons et des tables basses en bois d'aspect rustique, tout cela est si convivial. C'est si différent de chez moi, et j'aime déjà cet endroit. Le sol est en briques. C'est une aire ouverte, la salle à manger se trouve juste à côté, comportant une longue table en bois aux larges planches avec des chaises en osier.

Je me tourne vers Lucas.

— À qui appartient cet endroit ? Il est si incroyablement rustique.

— Blaze Tanner. Et tu n'as pas à t'inquiéter de le voir passer nous rendre visite. Sa femme vient d'avoir des jumeaux et ils vont rester à LA durant un certain temps.

— Oh, j'adore ses films.

Jackson garde le silence.

— Merci pour ton aide, aujourd'hui, dis-je en me tournant vers Lucas. Est-ce que tu vas repartir pour Milan ce soir, ou attendre demain matin ?

J'essaie de modérer l'urgence dans ma voix, sachant que je n'aurais peut-être qu'une nuit de liberté et ne voulant pas d'un chaperon inutile.

— Parlons un peu, m'invite-t-il en inclinant la tête vers le salon. Toi aussi, Jackson. Au fait, je suis un grand fan d'Ignite.

— Merci, répond Jackson en plongeant les mains dans ses poches.

Lucas s'assied sur le canapé et nous fait signe d'approcher.

— Venez, je ne mords pas. Beaucoup.

Je m'assois à côté de lui et Jackson reste debout près de la salle à manger.

— Je vais devoir hurler pour que tu m'entendes, remarque Lucas en plaçant une main en coupe près de sa bouche.

— J'ai l'impression que c'est une discussion de famille, répond Jackson.

— En fait, ça te concerne, toi aussi ! hurle Lucas, exagérant la distance entre nous.

Jackson se rapproche lentement, mais ne nous rejoint pas sur le canapé.

Lucas se penche en avant, les coudes sur les genoux, et croise mon regard.

— Qu'est-ce qui te prend, Emma ? Je ne t'ai jamais vue agir ainsi auparavant. Tu as toujours été tellement du genre à suivre les règles. Et voilà que tu fuis ton mariage pour partir avec une rock-star ?

— Je n'avais rien à voir là-dedans, aboie Jackson. Laisse-moi en dehors de ça.

Je prends immédiatement la défense de Jackson :

— Je me suis cachée sur la péniche de Jackson, c'était une pure coïncidence. Et puis, après avoir très gentiment accepté de me déposer à Nantes, il est venu à mon secours quand la presse et les paparazzis m'ont assaillie.

— Où étaient les gardes ? demande Lucas en regardant autour de lui d'un air accusateur.

Je regarde autour de moi. Viktor et Oliver doivent être en repérage autour de la maison et de la propriété.

— Ce n'était pas de leur faute. Je me suis aventurée dehors avant de les voir. Ils étaient en chemin vers moi.

— Pourquoi faire un truc pareil ? demande Lucas.

Je hausse les épaules, prenant soin de ne pas regarder vers Jackson. Je ne veux pas partager la vraie raison – le fait que Jackson m'ait rejetée – devant lui. J'aimerais conserver un peu de dignité.

— Pourquoi ? insiste Lucas.

Je laisse échapper un soupir agacé.

— Je n'avais pas les idées claires. Je venais de passer la plus longue journée de ma vie.

Sa voix s'adoucit et, d'une certaine façon, cela rend ses mots plus douloureux encore.

— Gabriel était paniqué et se demandait où tu pouvais être. Abdul était effondré. Il t'a attendue si longtemps. Et sa famille est furieuse. Et tu es certainement au courant du dernier scandale entourant Jackson. Maintenant, la presse le relie à toi.

— Au diable la presse, lance Jackson.

Lucas le fusille du regard.

— Le nom de notre famille est traîné dans la boue, dit-il d'une voix dure.

Je n'ai jamais entendu mon frère prendre les choses en main de cette manière. Peut-être parce qu'il n'en a jamais eu l'occasion, étant troisième dans la ligne de succession pour le trône. Je regrette simplement que ce soit moi qu'il ait décidé de prendre en main.

— Je ne suis pas amoureuse d'Abdul, dis-je doucement. Je ne suis pas prête pour le mariage.

Les yeux couleur aigue-marine de Lucas, qui ressemblent tant à ceux de notre père, sont pleins de gentillesse et de compréhension.

— Tu as craqué sous la pression. C'est un miracle que tu n'aies pas craqué plus tôt, vu la façon dont tu t'en tiens toujours rigidement au protocole royal. Tu es exactement comme Gabriel.

Je hoche la tête.

— C'est pour ça que je suis si reconnaissante de pouvoir profiter de ce bref répit en Italie.

Il m'attire à lui pour une étreinte rapide et m'embrasse sur le haut du crâne. Je lui adresse un sourire larmoyant à cet élan d'affection inattendu.

— Va te reposer, dit-il. Tu vas devoir faire face à ce qui te tombera dessus demain.

Je me redresse. Il a raison. Je ne sais pas de quoi demain sera fait, mais je sais que ce ne sera pas bon. J'ai encore plus empiré la situation en amenant Jackson ici, et Gabriel me fera certainement connaître son mécontentement. Ce soir sera ma dernière nuit paisible avant un long moment.

Lucas se lève et demande à Jackson :

— Pourquoi es-tu là, exactement ?

— Je suis… commence Jackson en levant les paumes.

— Jackson a accepté d'être mon professeur de guitare, intervins-je en bondissant hors de mon siège.

Jackson se frotte la nuque pendant que Lucas le regarde d'un air suspicieux.

— Si ce n'est pas gentil, ça, dit Lucas d'une voix traînante.

Des leçons de guitare de la part d'une rock-star. Un nouveau boulot à mi-temps pour le chanteur d'Ignite ?

— Je partirai dès demain matin, marmonne Jackson.

— Non ! m'exclamé-je.

La tête de Lucas se tourne vivement vers moi.

Je ne suis pas encline aux emportements, en général, et j'élève rarement la voix.

— Tu restes, ajouté-je, d'une voix égale.

Lucas secoue la tête.

— Emma, tu n'as *aucune idée* du nombre de têtes qui tomberont s'il reste ici avec toi. Abdul et sa famille, notre famille, la presse, surtout après ta nouvelle escapade…

— Ce n'est que pour une semaine, dis-je d'un ton aussi raisonnable que possible.

Même si cela ne durera peut-être qu'une journée.

— Je vais me coucher, marmonne Jackson.

Il attrape son sac de voyage et son étui à guitare, avant de monter à l'étage.

Je le suis, traînant ma lourde valise dans l'escalier. Lucas attrape ma valise et la porte pour moi, me dépassant dans l'escalier. Une fois arrivé en haut, il dit à Jackson :

— Ta chambre est là.

Il pointe du doigt vers la chambre la plus proche de l'escalier.

— Viens, Emma, tu as droit à la chambre principale, en récompense pour avoir enfin sorti la tête du sable et pris ta vie en main. Même si tu l'as fait de la manière la plus désastreuse possible. Tu vois à quel point je suis un bon grand frère ?

J'ouvre la bouche, avant de la refermer. J'ai presque eu l'impression qu'un remerciement était de mise, mais je me sens aussi vaguement insultée. Il dépose ma valise dans la chambre et sort dans le couloir, annonçant assez fort pour que Jackson et le pays entier l'entendent :

— Je serai dans la chambre à côté de celle d'Emma.

Jackson ferme la porte de sa chambre.

Mortifiée, je me tourne vers Lucas.

— C'est quoi, ton problème ? Je n'ai pas besoin que tu montes la garde. Jackson n'est pas une menace pour moi.

— Emma, Emma, Emma, ton innocence te mènera à ta perte. Ne connais-tu pas sa réputation avec les femmes ? Il va se servir de toi et te laisser tomber sans un regard en arrière.

Il secoue la tête, avant d'ajouter :

— Des leçons de guitare. *Je t'en prie.* Il essaie de te séduire.

— Les leçons de guitare étaient mon idée ! Et il n'est même pas intéressé par moi. Il me traite comme une petite sœur agaçante, en se moquant de moi et tout ça.

— Ça commence toujours de cette façon. Il te désarme et ensuite, bam ! C'est un coureur de jupons, et je ne dis pas ça comme un compliment.

— Dans quel contexte est-ce que ça peut être un compliment ?

Il se penche vers moi.

— Écoute, tu es complètement dépassée par la situation. Je ne sais pas comment tu as pu devenir amie avec lui…

— Nous nous sommes rencontrés à une œuvre de charité. Son groupe jouait là-bas et j'étais la maîtresse de cérémonie.

— Et ensuite quoi ? Vous avez gardé le contact ?

— Non. Mais le destin est intervenu et m'a fait atterrir sur son bateau.

— Le destin, dit-il avec mépris. Réveille-toi ! Il a envie d'un trophée royal, de sauter la princesse. Il attendait probablement juste que tu quittes ton fiancé…

— Ce n'est pas du tout ce qu'il s'est passé ! m'exclamé-je, croisant les bras et haussant le menton. Et arrête de me sermonner. Je peux me débrouiller seule.

Sa voix s'adoucit.

— Tu es fiancée depuis que tu as seize ans. Tu as si peu d'expérience avec les hommes, d'une quelconque manière que ce soit, sans parler de cette façon-là. Je m'inquiète pour toi.

Je décroise les bras, me calmant devant son inquiétude sincère.

— Ne t'inquiète pas, d'accord ? Je te promets que je sais ce que je fais. J'ai juste besoin de faire une pause, d'apprendre la guitare et de respirer un peu.

Je grimace et ajoute :

— Pour aussi longtemps que ça durera.

Il se penche et dépose un baiser sur ma joue.

— Je comprends. J'aime respirer, moi aussi.

J'émets un petit rire.

— Et je resterai ici aussi longtemps qu'il sera là.

— Lucas !

Il se retourne et rentre dans la chambre voisine. Argh !

6

Emma

Je suis pressée de sortir mon pyjama et ma brosse à dents, alors la première chose que je fais est de hisser la large valise sur le lit king-size à l'air extrêmement confortable. Je l'ouvre et trouve une note pliée en deux sur mes vêtements soigneusement rangés.

Emma,
Je sais que tu fais quelques centimètres de moins que moi, mais je n'ai pu me résigner à
envoyer à une princesse rebelle ta triste collection de robes qui te font ressembler à Mère. Est-ce que tu l'as laissée choisir toute ta garde-robe ? J'espère que ma contribution à la cause te conviendra. Anna a ajouté l'une de ses robes favorites, qu'elle ne peut plus porter « à cause de son aspect décolleté ». C'est dur, d'être une reine. Ah. Elle dit qu'elle couvre à peine ses fesses, alors elle devrait t'arriver aux genoux.

Bisous,
Silvia

P.S. S'il te plaît, passe me rendre visite aux États-Unis.
Ma grande sœur me manque.

Zut alors. Qu'est-ce qui me prend de me mettre à pleurer ?
J'essuie mes yeux humides. Juste parce que j'ai pris une seule
décision impulsive et spontanée, je perds soudain le contrôle
de mes émotions. On m'a appris à rester stoïque, à garder mes
accès d'émotions profondément enfouis. Une partie de tout
cela commence déjà à se relâcher en moi. Je devrais en être
heureuse, mais c'est une sensation plus inconfortable que je
l'aurais cru.

Je renifle et essuie mon nez sur le dos de ma main. Peut-
être qu'en essayant de me libérer de mes strictes restrictions,
je perdrais totalement le contrôle, et que tout se déversera
hors de moi. D'un seul coup, je deviendrais sentimentale,
embrassant spontanément tout le monde comme ma belle-
sœur, Anna, le fait. C'est déjà en train d'arriver ! J'ai enlacé
impulsivement Jackson quand il est apparu sur le dock pour
me sauver de cette foule de gens. Ce n'est pas la personne que
je pensais être. Je voulais être heureuse, mais garder le
contrôle de moi-même.

Je me dirige vers la salle de bains attenante, récupère un
mouchoir et me mouche le nez. Un seul regard dans le miroir
à mes yeux humides et mes traits tirés me fait redresser le
dos. Les femmes Rourke ne sont pas faibles.

Je retourne à ma valise et me mets au travail, sortant les
choses dont j'ai besoin. Puis je ne peux m'empêcher de jeter
un œil aux nouveaux vêtements que Silvia a mis dans ma
valise. Je pose mes pudiques robes pastel à manches
longues sur le lit et sors la contribution de Silvia à ma
garde-robe – un jean noir près du corps et un sweater rouge
au col en V. Ce n'est pas du cachemire, mais c'est doux.
C'est une tenue très américaine. J'imagine que c'est logique,
vu qu'elle vit là-bas depuis des années, maintenant. En
chaussures, j'ai mes sages petites chaussures plates habi-
tuelles en noir, bleu marine et gris taupe. Anna m'a envoyé

une robe vert foncé avec un décolleté plongeant, une taille cintrée et une jupe courte. Elle est faite d'un tissu moulant. Oserais-je porter une telle robe ? Eh bien, j'ai bien dit vouloir repartir à zéro. Demain. Pour l'instant, j'ai besoin de dormir.

J'accroche la robe dans la penderie, me prépare à aller au lit et m'endors à l'instant où ma tête touche l'oreiller. Je saute hors du lit à mon horaire habituel, cinq heures et demie du matin. Aimerais-je devenir l'une de ces personnes capables de faire la grasse matinée ? Oui, j'aimerais bien. Le problème, c'est que, peu importe à quelle heure je vais au lit, je me réveille toujours à cinq heures et demie comme si j'avais un réveil interne. C'est pourquoi je vais toujours me coucher à neuf heures et demie.

Aujourd'hui est le jour où je recommence à zéro. Je vais saisir cette occasion avant que qui que ce soit ne vienne me dire le contraire. Je ne sais trop laquelle de mes deux nouvelles tenues choisir, alors je les essaie toutes les deux. D'abord, le jean. Oups. Je n'arrive pas à l'enfiler au-delà des hanches. Je suis plus petite et j'ai plus de formes que Silvia. Le sweater me va, au moins, mais sans jean ou pantalon avec lequel le porter, je le retire. J'enfile la robe vert foncé d'Anna. Waouh. Tout ressort par en haut. Est-ce qu'on peut seulement porter un soutien-gorge avec ce truc ? La jupe s'arrête à mi-cuisse sur moi, ce qui veut dire qu'elle devait être scandaleusement courte sur ma belle-sœur d'un mètre soixante-dix. Je fais un mètre soixante. Oserais-je la porter ? Mon frère se moquera-t-il de moi ? Plus important encore, est-ce que cela plaira à Jackson ?

Je songe à Jackson, endormi de l'autre côté du couloir, habitué aux belles femmes à l'aise avec leur sexualité et se jetant à son cou. Puis je songe à ce crétin de Lucas, dans la chambre voisine, se comportant comme un chaperon de l'ère victorienne. Lucas peut supporter de me voir essayer de nouvelles choses. Et je le giflerai s'il rit.

Je replace la robe sur son cintre, m'empare de ma grosse trousse de toilette et me dirige vers la douche. Silvia a fait du bon travail, prenant même tout mon maquillage, mes crèmes et mon parfum préféré. Ma domestique l'a peut-être aidée. Cet acte de gentillesse me touche profondément.

Une heure plus tard, je suis complètement prête, portant la robe vert foncé avec le seul soutien-gorge que je pouvais porter avec le décolleté plongeant. Il est en dentelle, avec des bonnets assez ouverts. Je ne peux me balader sans soutien-gorge, au risque de m'effondrer d'embarras. Je suis impatiente de commencer ce qui pourrait être ma seule et unique leçon de guitare. Peut-être cela mènera-t-il à plus que ça, dans la tranquille intimité de la chambre de Jackson. C'est l'instant critique. Je ne me suis jamais montrée aussi audacieuse de toute ma vie, à me faufiler ainsi dans la chambre d'un homme, mais je n'ai rien à perdre. Je glisse les pieds dans mes chaussures plates couleur taupe, ouvre la porte de ma chambre aussi silencieusement que possible et me dirige furtivement de l'autre côté du couloir, vers la chambre de Jackson. La porte de mon frère est encore fermée. Il n'a jamais été un lève-tôt.

J'ouvre doucement la porte de Jackson et me glisse à l'intérieur, la refermant derrière moi. Il est vautré sur son ventre sur un grand lit double, la couette blanche ne couvrant que la partie inférieure de son corps.

Il est torse nu, son dos bronzé et musclé couvert de tatouages entièrement exposé. Je me rapproche sur la pointe des pieds et ma bouche devient sèche. Le tatouage a comme point central un anneau dentelé sur le haut de son dos, avec des flammes s'élevant et s'étalant sur ses omoplates. Je meurs d'envie de suivre les flammes du doigt, mais je n'ose pas.

Son visage est tourné dans l'autre sens, alors je contourne le lit.

— Jackson ?

Pas de réponse.

— Jackson, répété-je en lui secouant l'épaule.

Il grommelle une phrase inintelligible.

— Est-ce que tu peux me donner une leçon de guitare avant que Lucas se réveille ? Je ne veux pas qu'il nous regarde. Je suis sûre que je ne serai pas très bonne, étant débutante.

Je suis assez satisfaite de mon raisonnement. On ne dirait pas du tout que j'espère obtenir plus qu'une leçon.

— Quoi ? dit-il en gardant les yeux fermés.

— Je ne veux pas que Lucas me regarde apprendre la guitare. Est-ce qu'on peut le faire maintenant ?

— Faire quoi ?

— Jouer de la guitare.

Il ouvre un œil.

— Quelle heure est-il ?

Je jette un œil au réveil digital sur la table de chevet. Six heures trente-cinq.

— Presque sept heures.

Il referme les yeux.

— Du matin ?

— Oui, du matin, évidemment. Tu croyais avoir dormi toute la journée ?

Il place un oreiller sur sa tête.

— Ne fais pas ça, lancé-je en le retirant. Tu as besoin d'oxygène.

Il pousse un grognement.

— Verrouille la porte. Je ne veux pas que Lucas fasse irruption et me passe un savon.

Je me fige, le cœur cognant dans ma poitrine. *Verrouille la porte* ? Est-ce que ça veut dire qu'il est partant ? Est-il nu, sous cette couette ? Est-ce qu'il a vu ma robe aguichante et s'est mis en tête que j'étais là pour le sexe ? Tout cela est bien plus facile que je le pensais.

Je me précipite vers la porte et la verrouille, avant de revenir au lit en vitesse, d'ôter mes chaussures et de me glisser sous les couvertures, à bout de souffle. Je suis clairement en train de sortir de ma zone de confort. Et ça fait si longtemps, beaucoup plus longtemps que je ne le lui admettrai jamais. Après ma relation avec Adam, j'ai résolu de me préserver pour Abdul. Techniquement, j'étais fiancée à lui et je trouvais cela injuste d'être vue en train de rencontrer d'autres hommes en cachette. Non pas que je n'ai jamais fait la moindre cachotterie. J'ai été une princesse convenable toute ma vie, mis à part durant l'année avec Adam, et enfin, je peux me libérer.

Je me rapproche et me blottis contre lui, une chaleur émanant de son corps comme d'un four. Il est incroyablement douillet et sent si bon, comme la mer et une odeur musquée masculine. Sauf qu'il ne bouge pas. S'est-il déjà rendormi ? Son visage est tourné de l'autre côté. Je me penche par-dessus lui pour vérifier. Ses yeux sont fermés, les lèvres entrouvertes, et sa respiration est profonde.

Je me laisse retomber sur le matelas à côté de lui. Il n'était pas assez tenté pour résister à l'appel du sommeil. Je pousse un soupir. Au moins, il ne m'a pas jetée dehors. Il pensait peut-être que cela lui ferait perdre trop de sommeil et qu'il était plus simple de me laisser rester. Ou peut-être qu'il pensait que j'en ferais toute une histoire et que Lucas ou les gardes se précipiteraient à mon secours. Il est vrai que je lui ai donné du fil à retordre, plus tôt, sur le bateau.

Je soulève lentement la couverture et lui jette un œil. Il n'est pas nu. Il porte un caleçon bleu foncé. Peut-être que lorsqu'il se réveillera, il sera prêt à faire quelque chose. Je roule de côté vers lui et pose une main sur son dos. Il continue à dormir. Je peux me détendre, puisqu'il est à nouveau plongé dans un profond sommeil.

— J'apprécie certaines de tes chansons, en vérité, murmuré-je. Les ballades. Ce que tu as joué à l'événement de bienfaisance, ton plus gros hit, *Inferno*, était dissonant à mes oreilles. Je ne sais comment l'expliquer. Certaines chansons m'émeuvent profondément. Elles peuvent me porter, parfois jusqu'à une expérience spirituelle extatique. J'ai déjà eu les larmes aux yeux, aussi, même si je n'ai pas vraiment pleuré. Je sentais juste qu'elles menaçaient de couler.

Je caresse son dos et ses omoplates, appréciant la chaleur et le mouvement de ses muscles sous ma paume.

— J'écoute de la musique tout le temps. J'adore l'énergie des performances en live et j'assiste à autant de concerts que je peux. Quand je n'écoute pas de la musique, je l'entends dans ma tête. Je n'ai plus joué de flûte depuis que je suis partie pour l'université. J'aimerais faire revenir la musique dans ma vie. C'est pour ça que je t'ai demandé ces leçons. J'aime la guitare acoustique. La guitare électrique m'irait aussi, si ce n'est pas trop bruyant.

Je retire ma main et remonte les couvertures sur ses épaules et les miennes. Puis je reste étendue là, les yeux fermés, et mon esprit dérive, se remémorant les événements des dernières vingt-quatre heures. Je me sentais piégée. Pourquoi n'avais-je pas dit quelque chose plus tôt ? Je suppose que c'est comme ça que j'ai été élevée – dans l'honneur, le devoir et l'obligation. Toujours placer le royaume et la famille au-dessus de soi-même. Gabriel a suivi les mêmes diktats, et j'aimais faire partie de ce mode de vie noble et prestigieux. Lui et ma mère, l'ancienne reine, étaient mes modèles, et ils sont profondément ancrés dans la personne que je suis.

— Je n'ai jamais vraiment réfléchi à ce qui me rendait heureuse, murmuré-je à un Jackson endormi. Je ne suis même pas sûre de le savoir. Mis à part la musique que j'écoute occasionnellement et qui me touche. Mais je ne peux pas passer ma vie à simplement écouter de la musique. Je dois faire quelque chose.

Je me tais, tentant de réfléchir à ce que cela pourrait être. Quelles sont mes forces ? Je connais la self-défense, je sais comment crocheter une serrure, grâce à Adam. Et je parle couramment le français, l'espagnol, l'italien et le chinois mandarin. Je travaillais mon Malaisien pour ma nouvelle vie à Kainei avec Abdul, mais ça avait du mal à rentrer. C'était peut-être un signe que je ne voulais pas suivre la voie tracée pour moi. Je reste étendue là, à fixer l'arrière de la tête de Jackson. Ses cheveux blond sale sont ébouriffés et se redressent sur le dessus. Je trouve ça attendrissant. Je lisse ses cheveux en désordre, pousse un soupir et roule sur le dos, fixant le plafond et complètement réveillée.

Un très long moment plus tard, Jackson tourne la tête vers moi et ouvre les yeux.

— Eh.

— Bonjour.

Il se redresse et passe les jambes hors du lit, loin de moi. Mes épaules s'affaissent. Tout ce temps passé blottie à côté de lui à partager mes pensées avec son esprit inconscient m'avait fait me sentir proche de lui, en quelque sorte. Je pensais que lorsqu'il avait dit verrouille la porte, tout à l'heure, il cherchait enfin un peu d'intimité.

— Tu me trouves séduisante ? demandé-je doucement.

Il pose les coudes sur ses genoux.

— Emma, dit-il avec un soupir.

— Est-ce que c'est le cas ?

Il me regarde par-dessus son épaule.

— Je trouve toutes les femmes séduisantes. Cela n'a rien de personnel.

Je pousse un soupir et m'empresse de quitter le lit.

— Est-ce que je t'ai offensée ? demande-t-il.

Sans attendre de réponse, il se dirige vers la salle de bains attenante.

— Non, dis-je à son dos qui s'éloigne. J'étais juste curieuse de savoir. Maintenant que cette question est réglée, nous pouvons commencer nos leçons de guitare.

— Attends ici, répondit-il, avant de fermer la porte de la salle de bains.

J'attends si longtemps que cela en devient ridicule. Il semblerait qu'il soit en train de prendre une douche. Une image de Jackson, nu et mouillé, emplit nettement mon esprit. Ses cheveux humides repoussés en arrière, les arêtes dures de son torse. Il est bien monté, j'en suis persuadée. Dans mon imagination, il l'est. Épais et dur à cause de moi. Parce que je l'ai séduit plus qu'aucune autre femme qu'il ait jamais vue. Une chaleur grandit dans mon bas-ventre alors que j'imagine mes lèvres sur ce corps sublime, son odeur, son goût.

Oups ! Je sursaute quand la porte de la salle de bain s'ouvre brusquement, de la vapeur s'en échappant.

Il a attaché une serviette blanche autour de sa taille, ses cheveux coiffés en arrière exactement comme dans mon fantasme lubrique. Il passe une main dans sa barbe.

— Quand je t'ai dit d'attendre ici, je ne voulais pas dire littéralement à cet endroit même. Pourquoi ne prendrais-tu pas ma guitare pour en jouer un peu, pour te mettre à l'aise avec elle, d'accord ?

— Oh, bien sûr, et tu vas…

Je le suis du regard alors qu'il se dirige vers son sac de voyage et fouille dans ses vêtements.

Il jette le sac sur le lit.

— Prendre un thé, sourit-il.

Je souris devant son enjouement. Il est presque en train de flirter, même si je ne devrais pas trop interpréter les choses. Il a bien dit qu'il aimait toutes les femmes. Je me détourne, me mordillant la lèvre inférieure et m'intimant d'arrêter de trop espérer. Mais c'est la nouvelle moi, qui tente d'atteindre ce qu'elle veut, et le fait est que je suis ici, contrairement à toutes ces autres femmes. Je m'autorise le plaisir de fixer son large torse nu, le léger duvet de poils, les lignes et les sillons de muscles, la bosse dans son caleçon.

— La guitare est juste derrière toi, lance-t-il.

Mes joues deviennent brûlantes. Je saisis le message et me tourne vers l'étui à guitare posé dans le coin à côté du placard. Je le pose au sol et l'ouvre, mes oreilles tournées vers le froissement de vêtements alors qu'il s'habille, mon imagination ajoutant de magnifiques détails. Les bruissements s'interrompent quelques instants plus tard, je suppose donc qu'il a terminé. Je sors une guitare acoustique lustrée avec des dessins à l'encre noire sur le devant, des tourbillons et des explosions. Cette guitare a été très aimée. Je suis un peu surprise, en vérité, qu'il me laisse la manipuler toute seule. Je l'ôte avec précaution de son étui et la prends avec moi, m'asseyant sur la banquette rembourrée à côté du pied du lit.

Il me rejoint, vêtu d'un tee-shirt gris et d'un jean déchiré, pieds nus. Il sent délicieusement bon, comme du savon ou quelque chose qui le définit distinctement, de si masculin et sexy.

— Tiens, laisse-moi l'accorder.

Je le regarde jouer différentes notes, frottant quelques cordes et ajustant les molettes au dos.

Puis il me la rend.

— Tu es droitière ?

— Oui.

— OK, donc tu la tiens bien. Tu es à l'aise ?

— Très.

Ce n'est pas tout à fait vrai, mais je me sens honorée de tenir à la main sa possession la plus précieuse.

— Détends ton poignet, dit-il en le pointant du doigt. Commence par jouer une gamme. Doucement.

Il me montre le geste avec une guitare invisible dont il frotte les cordes.

— G, A, B, C, D, E F, G.

Mon cerveau est incapable de faire le lien, alors je lui rends la guitare.

— Tiens, fais-le, et j'essaierai de t'imiter ensuite. J'ai besoin de le visualiser réellement.

— Je devrais peut-être te montrer des vidéos YouTube.

— Je suis ici pour toi. C'est *toi*, l'expert, pas un étranger pris au hasard sur internet.

Il secoue la tête.

— Je ne suis pas un expert.

— Oh, allez. J'ai attendu ça toute la matinée.

Je jette un œil au réveil et ajoute :

— Il est presque neuf heures !

— À quelle heure es-tu arrivée ici, déjà ?

— Il n'y a pas si longtemps que ça, mentis-je. Maintenant, joue.

J'essaie de lui rendre la guitare, mais il refuse de la prendre.

— Je ne suis pas un singe savant à qui tu peux donner des ordres.

— Je sais. Tu es une star du rock.

Il serre les mâchoires.

— Plus maintenant.

— Tu es un musicien expérimenté, dis-je entre mes dents serrées.

— Un autodidacte.

— Tu vas m'apprendre, ou pas ? lâché-je.

Oups. J'espère ne pas avoir réveillé Lucas.

Il fixe mon décolleté.

— Tu as piqué cette robe à la femme qui vit ici ? demande-t-il.

Je baisse les yeux et vois que mes bonnets en dentelle dépassent un peu. Je rajuste la robe et croise son regard brûlant. Une vague de chaleur envahit mon corps en réponse, mes terminaisons nerveuses se réveillant en crépitant.

— Je ne suis pas une criminelle.

— Tu t'es introduite dans ma péniche.

— Cela faisait partie de mon évasion clandestine. Ça ne veut pas dire que j'ai vécu dans le crime. Cette robe est un cadeau de la reine Anna.

— Elle te va bien, répond-il d'une voix rauque.

Je lisse mes cheveux, coiffés en un chignon soigneux.

— Merci.

Je me tourne vers la guitare et frotte quelques cordes. Il y a des points sur le manche de la guitare, alors je les presse avec mon autre main. Une série de sons s'échappe de la guitare, mais ce n'est pas la gamme qu'il m'a montrée. Il tend le bras et ajuste mes doigts, m'indiquant le nom des notes à mesure que je les joue. Mon pouls vibre dans tout mon corps, une chaleur brûlante envahissant chaque partie de moi jusqu'à mon crâne. Seigneur, j'espère qu'il ne s'en rend pas compte.

Il laisse tomber sa main.

— Fais-le plusieurs fois, en disant les notes.

Je peux me concentrer beaucoup mieux quand il ne me touche pas. Je joue la gamme, en oubliant la moitié, et il me corrige. Il ne faut pas longtemps avant que je puisse distinguer lorsque j'ai réussi.

— Maintenant, je vais te montrer deux accords.

J'aime bien ça. Cela sonne comme de la vraie musique.

— Est-ce que tu as des partitions ? Je sais lire la musique. Je jouais de la flûte quand j'étais plus jeune.

— Non. On devrait t'en procurer, trouver des chansons faciles que tu aimerais apprendre.

Il pense que nous avons toute la semaine devant nous. Je crains que nous n'ayons que ce matin, maintenant que la présence de Jackson ici avec moi est revenue aux oreilles d'Anna et Gabriel.

— Est-ce que tu peux m'apprendre quelque chose de simple tout de suite ?

Il reste silencieux, les yeux fixés sur la guitare. Au moment où je pense qu'il va refuser, il me prend la guitare.

— Voilà la version de Bob Dylan de *House of the Rising Sun*.

Il la joue pour moi, ses yeux se fermant alors qu'il chante les paroles de sa voix profonde et rocailleuse.

Mes cheveux se hérissent sur ma nuque, la chair de poule recouvrant ma peau. C'est beau et émouvant, sa voix si profondément résonnante.

Il termine et ouvre les yeux, l'air plus détendu que je ne l'ai jamais vu depuis qu'on s'est rencontrés.

— Cette chanson était une vieille chanson folk anglaise à propos de la prostitution, à l'origine, ce qui la rendait très excitante pour mon moi de quinze ans.

Il m'adresse un sourire de travers qui me serre le cœur.

— C'est la première chanson que j'ai jouée.

— C'était incroyable !

Il me tend la guitare et m'indique les accords. Je commence lentement, ses doigts agiles m'aidant au fur et à mesure. Je parviens à jouer tout le premier couplet.

— Bien, dit-il. Maintenant, chante en même temps.

Il récite les paroles pour moi.

Je joue à nouveau, me concentrant sur le mouvement de mes doigts et fredonnant en même temps, trop embarrassée pour chanter devant lui.

— C'est plus drôle si tu chantes aussi, dit-il, et il me répète les paroles.

— Je ne sais pas chanter.

— Tout le monde sait chanter. Je vais chanter avec toi. Vas-y.

Je recommence à jouer, les notes me venant un peu plus facilement, et sa voix grave se joint à moi. Il me donne un petit coup d'épaule et je fredonne un peu en rougissant, butant sur ma note. Je secoue la tête et recommence, Jackson m'observant en silence.

Je fixe la guitare, heureuse de pouvoir jouer une chanson simple.

— Nous travaillerons le chant, d'accord ? Aucun jugement.

Je lève la tête, souriante, et lui rends sa guitare.

— Merci, Jackson, pour tout. Pour être venu ici avec moi, pour m'avoir donné cette leçon, pour avoir supporté mon frère. Cela signifie beaucoup pour moi.

— Merci de m'avoir invité, répond-il, les yeux fixés sur sa guitare. C'est la première fois que je joue depuis quatre mois.

— Pourquoi ça ?

— Je ne pouvais plus. J'ai essayé et je ne sais pas.

Il suit du doigt les tourbillons dessinés sur le devant.

— J'avais simplement perdu l'envie, la passion pour ça.

— Continue de jouer.

Je me lève et me glisse hors de la chambre, espérant qu'il continue en privé.

Je m'arrête dans le couloir et écoute. Quelques instants plus tard, je l'entends jouer *House of the Rising Sun* tout en chantant doucement. *Oui.* Un large sourire étire mes lèvres et je lève la tête, les yeux fermés, pour laisser la musique me submerger, et me porter.

7

Jackson

J'ouvre le réfrigérateur à la recherche d'un petit-déjeuner, motivé par ma leçon de guitare avec Emma. Il est tôt, pour moi, mais je suis ultra-réveillé. J'ai été stupéfait de l'engouement provoqué par le fait de redécouvrir la musique comme si j'étais de retour loin dans le passé, au tout début, en donnant des cours à Emma. Cette simple leçon a fait disparaître toute la pression que je ressentais à l'idée de créer quelque chose de cool et d'original. Entendre ses notes hésitantes gagner en confiance, ses fredonnements timides et voir cette impatience du débutant a ouvert quelque chose en moi. Je ne m'étais jamais imaginé donner des cours jusqu'ici, mais transmettre le don de la musique à une étudiante enthousiaste m'a épaté.

Je trouve des œufs et du lait, une miche de pain, et me fais du pain grillé et des œufs. C'est à peu près là que s'arrêtent mes talents culinaires. Cet endroit a été approvisionné pour nous à l'avance, ce qui est vraiment cool. Je ne me soucie même plus que Lucas se méfie de mes intentions. Il irait bien avec mon agent. Les femmes ne sont pas ce qui manque, quand on vit sur les routes, mais j'ai fait une croix sur les groupies après la mort de Charlie. J'ai fait une croix sur la plupart de mes vices d'un coup – plus de groupies, plus de cigarettes, plus d'herbe. Je me suis sevré parce qu'il était devenu une mise en garde. Bon sang, il me manque. Il était avec moi depuis que j'avais pour la première fois tenu une guitare, à quinze ans, et que nous avions créé notre groupe. Emma l'aurait fait triper, il aurait probablement imité à la perfection son accent snob.

Après le petit-déjeuner, j'enfile mes bottes et une veste en cuir et explore les lieux. La vue est magnifique, donnant sur le lac et les collines à l'horizon. Il y a une piscine intégrée avec une dépendance en pierre, une terrasse en pierre avec des chaises rembourrées et des chaises longues, ainsi que des bancs éparpillés partout pour apprécier la vue. Tout est très calme, ici. La maison est sur une parcelle de terrain située loin de ses voisins. La célébrité vous prive de votre vie privée, et l'argent vous la rend.

Je m'assois sur un banc face au lac et étire mes jambes. Je préfère être sur la terre ferme et regarder l'eau plutôt que le contraire. J'ai emprunté la péniche à un ami, qui ne l'a plus utilisée depuis son mariage il y a trois ans. Je la voulais en premier lieu pour l'intimité qu'elle m'apportait. Mais cette villa privée en Italie est encore mieux. J'ai de l'espace, de la compagnie si j'en ai envie, et un gardien pour s'occuper de tout.

— Ça te gêne si je me joins à toi ? demande une voix grave dans mon dos.

Je ne suis pas surpris de voir Lucas. J'ai le pressentiment qu'il est temps pour moi d'entendre Le Discours.

— Non, mec, installe-toi.

— Je ne me lasserai jamais de cette vue, dit-il tout en se frottant les mains et en soufflant dedans.

Il fait un peu frais et il ne porte qu'une chemise à boutons bleue légère, sans veste. Il a dû se précipiter ici pour saisir l'occasion de me parler seul à seul.

— Tu as mangé ?

— Oui, j'ai pris quelque chose plus tôt.

Il hoche la tête.

Le silence s'installe, mis à part le son du doux clapotis de l'eau. J'attends. Le silence s'étire si longtemps que je commence à croire qu'il voulait juste profiter de la vue. Finalement, il prend la parole :

— Je songe à me rendre à Milan, c'est à une heure de voiture d'ici, ça te dit ?

— Non, je vais rester ici.

— Tu es sûr ?

— Oui, je ne veux pas être vu en public en ce moment.

— Peut-être demain. Les lundis sont assez calmes, dans le coin. Nous pourrions emmener l'un des gardes pour garder la presse à l'écart.

— Ça ira, merci.

Il tapote des doigts sur sa jambe.

— C'est tellement mort, ici.

— J'aime ce calme.

— Tu es rock 'n roll, mec ! Tu aimes le calme, sérieusement ?

— Ça n'a pas toujours été le cas. Je me suis lassé des tournées et de tous ces trucs.

Il m'adresse un regard dur et direct.

— Raconte-moi comment tu as réellement rencontré ma sœur. Je sais qu'elle n'est pas fan de toi. Elle aime le blues, le folk et la musique classique.

Mes lèvres s'ouvrent de surprise. Emma a une face cachée. Elle aime la musique profonde. La mienne est plus viscérale, à vif.

— Nous, euh, nous sommes rencontrés à une œuvre de charité, comme elle l'a expliqué. Elle a présenté mon groupe au public. C'est par pure coïncidence qu'elle a atterri sur mon bateau.

— Sois honnête avec moi, dit-il d'un ton pressant. Nous sommes tous inquiets à son sujet. Cette histoire de mariée en fuite, ça ne lui ressemble tellement pas. Elle a suivi les règles toute sa vie. Elle adore les règles, elle ne vit que pour elles. Maintenant, elle saute sans filet et traîne avec toi. Pourquoi es-tu là, Jackson ? Dis-moi la vérité.

Je croise son regard.

— Parce qu'elle m'a invité.

— Pourquoi est-ce que tu dirais oui ? Tu as envie d'elle ?

— Elle a besoin d'un gardien.

— C'est moi, son gardien ! aboie-t-il. Toute notre famille est son gardien ! Dis-moi pourquoi tu es là !

Je me frotte le front. Emma ne plaisantait pas quand elle m'a parlé de cette histoire de grand frère surprotecteur.

— Je ne lui ferai aucun mal. Je ne fais que lui apprendre la guitare.

— Conneries !

— Écoute, dis-je, les mots s'échappant de mes lèvres, je suis ici parce que j'ai dû me planquer dans une péniche pendant un mois, à tenter en vain de reprendre la guitare. Et c'est là qu'Emma se pointe et me demande de venir ici lui apprendre la guitare. Au début, j'ai dit non, mais elle a eu des ennuis avec la presse et les paparazzis, qui l'ont presque piétinée, alors je suis intervenu et la seule chose à faire après ça, c'était de suivre le mouvement. Tout ce qu'elle voulait, c'était un peu de répit loin du désordre qu'elle a causé, et je peux comprendre ça, parce que j'ai besoin de la même chose. Alors je suis là.

— Donc vous n'êtes que deux âmes perdues à la recherche d'un peu de tranquillité ? demande-t-il d'un ton lourd de sarcasme.

— Tu sais que j'ai perdu Charlie, lancé-je, les yeux fixés sur le lac.

— Je suis désolé, répond-il d'une voix douce. Oui, j'en ai entendu parler.

Je déglutis pour avaler la boule qui s'est formée dans ma gorge, les yeux fixés devant moi.

— Je ne suis plus le même, depuis. Je n'ai plus envie de jouer les chansons d'Ignite ; elles me le rappellent trop. Je me sentais comme Emma, voulant simplement tout envoyer se faire foutre et recommencer à zéro, mais je ne peux pas. Je suis piégé par un contrat. Je dois produire de nouvelles chansons. C'est une chose que Charlie et moi faisions ensemble, avant. Je jouais avec lui, faisais rebondir mes idées sur lui. Mon inspiration est à sec ; la passion qui me guidait est morte et enterrée.

Je croise son regard et continue :

— Lors de ma leçon de guitare d'aujourd'hui avec Emma, j'ai été capable de jouer de la guitare pour la première fois depuis des mois. Je me suis reconnecté à la musique. C'est quelque chose d'énorme, pour moi. Elle m'apporte peut-être plus que moi je ne lui apporte, avec ces leçons.

— Alors tu n'as pas envie d'elle ?

Je conserve une expression neutre, dissimulant le désir que j'essaie d'ignorer depuis que j'ai découvert Emma endormie dans mon lit, sur le bateau, et qu'elle a ouvert ses grands yeux noisette pour me regarder.

— Il n'y a rien entre nous. Nous sommes amis.

Il me regarde si longtemps que je suis certain qu'il a lu en moi.

— Elle est fiancée depuis qu'elle a seize ans, dit-il finalement. Elle a été protégée et liée par ses devoirs royaux toute sa vie. Est-ce que tu comprends ? Elle est comme un poulain qui fait ses premiers pas. Vas-y avec des pincettes, mec.

Pas touche.

— Compris.

Il me donne une tape sur l'épaule.

— Fais-lui du mal, et tu es mort.

— Je n'ai aucune intention de lui faire du mal. Je lui ai appris la première chanson que j'ai jouée, tout à l'heure – ma voix se fait rauque et ma gorge se serre – et j'ai eu l'impression qu'un poids s'ôtait de ma poitrine, comme si je pouvais enfin respirer à nouveau. La musique reprend vie en moi à travers elle. C'est une révélation.

Il me fixe pendant un long moment, me jaugeant, puis un large sourire apparaît sur son visage.

— Elle est ta muse. Ne jamais énerver la muse.

Un sourire m'étire lentement les lèvres. C'est peut-être ce qu'elle est.

— T'as bien raison.

— Très bien, dit-il en se levant. Je vais aller voir si Emma veut aller en ville. Elle pourra se trouver quelque chose à porter qui la fasse moins ressembler à une vieille dame. Tu as vu ses robes ?

— Et toi ?

Il fronce les sourcils.

— Qu'est-ce que tu veux dire ?

Je repense à tout à l'heure, à sa robe verte révélatrice moulant ses courbes pulpeuses.

— Elle a dit que c'était un cadeau d'Anna.

— Merde.

Il se retourne et se dirige vers la maison.

Je souris en moi-même. Emma est en train de sortir de son cocon, semble-t-il, et je suis le petit chanceux qui aura l'honneur d'en être témoin. Mais je regarderai sans toucher. Je ne suis pas assez fou pour déconner avec ces débuts fragiles entre moi et ma muse. La musique me rappelle à elle et je ferai tout ce que je peux pour rester dans ses bonnes grâces, ainsi que dans celles d'Emma.

〜

Emma

Je suis sur des charbons ardents toute la journée, m'attendant à ce que le téléphone sonne ou à ce qu'une voiture fasse irruption et que Gabriel en bondisse pour me passer un savon et m'escorter à la maison.

Rien.

Pas de message. Pas d'appel.

Anna doit faire diversion pour moi.

Lucas et Jackson s'entendent bien, maintenant.

La paix s'est installée.

Merci.

〜

Jackson

Le lendemain matin, la porte de ma chambre s'ouvre en grinçant et j'ouvre aussitôt les yeux. J'ai toujours eu le sommeil léger. Je suis sur le ventre, la tête tournée vers la porte. C'est Emma, éclairée à contre-jour par la lumière du couloir, entièrement habillée, portant cette fois un pull à l'air doux et un jean. Le pull moule ses seins magnifiques. Je ferme les yeux et imite le sommeil des morts. C'est une lève-tôt. Je parie qu'elle est là pour me supplier de lui donner sa prochaine leçon de guitare, et je suis trop fatigué pour bouger.

Je l'entends verrouiller la porte, s'avancer sur la pointe des pieds vers le lit, puis ses pieds émettent un son léger en se soulevant. Elle n'a aucune idée comme' elle est tentante, à grimper ainsi dans mon lit au petit matin. La plupart des hommes tireraient avantage de la situation. Elle a de la chance que ce soit moi, et que je ne sois pas intéressé par les princesses convenables et vierges. Je peux apprécier ses courbes sans avoir à la toucher. Même si, hier soir, elle ne m'a pas semblé si convenable que ça. Elle a regardé tous les épisodes d'un soap-opéra italien tout en mangeant des chips et en riant et reniflant à la fois devant l'écran. Je l'ai surprise récupérant des chips dans son décolleté pour les manger. Elle était dans un état désastreux, et je l'ai trouvée beaucoup plus intéressante à regarder que la télé, à laquelle je ne comprenais rien, de toute façon.

Je la sens me fixer.

— Jackson ? murmure-t-elle.

Je l'ignore.

Elle glisse un bras chaud sur mon épaule nue.

— C'est l'heure de notre leçon de guitare. Il est plus de sept heures, cette fois. Je sais que tu aimes faire la grasse matinée.

Je grommelle et tourne la tête de l'autre côté. Faire la grasse matinée, ça veut dire dormir jusqu'à midi, ou plus tard. La couverture se soulève et elle se glisse au-dessous, se pressant tout contre moi. Exactement comme hier. Elle n'a aucun instinct de conservation. Elle pousse un soupir, se penche plus près de moi et caresse mon dos tout en parlant d'une petite voix vulnérable.

— Mon père est mort il y a quelques mois.

Mon cœur bat plus fort au sombre désespoir que je perçois dans sa voix. Je ne me suis jamais senti d'instinct protecteur pour personne, et pourtant j'ai envie de lui épargner ces ténèbres.

Sa main quitte mon dos et elle s'installe sur le lit, se pressant contre moi avant de continuer à se confesser à voix basse :

— Il me manque terriblement, dit-elle, sa voix se serrant. Ma mère est entrée dans un état de deuil si profond que j'ai l'impression de l'avoir perdue, elle aussi. Nous avons toujours été si proches. Elle s'est refermée sur elle-même, retranchée dans sa chambre. Elle me parle à peine, et c'était avant que je mette la pagaille. J'ai passé toute ma vie à me façonner selon son exemple régalien. J'imagine que c'est pour ça que j'ai eu le courage de fuir mon mariage arrangé. Elle semblait indifférente à mon mariage et cela ne me paraissait plus aussi important de faire des efforts.

Elle était prête à épouser un type juste pour faire plaisir à sa mère ? C'est tordu.

— Tout est différent, maintenant, à la maison, avec le nouveau roi et la nouvelle reine aux commandes, et cela signifie peut-être que j'ai besoin d'être différente, moi aussi, tu sais ?

Je garde le silence, continuant de faire semblant de dormir. Je ne veux pas qu'elle se sente embarrassée, elle semble avoir besoin d'exprimer ce qu'elle a en tête.

— Je faisais la fierté et la joie de ma mère, dit-elle, sa voix se faisant plus forte. Après quatre fils, j'étais la fille qu'elle espérait tant. Elle a eu un autre enfant juste pour me donner une sœur. Il s'avère qu'elle a eu des jumeaux, un garçon et une fille. Les jumeaux étaient proches, et j'étais la troisième roue du carrosse.

Elle était quand même la préférée. Sinon, pourquoi se serait-elle à ce point souciée de savoir ce que sa mère pensait de sa vie ? Mon frère aîné était le préféré, et j'ai cessé depuis longtemps de me soucier de ce que ma mère pensait de ma vie. Elle a été soulagée quand je suis parti.

Elle pousse un soupir et reprend :

— Je n'étais peut-être pas aussi proche de ma mère que je le croyais. Elle nous a caché la gravité de la maladie de notre père jusqu'à ce que soit presque la fin.

Elle remue, avant de placer une main sur mon dos, ses

doigts suivant les lignes de mon tatouage. Ça chatouille un peu, mais je serre les dents.

— J'ai bien appris quelles étaient mes obligations, et pour quoi faire ? Tout a changé. Mes parents ne règnent plus. La nouvelle reine, Anna, est en train de restructurer complètement le palais, toute l'île, en fait, avec ses nouvelles idées et ses nouvelles industries. Je n'ai plus ma place là-bas.

Sa voix se brise alors qu'elle ajoute :

— J'ai perdu ma place.

Je ne supporte plus la tristesse dans sa voix. Je tourne la tête vers elle.

— Si tu avais épousé ce type, tu te serais trouvé une nouvelle place.

— Ahh ! s'écrie-t-elle en se redressant subitement.

Je m'assois et couvre sa bouche de ma main.

— Chut. Lucas va t'entendre et faire irruption dans la pièce.

Les yeux écarquillés, elle repousse ma main.

— Qu'est-ce que tu as entendu ?

— Tout.

Sa mâchoire s'ouvre en grand.

— Et tu as fait semblant de dormir pour me piéger et me pousser à confesser toutes mes vérités les plus vulnérables ?

— Tu avais besoin de parler, alors je t'ai laissée faire.

Elle se laisse retomber sur le matelas et ramène la couverture par-dessus sa tête.

— J'ai tellement honte.

— Non, j'ai plutôt bien aimé. Tu ressemblais à une vraie personne.

Elle repousse la couverture.

— Plutôt que quoi ? Une poupée robot ?

Je ravale un sourire.

— Ça existe, ça ?

— Je suis heureuse que tu me trouves si divertissante.

Je m'étends sur le côté et pose ma tête sur ma main.

— Je te trouve fascinante.

— Vraiment ? demande-t-elle doucement.

— Oh oui. Tu étais l'enfant préférée. Pas moi. Maintenant, je peux entendre ce que ça fait d'être dans l'autre camp.

— Tu n'étais pas sage ?

— Non, Princesse, je n'étais pas sage. J'étais un garçon très vilain.

— Je trouve ça fascinant. Tu pourrais m'apprendre à être vilaine.

Je réprime un grognement. Pour l'amour du ciel, elle n'a aucune idée comme elle est aguichante. Mais je ne me laisserai pas avoir. Pas question. Et je ne m'empêtrerai pas non plus avec ses frères surprotecteurs, surtout en sachant que l'un d'eux est roi.

— Devrait-on ajouter les actes vilains aux leçons de guitare ? demandé-je d'une voix traînante, la jouant détendue.

Je peux m'amuser avec elle sans dépasser la limite.

Elle roule sur le côté, ses grands yeux noisette s'illuminant.

— Oui.

J'ai des fourmis dans les doigts tant j'ai envie de la toucher, de passer une main dans ses cheveux à l'air si doux, de l'attirer plus près…

Je retombe sur le dos et fixe le plafond.

— Je ne suis plus si mauvais que ça. J'ai laissé tomber la plupart de mes vices.

— Mais tu as été mauvais, avant. J'ai vu des photos de toi en train de te bagarrer devant un pub.

Je tourne la tête vers elle.

— C'est vrai. Je me battais beaucoup plus, auparavant. Je me suis assagi, à l'âge vénérable de trente ans. Je n'ai plus rien à prouver. Je suis arrivé au sommet. Et je ne suis plus aussi en colère que lorsque j'étais gamin.

— Ça t'est passé, dit-elle, pinçant les lèvres. On dirait bien que j'aurais dû te rencontrer il y a plusieurs années.

— J'étais dans un sale état, à l'époque. Ma situation était très proche de la tienne aujourd'hui, mais avec plus d'alcool, de drogues et de femmes.

Elle s'assied.

— Maintenant que tu es réveillé, nous pouvons suivre un autre cours de guitare.

— Réponds d'abord à une question.

Elle m'adresse un regard méfiant.

— Quoi ?

— Pourquoi as-tu fui le jour de ton mariage ?

Une part de moi pense que ce n'est qu'un coup du sort. Un accès de trouille de dernière minute, après quoi elle retournera à son ancienne vie. Elle épousera peut-être même l'homme choisi pour elle.

— Je te l'ai déjà dit, mes tripes me disaient que ce n'était pas une bonne idée. Je n'ai accepté ce mariage que pour perpétuer la tradition. Mes parents ont eu un mariage arrangé et ont fini par tomber amoureux. Je ne sais pas ce qui m'a fait ouvrir les yeux, peut-être que ces émotions s'accumulaient en moi depuis longtemps, mais j'ai soudain eu besoin de m'échapper, alors j'ai fui.

— Alors si tout revenait à la normale au palais et que tu retrouvais quelle est ta place, est-ce que tu épouserais le prochain homme choisi pour toi ?

Elle secoue lentement la tête.

— Quelque chose s'est brisé en moi. Je ne suis plus l'ancienne Emma guindée et convenable. J'ai simplement besoin de découvrir qui est la nouvelle moi. C'est là que tu entres en jeu.

— De quelle façon ?

— Avec des leçons de guitare, pour commencer.

— Et ensuite, quoi ?

— Tu m'apprends à être vilaine.

J'ignore mon esprit mal tourné regorgeant d'idées. *C'est une princesse vierge.*

— Tu as déjà une très bonne droite.

— Oui, n'est-ce pas ? répond-elle, le visage rayonnant. Je me débrouille assez bien en self-défense, y compris pour utiliser un couteau comme arme.

Je réprime ma stupéfaction.

— Est-ce que ça faisait partie de ton entraînement de princesse convenable ?

— Non, idiot, c'était quand j'étais… laisse tomber.

Elle s'empresse de sortir du lit et se dirige vers ma guitare.

— Elle est encore accordée ?

Mon esprit tourne ce qu'elle vient de dire dans tous les sens. Pourquoi saurait-elle comment utiliser une arme ? Il y a quelques particularités inhabituelles, chez Emma. Ce n'est que le troisième jour que je passe avec elle et je me sens captivé par elle. Je dois mettre un peu de distance entre nous.

— Tu ne devrais pas revenir ici.

— Pourquoi pas ? demande-t-elle en jouant quelques notes sur la guitare.

Je me tiens près du bout du lit, prêt à lâcher que je ne veux pas d'elle ici, mais elle est assise là, sur la banquette, berçant ma guitare comme si elle en était amoureuse. Je me souviens de ce sentiment, quand j'ai découvert la guitare pour la première fois. Je l'avais héritée d'un oncle que je n'avais jamais rencontré, le frère de ma mère. C'était son bien le plus précieux et elle est rentrée de l'enterrement avec elle pour nous l'offrir, à mon frère et moi. Je la voulais, pas lui. Ce fut le début de ma seule et unique relation amoureuse.

Elle lève vers moi ses grands yeux innocents.

— J'ai besoin de ça. S'il te plaît, continue de me donner des cours le matin. Lucas va tout gâcher avec ses regards pleins de jugement. Il va rire et se moquer de moi parce que je suis mauvaise.

— Lucas sortira probablement, les après-midi. Il est allé à Milan, hier.

— Mais je ne peux pas compter là-dessus. Je peux compter sur le fait qu'il dorme tard.

Je m'assois à côté d'elle et elle me tend la guitare.

— J'ai peut-être envie de dormir tard, moi aussi.

— Je t'ai laissé dormir.

— Non, tu m'as rebattu les oreilles de tes histoires.

J'accorde la guitare, quelque chose s'apaisant en moi. Peut-être que mon esprit se soumet enfin et en revient à ce qui signifie le plus pour moi. Je joue quelques notes de *One Thing*, une ballade que j'ai écrite pour Ignite, puis je continue, chantant en même temps. Cela ne me fait pas souffrir comme c'est le cas habituellement lorsque je joue cette chanson, tant que je ne fais que jouer pour elle.

Quand j'ai fini, elle s'exclame :

— Oh, Jackson, j'en ai des frissons ! C'était si beau. Apprends-moi celle-là.

Ce que je fais.

Elle cherche maladroitement les notes. C'est une chanson d'un niveau plus avancé. Elle rougit, embarrassée par ses notes manquées. Je l'arrête en posant ma main sur la sienne.

— Ne te mets pas autant la pression. L'important n'est pas de tout faire bien. Contente-toi de… laisser jouer tes doigts. Fais ce qui te semble sonner juste, d'accord ?

Elle joue une gamme.

— Ça me semble juste.

— C'est basique, mais d'accord. Quoi d'autre ?

Elle lève ses doigts.

— Mes doigts me font mal. Tu n'as pas un médiator ?

J'en récupère un dans l'étui.

— Tu peux l'utiliser, mais c'est toujours mieux de te faire des cal en jouant beaucoup.

— Des cal ? Ça a l'air horrible.

— Mais ta musique sonnera mieux.

Je me lève, contourne le lit et me laisse tomber sur le matelas, fermant les yeux.

— Joue.

Elle joue sa gamme et toutes les notes que je lui ai apprises. Puis elle joue au hasard, frottant quelques cordes avant de s'arrêter brusquement. Je peux sentir ses yeux fixés sur moi.

— Je sais que tu ne dors pas, dit-elle.

— J'écoute. Joue *House of the rising sun*.

Je lui rappelle les notes.

Elle s'exécute, jouant lentement la chanson jusqu'au bout. Elle se débrouille plutôt bien, pour sa deuxième leçon. Elle s'est entraînée, hier. Si elle continue, elle saura rapidement jouer.

Je me redresse.

— Et si tu prenais la guitare avec toi et que tu t'entraînais toute seule le matin ? Tu as une bonne oreille. Je te donnerai des leçons chaque fois que Lucas sortira.

Cette façon de grimper dans mon lit tous les matins n'augure que des ennuis.

— Non. La place de cette guitare est avec toi, dit-elle en me la rendant.

Je laisse échapper un soupir exagéré, conservant un ton léger. Je ne veux pas étouffer son nouvel intérêt pour la musique, mais l'un de nous doit imposer des limites.

— S'il te plaît, dis-moi que tu ne viendras pas à nouveau ici à l'aube, demain. J'ai besoin de dormir.

Elle sourit effrontément.

— Si tu ne veux pas de moi ici, alors verrouille ta porte.

Puis elle fait volte-face et sort de la pièce.

Je reste assis là un moment, me demandant pourquoi elle semble si contente d'elle, quand je comprends soudain : elle se contentera de crocheter la serrure. Je ne réussirai jamais à l'empêcher de grimper dans mon lit. Ce sera une vraie torture de garder les mains dans mes poches.

Le plus tordu, c'est que ça me plaît.

8

Emma

Il n'y a plus personne ici à part moi et ma guitare empruntée. Et les gardes, bien sûr, mais ils sont très discrets. Oliver est posté dehors et Viktor est à l'étage. Après le déjeuner, Lucas et Jackson sont partis faire un tour dans les collines sur deux motos trouvées dans le garage. Lucas ne voulait pas que je monte à l'arrière d'une moto, pour ma propre sécurité, et j'aie eu beau protester, rien n'y a fait. Jackson semblait trouver tout ça amusant. Ce n'est pas drôle du tout, d'avoir des grands frères surprotecteurs. C'est foutrement irritant. Je souris en moi-même. Je commence déjà à me décoincer, en utilisant plus de jurons dans ma tête. Ce n'est que mon deuxième jour ici et je commence vraiment à me détendre.

Je joue de la guitare un moment, m'efforçant de simplement « jouer », comme me l'a dit Jackson. C'est dur de jouer au petit bonheur, sans partition de musique devant moi. Cela ne sonne pas juste, les notes ne collant pas. Je passe quelques vidéos YouTube sur mon téléphone et regarde quelques leçons de guitare pour débutants. Puis je cherche des partitions de musique en ligne. Je trouve quelques morceaux que j'aime et les essaie. Mes progrès sont lents.

Je finis par me lasser et décide d'explorer la maison. C'est étrange, mais je n'ai jamais été aussi seule de toute ma vie. À la maison, il y a ma famille, les domestiques, les visiteurs, les gardes. À l'université, il y avait les autres étudiants et Adam. Je me sens presque un peu nerveuse, ce qui est idiot. Il y a un système de sécurité et les gardes sont là.

À l'étage, il y a quatre chambres, chacune possédant sa propre salle de bains attenante. La chambre principale, où je me suis installée, possède le lit le plus large, avec une tête de lit rembourrée à motifs géométriques lumineux bleu et vert. Il y a des poutres rustiques et des poutrelles au plafond, ainsi que quelques chaises pour lire près des fenêtres aux rideaux à motifs floraux. Les trois autres chambres sont clairement destinées aux invités, toutes arborant des couleurs neutres blanches et beige. Je fais signe à Viktor en passant devant la porte ouverte de sa chambre quand il lève les yeux de son téléphone. Il m'adresse un bref hochement de tête.

Je me rends au rez-de-chaussée, traversant le salon et la salle à manger. Il y a aussi une salle de détente et une cuisine, mais je n'ai pas envie de regarder la télé ou de manger. J'enfile mon manteau de laine blanche, un autre des vêtements placés de manière attentionnée dans ma valise par Silvia, et m'aventure en direction du lac.

Tout est si calme que je peux entendre le chant distant des oiseaux, le clapotis de l'eau, le bruissement de la brise. Je frissonne lorsque le vent se lève et retourne dans la maison.

Tout est trop calme, dans la maison. C'est donc à cela que ressemble la liberté totale. Le silence, seule avec mes pensées. C'est assez ennuyeux.

Je trouve une chaîne hi-fi dans l'une des armoires du salon et l'allume. Du Jazz. Je tripote les boutons. C'est un genre de service de streaming offrant différents genres de musique. Habituellement, je m'arrêterais sur une chanson douce, mais je décide de chercher du rock. Cela manque d'une bonne contrepartie entre la mélodie et l'harmonie, mais c'est énergique et ça fait du bruit. Mes nerfs se hérissent quand je trouve exactement la chanson qu'il me fallait, et je prends ça pour un bon signe. C'est contraire à mes goûts habituels.

Je repousse la table basse de côté, faisant un peu de place, et tente quelques tourbillons sur moi-même. Je regarde autour de moi. Il n'y a qu'une haute fenêtre, sur l'un des murs du salon, et une vitre large sur l'autre mur, donnant sur de l'herbe et des arbres. C'est très intime. Je retire les épingles et les nœuds de mon chignon soigné habituel et me passe les doigts dans les cheveux. Puis je lève les mains en l'air et secoue mes cheveux. Waouh ! Ça fait du bien. Je balance les hanches de manière expérimentale, puis je me lâche, dansant follement dans tout le salon alors que la chanson monte en crescendo. Je saute sur le canapé et joue de l'air guitare, secouant mes longs cheveux d'avant en arrière en rythme.

La chanson se termine et je lève la tête. Une autre chanson rock ! Je saute du canapé et danse encore. Je me sens tout excitée, euphorique, agissant comme si j'étais possédée. Je fais glisser mes mains le long de mon corps. J'adore ce jean. Je l'ai trouvé dans la commode. Il est sexy et serré. Je tente d'émettre quelques grognements.

Puis je grimpe sur la table basse et je RUGIS !

Je me déplace et rugis vers l'est ! Vers le sud ! Vers l'ouest !

Puis je saute de la table et je danse comme une folle. Personne ne peut m'arrêter. Je suis hors de contrôle !

— Tout va bien, madame ? demande Viktor en apparaissant de nulle part, l'air très inquiet.

Je me redresse brusquement et lisse mes cheveux.

— Oui, merci. J'étais juste en train de danser.

— Vous donniez l'impression d'avoir mal quelque part, madame, remarque-t-il d'un ton tout à fait sérieux.

Je me force à ne pas rougir.

— Eh bien, ce n'est pas le cas. Merci de votre inquiétude.

L'ombre d'un sourire traverse son visage avant qu'il ne reprenne son expression neutre habituelle, s'incline et retourne à l'étage.

C'est ce qui s'appelle gâcher l'ambiance. Je me retire rapidement dans ma chambre pour prendre une douche.

Je finis tout juste de sécher mes cheveux quand j'entends quelque chose tambouriner avec force juste au-dessus. Je vais à l'étage et regarde par la fenêtre, allant de pièce en pièce pour essayer d'en trouver la cause. Viktor est déjà en bas, en train de parler d'une voix basse et urgente à Oliver dans son oreillette sans fil. Le voilà, dans le ciel, un hélicoptère s'apprête à atterrir juste derrière la maison. Qui est-ce ? Les propriétaires ont-ils décidé de passer ? Des journalistes ? Mon cœur cogne avec force dans ma poitrine alors qu'une pensée horrifiée me traverse l'esprit. Et si Abdul venait ici pour me kidnapper et me ramener dans son royaume pour un mariage forcé ? Sa monarchie a tous les pouvoirs. Il a pu emmener ses gardes. Anna a dit que la famille d'Abdul était encore au palais, exigeant de moi que je remplisse mes obligations. Il en a peut-être eu assez d'attendre.

Je songe brièvement à me cacher, à attraper un couteau pour participer au combat ou à l'approcher avec un sourire assuré. J'opte pour un compromis en me glissant dans la cuisine, à portée d'une arme, pour attendre, respirant à peine.

On frappe à la porte, puis la sonnette retentit. Assurément, s'il s'agissait des hommes d'Abdul, ils auraient simplement défoncé la porte pour m'atteindre.

Je m'approche discrètement du hall d'entrée et jette un œil à l'angle de la porte. Viktor va répondre. J'aperçois Gabriel, de profil, à travers la haute fenêtre de la porte, en train de parler à quelqu'un ; probablement Anna. Deux gardes se tiennent au garde-à-vous derrière lui, ainsi qu'Oliver. Je baisse la tête. C'est fini. Ma semaine n'a duré que deux jours, et maintenant je vais devoir répondre de mes crimes. Je n'aurais même pas l'occasion de dire au revoir à Jackson. Il est encore dehors avec Lucas, et je n'ai même pas son numéro.

Les mains serrées sur le ventre, je m'avance alors qu'ils entrent.

— Bonjour.

Gabriel m'adresse un regard noir, ses yeux bleu vert acérés et son expression dure. Des traces de nos ancêtres vikings sont visibles dans sa carrure et sa posture musculeuses. Il dit souvent qu'il est né au mauvais siècle et qu'il aurait dû être un roi guerrier.

Je suis sur le point de laisser échapper un « je suis désolée » quand il me prend dans ses bras et m'étreint au point de m'étouffer.

— OK, dit Anna avec un rire. Laisse-la respirer. Je t'ai bien dit qu'elle allait bien. Désolée, Emma, il devait le voir par lui-même.

Je hoche la tête, tout l'air expulsé de mes poumons. Gabriel finit par me relâcher.

— Emma, pourquoi ne pas être venue me voir ? Je t'aurais libérée de ton accord avec Abdul.

Je hausse une épaule.

— Il y avait tant de préparations, un tel élan qui me poussait en avant, je ne me suis pas donné la permission de penser à une alternative.

Les trois gardes entrent dans la maison, attendant non loin.

Gabriel m'étudie avec intensité. Anna arbore un air compatissant.

— J'imagine que les choses sont simplement montées en crescendo dans ma tête, jusqu'à ce que je craque, ajouté-je en baissant la voix.

— Rentre avec nous, ordonne Gabriel.

— Ne la presse pas, dit Anna en lui étreignant l'épaule.

Elle se tourne vers moi et m'enlace, avant de reculer, les mains sur mes épaules et une expression complice dans ses yeux bruns.

— J'ai entendu dire que tu avais un visiteur.

J'avale ma salive.

— Jackson m'a aidée quand j'ai foncé dans une foule de journalistes avant que les gardes soient prêts à me récupérer et…

— Et ensuite, il y avait tout un tas de journalistes et de paparazzis tout autour de vous deux, m'interrompt-elle, alors vous vous êtes enfuis rapidement, et tu t'es dit que puisque ça ne pouvait pas être pire, tu pouvais tout aussi bien l'inviter à rester. Pour des leçons de guitare, hein ? Parce que vous n'êtes que de simples amis, tous les deux.

Il n'y a aucune trace de sarcasme dans sa voix, je dois donc supposer que c'est l'histoire qu'elle a racontée à Gabriel après que Lucas l'a mise au courant des détails.

Les yeux de Gabriel se rivent sur moi.

Je rougis et me concentre sur Anna qui, je le sais, est celle grâce à qui j'ai pu rester ici jusqu'à maintenant.

— Oui, c'est exactement ça. Merci de te montrer si compréhensive, et pour tout le reste, vraiment. Je ne crois pas que j'aurais pris la porte si tu n'avais pas préparé une voiture pour moi, alors merci pour ça aussi.

Elle sourit.

— Tu vois, Gabriel ? Je t'avais bien dit que c'était la bonne chose à faire. Je veux dire, j'ai bien essayé de lui faire entendre raison avant ça, mais elle est exactement comme toi, une fois qu'elle a une idée en tête, impossible de la faire changer d'avis.

Il fronce les sourcils d'un air renfrogné.

— Exactement comme moi ? C'est toi qui t'accroches à tes idées comme un bulldog à un os charnu.

— Nous bénéficions peut-être tous les deux de cette excellente qualité, remarque-t-elle, se mettant sur la pointe des pieds pour l'embrasser.

Il s'adoucit et sourit.

Le nouveau roi et la nouvelle reine de Villroy sont jeunes et amoureux. Je me demande si c'est à cela que ressemblaient les dirigeants de Villroy quand mes parents étaient jeunes. Curieusement, j'en doute. Anna ne suit presque aucune des règles établies, même si elle fait de son mieux pour maintenir les traditions tout en nous faisant aller de l'avant. J'ai acquis un regain d'estime pour Anna et ses manières franches et impertinentes. Elle est la seule à avoir vu ma détresse et à avoir fait quelque chose pour m'aider.

Elle se soucie des gens.

— Jolie tenue, me murmure-t-elle.

— Merci.

Je me suis changée pour revêtir une simple chemise de soie blanche provenant de mes propres affaires et un nouveau jean sexy tiré de la commode. La femme qui vit ici a laissé plusieurs paires de jeans derrière elle, probablement parce qu'elle était enceinte de jumeaux et qu'elle portait des vêtements de grossesse.

Gabriel se rend dans le salon et regarde autour de lui. Leurs gardes restent dans le hall et Viktor retourne à l'étage.

— Où est Lucas ?

— Il est parti faire un tour à moto avec Jackson.

Gabriel secoue la tête, la mine sombre.

— J'ai envoyé Lucas ici pour qu'il veille sur toi. Il me paraît clair qu'il est incapable de s'acquitter de cette tâche.

— Je suis une adulte, dis-je entre mes dents. Je n'ai pas besoin d'un baby-sitter.

La mâchoire de Gabriel se crispe.

— Une adulte sait faire face à ses responsabilités, plutôt que de les fuir.

Je prends une brusque inspiration.

— J'ai paniqué. Je suis désolée.

Ma voix se brise. J'imagine que je vais devoir m'excuser de ma décision irréfléchie pour le restant de mes jours.

— Nous le savons, dit gentiment Anna, avant d'attirer Gabriel de côté pour une conversation animée à voix basse.

Ils vont bien ensemble, deux dirigeants aussi fortes têtes l'un que l'autre. Villroy a de la chance de les avoir. Moi aussi, en fait, et la dernière chose dont j'ai envie, c'est qu'ils se disputent à cause de moi. Je prends donc la parole :

— Si c'est ma sécurité qui vous inquiète, j'ai les gardes avec moi et je connais l'auto-défense.

Gabriel se retourne lentement pour m'adresser un regard noir.

— Comment pourrais-tu connaître l'auto-défense ? Je croyais que Mère s'était assurée que tu apprennes le ballet, la flûte et les langues. Elle t'a aussi fait prendre des leçons de karaté ?

— Non, l'un des gardes m'a entraînée.

Il croise les bras, ressemblant à nouveau totalement à un guerrier intimidant.

— Pourquoi aurait-il fait ça ?

Je croise les bras et hausse le menton.

— Parce que je le lui ai demandé.

Il se tourne vers Anna, l'air perdu.

— Allons faire une promenade avant que le soleil ne se couche, propose-t-elle. C'est magnifique, ici.

Ils quittent la maison et leurs gardes partent avec eux. Je me rends à la cuisine pour boire un verre d'eau avant de monter à l'étage. J'ai envie de jouer de la guitare. Ce sera peut-être ma dernière occasion de le faire avant que Gabriel ne me force à rentrer en me donnant un ordre royal. Je frotte et gratte les cordes, fredonnant en même temps et me sentant commencer à me soulever, comme si je tenais presque la chanson que Jackson m'a apprise. Je ferme les yeux, laissant mes doigts jouer les notes. Le fait d'errer sans savoir où je vais, sans chemin défini, m'est étranger. Cela ne sonne pas très bien. Je reviens à ce que je maîtrise – ma gamme, les notes, puis la seule chanson que je connais, *House of the rising sun*. C'est en forgeant qu'on devient forgeron. Je m'interromps en entendant soudain des bruits de conversation au rez-de-chaussée. Jackson et Lucas.

Je remets rapidement la guitare dans son étui, vérifie que mes cheveux sont encore dans leur chignon soigné et retourne en bas.

— On est reeevenuus ! annonce Lucas tout en ôtant sa veste en cuir.

Ses cheveux et sa barbe sont soigneusement coupés.

— Et je vois que tu as de la compagnie, ce qui veut dire que je peux faire mes valises, ajoute-t-il avant de grimper à l'étage.

Les cheveux et la barbe de Jackson sont aussi soigneusement coupés, même si ses cheveux blond sale sont toujours un peu longs sur le dessus. Il est encore plus sublime qu'avant.

— Toi et Lucas êtes allés vous couper les cheveux ? demandé-je en réduisant la distance entre nous.

Lucas étant à l'étage et Anna, Gabriel et les gardes encore dehors, nous sommes seuls dans le hall. J'ai envie de passer mes doigts dans sa barbe soigneusement taillée, mais je n'ose pas.

—Oui. Il était grand temps.

Ses lèvres s'étirent en un petit sourire qui me réchauffe des pieds à la tête. Son odeur est enivrante, comme celle du pain frais, du cuir et d'un homme sexy. Il sort un sac brun roulé de la poche intérieure de sa veste.

— Je t'ai acheté des partitions de musique.

Il m'adresse un sourire de travers, son regard bleu chaleureux rivé au mien.

Je. Fonds.

Nos doigts se frôlent alors que je lui prends le sac, un picotement brûlant me parcourant.

— Merci.

Je sors deux chansons du sac brun. *Ave Maria*, l'une de mes chansons de Noël préférées. L'autre est *Amazing Grace*. Les deux sont en italien.

— C'est génial ! Merci beaucoup !

— Ce n'est rien du tout.

Je le prends dans mes bras et l'étreins, un élan spontané que je ne ressens qu'avec lui.

— C'est tout, au contraire.

Je me mets sur la pointe des pieds et l'embrasse sur la joue, au-dessus de l'endroit où sa barbe commence. Ses joues s'incurvent sous mes lèvres.

Quand je m'écarte, son cou est rose. Est-ce qu'il rougit ? Le bad boy légendaire, Jackson Walker, rougit pour un baiser sur la joue ?

— Tu rougis, remarqué-je. C'est adorable.

— Toi aussi, réplique-t-il, le regard étincelant.

Nous nous sourions et mon cœur bat un peu plus fort, des papillons dans l'estomac et mes nerfs s'éveillant en picotant. Oh, je me souviens de cette sensation. Et pour la première fois, je suis certaine que le sentiment est mutuel.

La porte d'entrée s'ouvre brusquement et Anna s'écrie :

— Aahh ! Jackson Walker ! Oh mon Dieu ! Je suis une grande fan ! Ignite forever !

Jackson baisse la tête.

Gabriel arbore un air renfrogné alors qu'Anna se précipite sur Jackson.

— Désolée, dit-elle. Oh mon Dieu. C'est vraiment vous. J'ai tous vos albums, assure-t-elle tout en se tapotant le corps. Il faut que je trouve quelque chose à vous faire signer.

Elle tapote le haut de sa robe, près de son sein droit.

— Voilà, signez ici.

— Parloir ! aboie Gabriel.

Elle se redresse immédiatement, semblant se souvenir qu'elle est reine. J'imagine que ce mot est un signal appartenant au protocole royal.

— C'est un plaisir de vous rencontrer, Jackson, dit-elle d'un ton gracieux. Je trouverai quelque chose plus tard pour vous le faire signer, si cela vous va ?

— Ça me va très bien, marmonne Jackson tout en m'adressant un regard en coin.

Je suis sûre qu'il doit penser que ma famille est cinglée.

— Et si nous mangions tous ensemble, pour le dîner ? suggère Anna avant de se diriger vers la cuisine. Emma, viens m'aider à préparer le repas.

Je ne suis pas sûre de devoir laisser Jackson avec Gabriel. Il me fera peut-être honte en menaçant Jackson sans raison particulière. Ce n'est pas comme si Jackson avait jamais porté la main sur moi, même si je souhaite désespérément qu'il le fasse.

Gabriel adresse à Jackson un regard dur avant de me demander :

— Où est Lucas ? Je croyais qu'ils étaient sortis tous les deux.

Je pointe du doigt vers l'étage et Gabriel se dirige dans cette direction, probablement pour sermonner Lucas pour avoir été un si mauvais baby-sitter.

Je regarde vers Jackson, me sentant toute molle à l'intérieur. Il m'a fait ce cadeau si attentionné, il s'est montré si patient avec moi durant toutes mes leçons tâtonnantes, et pas une fois il ne m'a jugée pour avoir choisi de fuir le jour de mon mariage. Il me comprend. Cette nouvelle version de moi, une femme qui prend ses propres décisions et qui essaie de nouvelles choses.

— Tu veux venir m'aider à la cuisine ? demandé-je à Jackson.

Il secoue la tête.

— Je vais dans ma chambre. Profite de ta famille.

Mon pouls se met à battre plus fort. Et s'il se défilait à cause de ma famille envahissante ? Ou bien ma famille pourrait me forcer à rentrer à la maison après le dîner. Mon cœur se serre à cette pensée.

Je peux entendre les ustensiles de cuisine s'entrechoquer dans la cuisine. Anna s'est déjà mise au travail.

Je m'approche de Jackson.

— Ils voulaient juste s'assurer que je n'étais pas en train de m'effondrer. Je suis désolée pour l'ingérence de ma famille. Je suis sûre qu'ils repartiront bientôt à Villroy.

Et j'ai toujours envie que tu restes ici avec moi.

— Ils t'aiment, dit-il d'un ton bourru. Tu as de la chance.

— J'imagine, oui.

Gênée, ma voix s'étrangle et je détourne les yeux.

Il monte à l'étage.

J'aime ma famille, mais je ne peux pas les laisser me garder loin de lui. Ce n'est que pour une semaine. Ce n'est pas grand-chose, mais j'ai envie de ce moment. Tout sera différent quand je rentrerai à la maison. Ce sera comme si ce temps passé avec Jackson n'était jamais arrivé.

Je me rends au salon et regarde par la fenêtre, m'accordant quelques minutes pour me ressaisir avant de me rendre à la cuisine. Je ne devrais pas me faire trop d'illusions.

9

Emma

Anna a déjà mis le dîner à cuire, et cela sent délicieusement bon.

— Que prépares-tu ? demandé-je.

Je fais l'impasse sur la révérence, et cela me fait bizarre. C'est vrai qu'elle m'a dit de ne pas me montrer si protocolaire en privé, et j'essaie de mon mieux d'assouplir mes anciennes manières rigides.

Elle utilise des pinces pour retourner le poulet qui grésille dans une poêle.

— Là, je fais du poulet marsala, ensuite je ferai des spaghettis et des asperges. Cet endroit est bien approvisionné.

Elle semble ne même pas avoir remarqué mon manque de formalité. Mes efforts paraissent peut-être naturels.

Je m'assois devant l'îlot.

— Je ne savais pas que tu savais faire la cuisine.

— Est-ce que tu t'imaginais que tout le monde en Amérique avait du personnel pour les servir ?

— Non, c'est juste que… je ne savais pas que tu avais ce talent.

— Ce n'est pas difficile. Tu peux aider. Lave les asperges et découpe les tiges épaisses.

Voilà qui me semble gérable. Je suis déjà douée avec un

couteau. Je m'en occupe rapidement pendant qu'Anna ajoute des champignons dans la poêle, remuant avec une spatule.

Elle ajuste la flamme et lance une minuterie sur le micro-ondes.

— Maintenant, je vais juste attendre quelques minutes avant de faire bouillir l'eau pour le reste.

Elle s'assied à côté de moi devant l'îlot.

— Alors, toi et Jackson, hein ? Je veux dire, je comprends ton attirance, cet homme est le sexe personnifié, mais Emma, à quoi tu pensais ? Je t'ai mise en garde à son sujet. Tu es dans tous les journaux people ainsi que la presse après que vous ayez été vus ensemble à Nantes. Cela n'a fait qu'ajouter de l'huile sur le feu. Tu n'as aucune idée comme il a été difficile pour moi de retenir Gabriel aussi longtemps. Il veut que tu quittes Jackson et que tu rentres à la maison immédiatement pour gérer Abdul et sa famille, et pour faire un communiqué à la presse.

J'en reste momentanément sans voix, mon esprit balançant entre la gratitude envers Anna pour m'avoir donné le peu de temps dont j'ai disposé, à l'indignation pour le compte de Jackson. Il n'est pas une personne horrible.

— Emma, s'il te plaît, dis-moi ce qu'il se passe dans ta tête.

Je choisis soigneusement mes mots :

— Merci, Anna, de t'être donné tant de mal pour moi.

— C'est normal. Nous autres, femmes Rourke devons nous serrer les coudes.

Des larmes brûlantes viennent me piquer les yeux parce qu'Anna est peut-être la seule femme Rourke à penser ainsi. Je ne me sens plus proche des autres femmes Rourke de la famille, ma mère ou ma sœur, et je regrette que ce ne soit pas le cas.

— Oui, j'aime bien cette idée, parvins-je à articuler. Je voudrais juste que tu saches que Jackson est plus que sa réputation. Vraiment, et il s'est montré gentil avec moi. Pas une seule fois il n'a tenté de profiter de moi d'une quelconque manière que ce soit, et crois-moi, il veut rester en dehors des projecteurs en ce moment, tout autant que moi. Je lui fais confiance.

Elle m'étudie un moment, scrutant les traits de mon visage. Finalement, elle dit :

— Tant que ce n'est que pour cette semaine. Je suis une grande fan de sa musique, mais beaucoup moins de sa personnalité.

— Il y a du bon en lui, assuré-je, ne pouvant m'empêcher de sourire. Il m'a apporté un cadeau, aujourd'hui. Les partitions de musique que je voulais pour mes leçons de guitare.

Elle écarquille les yeux.

— Tu n'es pas en train de tomber amoureuse de lui, n'est-ce pas ? Tu es dans une situation vulnérable, en ce moment, ne te laisses pas entraîner, s'il te plaît. Cela ne pourra que te faire du mal. Il ne va pas rester dans le coin.

Je lève le menton, ignorant la partie à propos de Jackson, pour l'informer :

— En fait, je ne me sens pas vulnérable. Je me sens en meilleure forme et plus forte chaque jour.

Elle m'étreint brièvement le bras.

— Tant mieux pour toi. Dis-toi juste que, dans le meilleur des cas, toi et Jackson vous mettez ensemble, ce qui n'a qu'une mince chance d'arriver, mais, allons au bout des choses, la famille n'approuvera jamais que tu sois avec lui. C'est un non définitif pour Gabriel, tout comme pour ta mère. Cela causerait beaucoup de… tensions.

— Je ne peux pas toujours vivre ma vie en accord avec les diktats royaux ! m'exclamé-je, avant d'ajouter : Désolée.

Mes joues sont brûlantes.

Un sourire se dessine lentement sur le visage d'Anna.

— Bravo, ma grande ! Tu traverses la phase de rébellion que tu aurais dû connaître quand tu avais seize ans. Mieux vaut tard que jamais.

Elle pointe le doigt vers moi et ajoute :

— Je vais essayer de t'accorder un peu de répit.

Elle retourne ensuite à ses fourneaux.

La tension s'écoule hors de moi.

— Merci d'être intervenue. Je sais que j'ai causé beaucoup de perturbations. Je me sens perturbée aussi.

Elle se tourne vers moi et sourit.

— Tu es parfaite.

— Je suis loin d'être parfaite, rectifié-je en secouant la tête.

— Parfaitement imparfaite, comme nous le sommes tous.

Elle pose sa spatule et revient à mes côtés.

— Alors, qu'est-ce que tu as fait, ces derniers temps ?

Ma mâchoire s'ouvre en grand sous la stupéfaction devant la facilité avec laquelle elle accepte ma situation actuelle. J'ai tant de chance de l'avoir à mes côtés.

— Eh bien, cela ne fait que trois jours, mais j'ai écouté de la musique et j'ai un peu appris à jouer de la guitare, Jackson me donne des cours.

Elle me regarde d'un air encourageant, hochant la tête, alors je continue :

— Et j'ai beaucoup réfléchi. En fait, aujourd'hui était la première fois où j'ai pu passer un peu de temps toute seule de toute ma vie. J'ai toujours été entourée de gens. Chez moi, c'est ma famille, le personnel et les gardes ; à l'université c'étaient les autres étudiants et mon garde ; et quand je sors, il y a toujours une foule et des gardes. J'ai mis de la musique à fond et j'ai dansé comme une folle. Je ne me suis jamais sentie libre de faire ça, jusqu'ici. Je sais que ce n'est pas grand-chose, mais c'était incroyable.

Elle secoue la tête.

— Tu as mené une vie si protégée. Mais ce n'est pas de ta faute, ta mère t'avait étroitement sous son contrôle.

— Tu ne connais pas ma mère. Tu ne comprends pas...

Elle lève un doigt en l'air.

— J'adore ta mère. N'ayant jamais été adoptée par une mère, je l'ai adoptée, elle, en tant que mère. Et je sais que ta mère n'approuvait pas que Gabriel m'ait choisie, au début, mais tu sais quoi ? Elle m'a prise sous son aile et m'a appris très patiemment le protocole royal et les responsabilités qui seraient les miennes en tant que reine. J'ai été bien préparée, et il n'y a jamais eu la moindre parole malveillante entre nous. Je la respecte énormément et elle a apprécié ma volonté d'endosser un rôle qu'elle ne se sentait pas endosser seule. Ceci étant dit, les choses sont différentes entre une mère et sa fille.

Elle t'a modelé à son image alors qu'elle aurait dû te laisser voler de tes propres ailes.

Je garde le silence, réfléchissant à ces mots.

— Mais ça ne veut pas dire qu'elle ne t'aime pas. Tous les parents font des erreurs avec leurs enfants, n'est-ce pas ?

— Je n'en ai aucune idée.

Elle étreint brièvement ma main.

— C'est le cas.

Elle baisse les yeux et remarque :

— Tu portes encore ta bague de fiançailles.

— Elle vaut trop cher pour que je la laisse traîner. Je compte la rendre à Abdul lorsque je lui présenterai mes excuses, à Villroy, à supposer qu'il soit encore là.

— Oh, il est là, tout comme sa famille.

Gabriel entre à grands pas dans la pièce, mâchoire serrée, et je me redresse sur mon siège.

Anna se retourne et lui sourit.

— Salut, beau gosse. Est-ce que tu pourrais mettre la table ? Les couverts sont là-haut.

Elle pointe du doigt vers un placard de l'autre côté de la pièce, avant de se remettre à cuisiner, présumant qu'il va s'acquitter de la tâche.

Gabriel s'approche d'Anna, prend sa mâchoire en coupe et l'embrasse.

— Je ne savais pas que tu savais cuisiner. Y a-t-il quelque chose que tu ne sais pas faire ?

Elle rit.

— Eh bien, tu places la barre si basse…

— Tu es magnifique, dit-il.

Puis le roi de Villroy s'occupe de l'humble tâche consistant à disposer les couverts sur la table de la salle à manger. C'est peut-être la première fois de toute l'Histoire de Villroy que cela arrive.

C'est un tout nouveau monde. Un monde auquel je ne suis plus certaine d'appartenir.

∿

Jackson

Emma m'a appelé pour le dîner, alors j'y vais, même si j'ai l'impression de m'incruster dans un moment en famille. Quand j'arrive dans la salle à manger, Gabriel se trouve à l'extrémité de la table, Anna à sa droite et Emma à sa gauche. Lucas est assis à l'extrémité opposée. Je m'assois à côté d'Emma, ce qui pousse Anna à adresser un regard appuyé à cette dernière qui rougit furieusement. Nous ne *sommes* qu'amis. Je parie qu'Anna a dans l'idée que je suis sur le point de souiller la princesse vierge, et cela ne la dérange peut-être pas, vu qu'elle est une grande fan. Un genre de vie par procuration.

Anna me propose un plat de poulet marsala.

— Merci, dis-je en me servant.

— Tu dois l'appeler Votre Majesté, dit sèchement Gabriel. Elle est reine.

Je me fige. Et moi qui pensais me montrer poli. Elle ne ressemble pas à une reine. Elle est plus jeune que moi, a un accent américain et est très décontractée.

— Oh, Gabriel, arrête ! s'exclame Anna. C'est un moment privé en famille.

Elle me sourit et ajoute :

— S'il vous plaît, appelez-moi simplement Anna.

Je hoche la tête sans ouvrir la bouche. L'expression de Gabriel est dure, sa mâchoire étroitement serrée. Emma a bien dit que c'était lui, le grand frère surprotecteur, pas Lucas, et j'ai déjà entendu celui-ci se montrer surprotecteur. Gabriel est mille fois pire. Il ne faudra pas grand-chose pour le provoquer.

Un silence s'installe alors que les plats passent de main en main. Emma vibre presque de tension, assise à côté de moi droite comme un I. Seule Anna semble détendue.

Tout le monde commence à manger, le tintement des couverts résonnant bruyamment dans le silence. Je ne sais trop ce qu'il s'est passé, ici, pendant que j'étais à l'étage, mais ce n'était certainement pas beau à voir. Après plusieurs minutes tendues et atrocement longues, Anna brise le silence.

— Jackson, Emma m'a dit que vous lui appreniez la

guitare. Quelle chance elle a d'apprendre d'un maître comme vous.

Je me frotte la nuque. Je n'ai jamais été doué pour recevoir des compliments.

— Je ne suis qu'un débutant comparé à d'autres.

— Impossible ! s'exclame-t-elle.

— Je ne l'ai jamais entendue jouer, maintenant que j'y pense, intervient Lucas. Quand ont eu lieu ces leçons ?

— Tu n'étais pas là assez souvent pour le savoir, dit Gabriel d'un ton cassant. Parti à Milan, parti faire un tour à moto...

— Jackson est venu avec moi pour cette balade, réplique Lucas. Et puis, Emma n'a pas besoin d'un baby-sitter. Regarde-la. Elle se tient elle-même suffisamment en laisse sans que j'aie besoin d'intervenir.

— Elle est innocente, dit Gabriel entre ses dents.

— Gabriel, je vais bien, vraiment, dit doucement Emma.

Je reste en dehors de ça, parce qu'il est clair pour moi qu'elle est effectivement innocente. Elle se glisse dans ma chambre et grimpe dans mon lit le matin pour une raison complètement innocente – elle est trop gênée pour laisser son frère voir ses gestes maladroits alors qu'elle débute à la guitare. Ce n'est pas comme si elle ne m'avait jamais touché... en fait, elle m'a touché, caressant mon épaule et mon dos. Je lui jette un regard. Était-ce une tentative pour me séduire ?

Ses joues sont toutes roses, les yeux fixés sur son assiette alors qu'elle coupe un tout petit morceau d'asperge. La princesse vierge veut-elle vraiment que je sois sa première fois ? Non. Pas question de penser à ça. Emma m'a rendu la musique, et je ne lui apporterai rien de plus que des regrets. Mais, bon sang, vingt-cinq ans, ça fait long à attendre. Pas étonnant qu'elle semble toujours si coincée, même si elle s'est beaucoup relâchée durant nos matinées musicales. Et quand je lui ai donné les partitions de musique, ce n'était pas grand-chose, mais sa réaction réjouie m'a donné l'impression d'être un type bien, pour une fois.

— Emma aimerait rester toute la semaine, dit Anna à

Gabriel. Je pense que nous devrions lui accorder ce temps loin de la maison, comme nous l'avions prévu au départ.

Gabriel m'adresse un regard dur.

— Vous serez présent ?

— Je peux partir, dis-je en levant les mains, paumes vers le haut.

— Non, réplique Emma, adressant un regard sombre à Gabriel avant de se tourner vers moi. Tu n'es pas obligé de partir. Je m'excuse pour le ton autoritaire de mes frères.

— Emma, dit doucement Gabriel. Tu es innocente en ce qui concerne...

Il me regarde, avant de regarder droit devant lui.

— Les hommes comme lui.

Lucas émet un reniflement.

— C'est une mariée vierge en fuite. Laisse-la s'amuser un peu. Jackson est un type bien.

— Lucas ! s'exclame Emma.

Je ne sais absolument pas quoi dire. Il semblerait que Lucas m'ait accepté, après notre balade à moto, aujourd'hui.

Anna intervient à nouveau :

— Si elle est aussi innocente que tu le dis, alors elle mérite ce moment pour explorer sa sexualité.

Emma émet un couinement, les joues écarlates. Je gratte ma barbe fraîchement taillée. Apparemment, il leur semble inéluctable que je vais débaucher la princesse. Je sais que je ne devrais pas la toucher. Pas seulement parce qu'elle est innocente ou parce que je ne la mérite pas. Elle a fait revenir ma muse. Je serais idiot de tout foutre en l'air et de perdre à nouveau la musique. Je ne peux me résoudre à dire quoi que ce soit de tout ça à voix haute. Cela donnerait l'impression que je suis tenté – Dieu me vienne en aide, je le suis – et que je jure de suivre la bonne voie. Personne n'y croirait, venant de moi.

— Laissons tomber ce sujet de conversation inapproprié, annonce Gabriel d'un ton irrévocable. Emma ne peut pas...

— Gabriel, l'interrompt Anna, elle a deux ans de plus que moi. Pour l'amour du ciel, arrête de la traiter comme une enfant. C'est une femme repliée sur elle-même qui a besoin de déployer ses ailes !

— En écartant les jambes ? aboie Gabriel.

Emma bondit de son siège, les yeux lançant des flammes. Je la regarde avec une admiration totale alors qu'elle se défend comme une dure à cuire.

— Comment osez-vous parler de moi comme si je n'étais pas là ! Comme si ma vie personnelle était les affaires de qui que ce soit d'autre que moi ! Je ne me suis jamais sentie aussi gênée de toute ma vie !

Elle fait un geste vif de la main :

— Partez ! les chasse-t-elle. Tous ! Tout le monde sauf Jackson !

Personne ne bouge. Ils la dévisagent tous, les yeux ronds.

Elle jette sa serviette au sol, se retourne et se dirige vers l'escalier.

— Jackson reste, et moi aussi !

Tous les regards se tournent vers moi.

La jeune femme ne me laisse pas le choix, après cette sortie théâtrale, je ne peux pas la laisser tomber.

— Très bien, dans ce cas, je reste.

Mon regard croise celui d'Emma l'espace d'un instant intense, puis la sonnette de la porte retentit, rompant le charme. Sa famille échange des regards inquiets. Cet endroit est trop isolé pour qu'un étranger apparaisse à l'improviste.

Viktor se précipite vers la porte, l'un des gardes se rend auprès du roi et de la reine et l'autre rejoint Emma. Oliver doit être dehors.

Viktor revient dans la salle à manger quelques minutes plus tard et annonce à Gabriel :

— Votre Majesté, le Prince héritier Abdul est ici. Il a laissé ses gardes dans la voiture et il n'est pas armé. Il voudrait parler avec Emma en privé.

Le visage d'Emma devient blanc comme un linge.

10

Emma

Ma colère face au comportement insupportable de ma famille, le bref moment de joie en apprenant que Jackson veut rester avec moi, toutes ces émotions entremêlées m'abandonnent brusquement, remplacée par un sentiment de pure panique. Ma respiration s'accélère, mes jambes me démangent tant j'ai envie de fuir. Je dois me calmer. Je dois faire face à Abdul. Je comptais élaborer une excuse formelle, utilisant les mots adéquats pour qu'Abdul et sa famille sauvent la face. Je n'en ai pas le temps. Je jette un regard à Jackson, toujours assis à la table de la salle à manger. Il m'adresse un signe du menton, les yeux emplis de compassion.

Gabriel se lève de sa chaise, la mâchoire rigide.

— Est-ce qu'il nous a suivis ici ? Comment connaissait-il notre destination ?

— Il a graissé quelques pattes, monsieur.

Gabriel plaque les mains sur ses hanches.

— Comment pouvons-nous nous sentir en sécurité quand il existe des personnes, dans notre entourage direct, étant prêtes à divulguer des informations en échange d'argent ?

— Nous avons eu affaire à des employés de bas niveau aux aéroports français et italiens, monsieur, dit Viktor. Pas à des membres du personnel ; c'est pour cela que nous avons aussi un service de protection rapproché, monsieur.

— Est-ce qu'Emma peut lui parler en privé sans danger ? demande Anna à Viktor.

Viktor hoche la tête.

— Je serai dans la pièce, Votre Majesté. Je vous suggère de terminer votre dîner dans la cuisine. C'est l'endroit le plus sûr de la maison, dans le cas peu probable où ses gardes décideraient de quitter leur poste dans la voiture pour passer à l'action. Oliver est avec eux en ce moment.

Tous les yeux se tournent vers moi. Je dois le faire. Abdul mérite bien ça, et j'ai besoin de prouver à ma famille que je peux me débrouiller.

Je prends une profonde inspiration.

— Fais-le entrer, s'il te plaît. Je lui parlerai dans le salon.

— Madame, le hall d'entrée est le lieu le plus sûr, fait Viktor.

— Je ne vais pas le forcer à rester debout dans le hall, dis-je sèchement. Je lui ai fait du tort et le moins que je puisse faire, c'est de lui offrir un siège confortable.

Viktor incline la tête.

— Vous devrez vous asseoir loin des fenêtres.

— Très bien. Fais-le entrer, s'il te plaît.

Ma famille m'adresse un mélange de regards inquiets et pleins de compassion avant de ramasser les plats et d'aller dans la cuisine. Jackson part avec eux.

Je me rends au salon et attends près de la chaise la plus éloignée de la fenêtre. Quelques instants plus tard, Abdul entre, Viktor à ses côtés. L'expression d'Abdul est tendue, mais pas furieuse. Ses cheveux brun foncé habituellement soigneusement séparés en deux sont ébouriffés, comme s'il avait passé ses doigts dedans, et il y a un début de barbe sur son menton. Je crains qu'il n'ait vraiment pris à cœur notre séparation.

Je réduis la distance entre nous.

— Bonjour, Abdul, je suis heureuse que tu sois là. S'il te plaît, assieds-toi au salon avec moi. Veux-tu boire quelque chose ?

— Non, merci, lâche-t-il entre ses dents.

Je me retourne et me dirige vers la chaise que j'avais choisie plus tôt, lui indiquant le canapé adjacent. Viktor se tient à côté de ma chaise, détournant le regard. Il est à l'écoute tout en nous accordant de l'intimité.

— Faut-il vraiment que ton garde soit là ? demande Abdul. C'est une conversation privée.

— J'ai bien peur que ton arrivée inattendue ait mis les gardes en alerte. Sache qu'il est des plus discrets et qu'il ne révélerait jamais quoi que ce soit de ce qui se dira entre nous, à moins que je ne sois en danger.

Abdul pousse un brusque soupir tout en fusillant Viktor du regard.

— Ce qui, j'en suis sûre, n'est pas le cas, ajouté-je, même si en vérité, je ne suis sûre de rien.

Je n'ai rencontré Abdul que deux fois. Pour être honnête, lorsque je l'ai quitté, il a menacé de répondre par un procès, pas par la violence.

Je prends une profonde inspiration pour me calmer, tentant d'organiser mes pensées et espérant par-dessus tout réussir à éviter de le blesser.

Abdul m'étudie un instant.

— Je n'ai qu'une seule question à te poser. Pourquoi m'as-tu quittée ?

Les mots se mélangent dans ma tête, parce qu'il est diffi-cile de lui expliquer la situation au palais, le fait que j'y ai perdu ma place, que je sache ce qu'est la vraie passion et l'amour, et que cela était terriblement absent entre nous, mon état de panique.

— Je suis profondément désolée pour ce que j'ai fait, dis-je finalement. Je n'ai jamais eu l'intention de te blesser d'une quelconque manière que ce soit. Ce n'était pas du tout à cause de toi. C'était moi, le problème. Je n'étais pas prête pour le mariage.

— Alors tu t'es enfuie avec ton amant ? demande-t-il d'une voix basse et furieuse. La rock star ?

— Non, dis-je en conservant un ton calme et égal. Jackson est un ami. Il est ici avec moi, mais c'est aussi le cas de mon frère Lucas et de mes gardes. S'il te plaît, sache que Jackson n'a rien à voir avec mes décisions. J'étais une passagère clandestine indésirable sur sa péniche, amarrée à Villroy.

— Je veux le rencontrer.

— Non, rétorqué-je fermement. C'est entre toi et moi. Je suis désolée de ne pas être venue te parler de mes inquiétudes dès le départ. Et après m'être enfuie, j'étais dans un tel état de panique. J'avais besoin d'une semaine à l'écart de tout ça pour m'éclaircir les idées.

Ses yeux sombres se font durs et brillants.

— Pendant que j'attendais ton retour au palais. Nous avions un accord de mariage, à cause duquel j'ai attendu neuf ans. Tu as signé un contrat.

Je déglutis.

— Je n'avais que seize ans quand je l'ai signé. S'il te plaît, libère-moi de notre accord. Je sais qu'une autre femme serait fière d'être ton épouse.

Il se penche en avant, les coudes sur ses genoux et la voix douce.

— Ma famille dit que j'aurais dû passer plus de temps avec toi, te courtiser vraiment. Est-ce que ça arrangerait les choses ?

— Je suis désolée, mais non, dis-je en choisissant soigneusement mes mots. Je ne crois pas que passer plus de temps ensemble changerait quoi que ce soit. J'ai envie qu'il y ait de l'amour et de la passion quand je me marierai, et je ne ressens que de l'affection amicale pour toi. Je suis vraiment désolée d'avoir attendu si longtemps pour m'exprimer.

Il se redresse subitement.

— Je savais que tu étais avec cet homme répugnant ! Jackson Walker n'est qu'une vulgaire fripouille. Tu t'es souillée avec lui tout en prétendant 'être pure pour moi.

Mes lèvres s'entrouvrent. Je ne sais trop quoi répondre. Je ne suis pas vierge. Mais je n'ai pas non plus couché avec Jackson.

— Abdul, je te jure que je ne t'ai pas trompé avec Jackson. Il n'est que témoin dans toute cette histoire.

Il plisse les yeux et sa voix se fait basse et menaçante.

— Es-tu pure, Emma ?

J'en frémis presque. Je devine qu'il n'aurait pas été ravi de ma situation de non vierge. Je hausse une épaule, faisant semblant de ne pas comprendre.

— Comment ça, pure ?

Il lève la main si vite que je ne la vois pas venir. Une gifle brutale atterrit sur ma joue et me fait rejeter la tête en arrière. Il retrousse les lèvres.

— Espèce de salope infi…

Il est interrompu par un crochet du droit puissant de Viktor, qui rejette la tête d'Abdul en arrière. En un instant, Viktor a plaqué Abdul face contre terre, un genou posé sur son dos et les poignets d'Abdul tirés en arrière. Viktor appelle du renfort dans son oreillette. La seconde d'après, Abdul est menotté et sur le point d'être emmené.

— Attendez ! Tiens, je te rends ta bague !

Je retire vivement ma bague de fiançailles de mon doigt et la lui jette. Elle rebondit sur son front et tombe au sol.

— Garde-la, rugit-il. Ce n'est rien comparé aux richesses de mon royaume ! Villroy ne bénéficiera plus d'aucun soutien de la part de Kainei ou d'aucun de nos alliés ! Tout le monde connaîtra la cause de la chute de Villroy !

Puis il disparaît.

Je me laisse tomber sur ma chaise, les jambes tremblantes, et pose une main sur ma joue brûlante. Il m'a frappée. Si je l'avais épousé, j'aurais vécu toute seule à Kainei, et il aurait eu du pouvoir sur moi. Ses gardes, son personnel et sa famille l'auraient soutenu, peu importe comment il m'aurait traitée. Je n'aurais eu aucun recours. J'aurais peut-être même été coupée de ma famille.

Mon instinct a eu raison de me souffler de fuir. Je suis si heureuse de l'avoir écouté.

~

Jackson

Dès que les gardes nous laissent entrer, nous nous précipitons tous dans le salon pour rejoindre Emma, et tout le monde se met à parler en même temps.

— Emma ! s'écrie Anna.

— Qu'est-ce qu'il s'est passé ? demande Lucas.

— Tu vas bien ? l'interrogé-je.

— Qu'est-ce qu'il a fait ? rugit Gabriel.

Emma se lève et laisse tomber sa main de sa joue. Elle est rose vif à l'endroit où elle a été giflée. Mes poings se serrent. Si seulement ce salopard était encore ici pour recevoir ce qu'il mérite.

Gabriel soulève le menton d'Emma, inspectant les dégâts.

— Il t'a frappée.

— Ce n'était qu'une gifle répond Emma, l'air remarquablement calme. Viktor lui a donné un coup de poing dans la mâchoire, beaucoup plus fort.

Gabriel laisse retomber ses mains et dit, d'une voix sinistrement calme :

— Il paiera pour ça.

— Non, réplique Emma. Restons-en là. Il m'a montré sa vraie nature et cela a fait disparaître toute la honte et le regret que je ressentais pour m'être enfuie. Mon instinct avait raison. Et je suis sûre qu'il pense avoir perdu son temps avec moi et qu'il repartira chez lui.

Je décrispe lentement les poings. Elle va bien. En fait, elle semble même dynamisée. Cela doit lui ôter un grand poids des épaules d'en avoir fini avec la pagaille qu'elle a laissée derrière elle. Bientôt, elle retournera à sa vie royale. Peut-être que demain matin, elle pliera bagage et repartira avec sa famille. Je ressens comme un vide dans la poitrine, comme si l'on m'avait pris quelque chose. Je viens tout juste de retrouver la musique, grâce à elle.

— Viktor était témoin, dit Anna. S'il y a les moindres représailles dans la presse ou par un procès, nous avons l'agression d'Abdul pour contrer ça.

— Nous ne pouvons pas lui permettre de s'en sortir après avoir frappé ma sœur, lâche Gabriel.

Les lèvres d'Anne dessinent une fine ligne.

— Respectons les souhaits d'Emma. Peut-être que les

choses se passeront comme elle l'a dit, qu'il en a fini avec elle et qu'il va simplement rentrer chez lui.

Gabriel sort de la pièce d'un pas raide et Anna le suit tout en parlant d'une voix basse et urgente.

Lucas se rapproche d'Emma.

— Est-ce que tu vas vraiment bien ?

Je reste en arrière, mais la regarde avec attention, parce que je veux savoir, moi aussi.

Elle lui adresse un sourire triste.

— En fait, je vais mieux que bien. Maintenant, je peux vraiment me détendre, plus rien ne me pend au-dessus de la tête, et je n'ai aucun regret. C'est un nouveau départ pour moi.

Lucas dépose un baiser sur son front et s'en va.

Je me force à afficher une décontraction que je suis loin de ressentir. J'ai ressenti le besoin de la protéger dès l'instant où elle m'a montré sa vulnérabilité, sur le bateau.

— Tu aurais dû le frapper en retour. Je sais que tu en es capable. Tu m'as donné un coup de poing impressionnant dans les fesses quand j'ai essayé de te jeter par-dessus bord.

Elle rit.

— J'ai été prise par surprise. La prochaine fois, hein ?

Quelque chose me pousse à la prendre dans mes bras. Et je ne suis *pas* du genre à prendre les gens dans mes bras. J'ai besoin de savoir qu'elle va bien. Je sens la chaleur de son corps entre mes bras. Je me penche au niveau de son oreille :

— Je suis heureux que tu sois ressortie de ton épreuve relativement indemne. Ce n'est pas une chose facile.

Elle lève les yeux vers moi, ses yeux noisette pleins de douceur.

— J'ai eu l'occasion de te rencontrer une deuxième fois, alors tout cela valait le coup.

Ma poitrine se comprime comme si elle avait tendu la main au travers pour enserrer mon cœur. Mon attraction pour elle est trop forte pour y résister. Je me penche lentement, comme aspiré, le sang bouillonnant dans mes veines. Ses lèvres douces ne sont qu'à un souffle de moi. Ses yeux se ferment, lui donnant l'air encore plus jeune et doux. *Non.* Je ne suis pas assez fou pour entamer quelque chose avec elle. Elle sera probablement partie dès le lendemain matin, pour retourner à sa vie de palais royal, et je ne serai rien de plus qu'un souvenir. C'est toujours mieux qu'un regret.

Il me faut rassembler toute ma volonté, mais je parviens à m'écarter.

— Bonne nuit, Emma.

Je me retourne et me dirige vers l'escalier, ressentant le besoin de mettre un peu d'espace entre nous. Il est trop tôt pour me coucher. Je vais utiliser ma guitare avant qu'elle emporte la musique avec elle. Je suis à mi-chemin dans l'escalier quand je l'entends prononcer doucement :

— Bonne nuit, Jackson.

Ses mots semblent remplis de mélancolie et de regret.

Je n'ai pas envie de déjà lui dire au revoir. Ce sentiment de vide dans ma poitrine est de retour, et mes membres me semblent lourds alors que je me force à m'en aller. *Déverse tout ça dans ta musique et laisse-la partir.*

~

Je suis levé à la pointe du jour. La maison est silencieuse. Pourquoi suis-je debout ? Je jette un œil vers la porte, mais elle est encore fermée. Pas d'Emma. Elle m'a réveillé assez souvent à cette heure pour que mon cerveau s'y attende. Est-ce qu'elle est en train de faire ses bagages, prête à partir avec sa famille ?

Je roule sur le dos, tendu à l'idée des adieux à venir. Je devrais simplement être heureux de l'avoir rencontrée. Sans cela, je serais encore sur cette foutue péniche à essayer en vain de reprendre la guitare. Elle m'a donné bien plus que ce que je lui ai donné.

C'est quelqu'un de tellement bien. Elle a pardonné à ce crétin pour l'avoir giflée et n'a demandé aucunes représailles en retour. Elle est si vertueuse que sa famille s'empresse de tout faire pour préserver cela. Elle n'a aucune idée comme elle a de la chance d'avoir des grands frères surprotecteurs qui se soucient d'elle. Mon propre grand frère n'aimait rien plus que de me battre dans tous les domaines. Ce n'était pas bien difficile. Il était l'intellectuel, l'athlète, le type bien. J'étais l'échec. Quand j'ai découvert la musique, il était déjà parti à l'université. Il se fiche que j'ai rencontré le succès. Nous ne nous sommes plus parlé depuis des années. Ma mère a fait un pas vers moi, s'excusant pour ne pas m'avoir compris pendant si longtemps, ne réalisant pas que j'avais un « talent caché ». Nous nous sommes pardonné, mais cela ne change rien au fait que pendant une grande partie de ma vie, je ne me suis pas senti à la hauteur.

Je roule de côté, agité. Je suis trop bien réveillé, maintenant, mes pensées accaparées par Emma. Sa chaleur pressée contre moi me manque, tout comme le fait de l'entendre me murmurer ses secrets. Je sais qu'elle a d'autres secrets. La raison pour laquelle elle sait crocheter les serrures, par exemple. Peut-être qu'elle se faufile secrètement hors du palais régulièrement pour entrer par effraction dans certains endroits. Elle est peut-être une sorte de femme Robin des bois, qui vole aux riches pour donner aux pauvres. Je ris en moi-même. Mon imagination fait des heures sup. Elle n'est qu'une princesse surprotégée.

Nous pourrons avoir une dernière leçon de guitare avant de partir. Je devrais m'en aller en même temps qu'eux, je ne suis ici que grâce aux connexions de Lucas. Je sors du lit et me dirige vers ma guitare. C'est à cet instant que je me souviens qu'Emma a demandé à l'emprunter la veille au soir, après que j'ai fini d'en jouer. Elle doit m'avoir écouté jouer, parce qu'elle est apparue peu après que j'ai remis la guitare dans son étui. Elle est sûrement réveillée. Je vais simplement aller la récupérer.

J'enfile un tee-shirt et un jean, ouvre la porte et sors dans le couloir. La chair de poule recouvre mes bras et les cheveux se hérissent sur ma nuque lorsque j'entends sa voix. Elle chante *Ave Maria* en italien, et c'est tellement beau. Je me rapproche discrètement l'oreille tendue. C'est simple et sincère. Ses émotions se déversent dans les paroles, que je ne comprends pas, mais je peux les ressentir. Je m'arrête devant sa porte, respirant à peine. Elle fait une fausse note sur la guitare, s'arrête et gratte plusieurs fois les cordes avant de reprendre.

J'ouvre lentement la porte, ressentant le besoin d'entendre sa voix sans cette barrière entre nous. Elle est assise sur le banc rembourré au bout de son lit, la tête penchée vers la guitare pour regarder ses doigts alors que sa voix atteint une note plus haute, pure et douce, le son s'infiltrant dans ma poitrine et me serrant les poumons au point d'en expulser tout l'air.

Elle lève la tête et se fige, les yeux ronds et la bouche formant un parfait O de surprise.

— Ne t'arrête pas, dis-je. C'est magnifique.

Elle pose la guitare sur ses genoux.

— J'ai manqué quelques notes.

Je m'assois à côté d'elle sur le banc.

— Ta voix ressemble à celle d'un ange. Pourquoi dissimules-tu ton talent ?

Ses joues deviennent rose vif.

— Je ne savais pas que j'avais du talent. Personne ne m'a jamais dit que ma voix ressemblait à celle d'un ange, jusqu'ici.

— N'as-tu jamais chanté devant d'autres gens ?

— Non. Généralement, je ne chante que sous la douche, ou quand je suis seule.

— Pourquoi ?

Elle cligne plusieurs fois des yeux et lèche sa lèvre pulpeuse.

— Je n'ai jamais suivi de cours. Je suis sûre de n'être qu'une amatrice. Tout le monde semble bien chanter, sous la douche.

J'ai peine à croire qu'elle soit si peu consciente de ce qu'elle possède.

— Non, Emma, ce que tu as est spécial. C'est incroyable. S'il te plaît, j'ai besoin d'en entendre plus.

Elle se mord la lèvre.

— Je ne connais pas très bien la chanson. J'essayais juste de suivre la partition. Je t'ai réveillé ?

— Je me suis réveillé en m'attendant à donner un cours de guitare matinal.

Elle sourit.

— Je sais que tu aimes dormir tard. Je me suis comportée comme une peste, les jours précédents.

Je me rapproche.

— Je commence à t'apprécier, finalement.

— Oh, vraiment ? dit-elle, ses doigts se portant à son cou.

— Oui. Allez, chante-la encore.

Elle me tend la guitare.

— Tiens, tu joues et je chante en même temps.

Je n'hésite même pas. Je lui prends la guitare, posant ma cheville sur mon genou et disposant la partition sur ma jambe, où je peux la voir. Il me faut un pupitre. Elle risque fort de tomber.

— Est-ce que tu peux tenir la partition ?

— Avec plaisir.

Elle la récupère et se tient devant moi, tenant les deux pages juste devant son visage.

J'étouffe un rire. Elle est gênée quand elle chante, inconsciente de la beauté de sa voix. Je commence à jouer.

Elle chante doucement. Je reste silencieux, espérant qu'elle va se mettre à l'aise et détendre sa voix à nouveau. La chanson monte en puissance et sa voix fait de même, plus forte, plus assurée, chaque note douloureusement douce. La musique dépasse les deux partitions qu'elle tient et j'improvise, rejouant les notes précédentes, espérant qu'elle sera assez absorbée dans la musique pour continuer. Elle le fait, probablement parce qu'elle connaît cette chanson, et c'est parfait, putain. J'entendrai cette voix dans ma tête pour le restant de mes jours. Je n'ai jamais rien entendu de pareil. C'est exquis, cela résonne dans mes oreilles, emplissant mon corps et mon âme, m'électrifiant.

Elle termine et baisse lentement la partition de devant son visage. Elle sourit timidement, ses yeux croisant brièvement les miens avant de se détourner.

— C'était bien ?

Je pose la guitare et me lève.

— C'était plus que bien. C'était divin. D'une exquise perfection. Tu as vraiment la voix d'un ange.

Elle sourit et secoue la tête, rougissant encore plus fort.

— Non.

Je lui prends le menton pour lui relever la tête.

— Si. Accepte le compliment. Absorbe-le. Tu es une chanteuse brillante. Ta voix est un don du ciel.

Elle cligne plusieurs fois des yeux, le regard brillant.

— Mais je n'ai suivi aucune leçon. Je suis sûre que je ne suis pas au niveau…

— Emma, ce que tu possèdes ne peut s'apprendre. C'est un son naturellement pur. L'émotion. Mon Dieu, j'en ai eu des frissons.

Je pointe du doigt vers mes bras pour le lui prouver.

— Tu as la chair de poule ! s'exclame-t-elle. Eh bien, tu as peut-être froid.

— Emma, grondé-je.

Elle réagit encore pire que moi aux éloges.

— Merci pour ce gentil compliment.

— Je vais écrire de la musique pour ta voix. Je viendrai te trouver quand j'aurai terminé.

Elle porte sa main à sa gorge.

— Tu vas écrire une chanson pour moi ?

— J'ai envie d'écrire tout un album pour toi.

Une poussée d'adrénaline parcourt mon corps, le besoin urgent de me mettre au travail éveillant tous mes nerfs et faisant bourdonner mes muscles du besoin d'entrer en action. Mais d'abord…

Je dépose un baiser sur sa joue.

— Merci d'avoir partagé ton don avec moi.

Puis je retourne dans ma chambre, le début d'une ballade parcourant mon esprit alors que le monde s'évanouit.

11

Emma

J'ai la voix d'un ange. Je n'en avais aucune idée. Ce doit être vrai, parce qu'en ce moment même, Jackson Walker, star du rock et joueur de guitare extraordinaire, est en train de créer de la musique juste pour ma voix. Je suis assise dans le couloir, appuyée contre le mur de sa chambre et écoutant le magnifique son d'une mélodie en train de se former. C'est lui qui est brillant, capable de composer de la musique, de créer quelque chose à partir de rien.

Je ne voulais pas que Jackson soit perturbé pendant qu'il créait, alors je n'ai quitté mon poste qu'une fois, pour dire chaleureusement au revoir à ma famille. Je leur ai dit que je voulais rester ici un peu plus longtemps avec Jackson, pour explorer mon nouveau don pour la musique. Anne m'a adressé un regard entendu, Lucas m'a souhaité bonne chance et Gabriel a grommelé, mais accepté, sa femme répétant avec insistance que tout se passerait bien pour moi ici, avec Jackson et mes gardes. Le danger est passé. Nos sources nous ont rapporté qu'Abdul et ses gardes étaient repartis à Kainei la veille au soir, et que sa famille avait quitté le palais ce matin.

Le seul qui ne soit pas d'accord avec mes projets de prolonger mon séjour (ou qui n'en ait pas conscience), c'est

Jackson. Il était d'accord pour rester une semaine, mais c'était quand j'étais au cœur du plus gros scandale de ma vie. Est-ce que je possède quoi que ce soit qu'il puisse vouloir, et qui pourrait lui donner envie de rester ici ? Je ne pense pas que même une tentative de séduction audacieuse de ma part le convaincrait de rester plus longtemps. Je ne me fais plus aucune illusion d'un point de vue romantique, le concernant. Il n'est pas du genre à avoir une relation, et je sais que ma famille ne nous acceptera pas en tant que couple, de toute façon. Seul Lucas semble voir ses bons côtés. Et il m'a dit clairement que Jackson ne ferait que provoquer de nouveaux scandales, et qu'il attirerait une attention négative vers notre famille. Après tout ce que j'ai fait pour porter préjudice à la réputation de notre famille, je comprends le besoin d'éviter plus de dégâts.

Je ne vais pas vraiment m'engager avec lui, mais comment tourner le dos à cette nouvelle part musicale de moi-même ? J'ai tellement apprécié nos leçons de guitare, et maintenant, je découvre ma voix, ce qui est aussi quelque chose de spécial. En tout cas, cela ne fait que me donner encore plus envie de me plonger dans la musique. Et j'ai besoin de lui pour ça.

Je ne suis pas prête à lui dire au revoir.

Il ne m'a apporté que de la joie. Je ne sais pas trop ce que je lui ai apporté, si je lui ai seulement apporté quoi que ce soit. Peut-être que si je le paie pour mes leçons de guitare, que je fasse en sorte que cela en vaille la peine pour lui, il restera. Cette idée me plaît de plus en plus. Cela semble si raisonnable, comme ça, pas du tout comme si j'éprouvais du désir pour lui ou que je lui demandais de s'engager, ce qui n'est pas le cas. Évidemment que non. Je ne demande qu'à ce qu'il prolonge son séjour. Je lui offrirai ma bague de fiançailles en échange d'un mois de leçons de guitare à la villa. Personne d'autre ne veut de la bague, et le diamant vaut un million d'euros. Même s'il n'a pas besoin de l'argent, il pourrait vendre le diamant et faire un don à une bonne cause, une chose que je ne pourrais jamais faire, au vu des circonstances. Au moins, quelqu'un en bénéficierait. Cela me paraît être un excellent plan.

Après ma confrontation avec Abdul hier soir, j'ai fourré la bague dans le tiroir de ma table de chevet, ne voulant pas de ce souvenir. Il m'est venu à l'esprit, trop tard, qu'il n'y a aucune chance pour qu'Abdul soit resté « pur » pour moi à vingt-six ans. Il s'est comporté de manière patriarcale en faisant du deux poids deux mesures, et je regrette presque de ne pas avoir pu lui jeter ça au visage. Je ne regrette pas assez, cependant, pour avoir envie de le revoir un jour. Je vais de l'avant et, opportunément, il va m'y aider en offrant cette bague pour la cause. Je la glisse à l'annulaire de ma main gauche plutôt que là où je la portais jusqu'alors, à la main droite.

Je baisse les yeux sur moi-même et pousse un soupir. Malheureusement, mes vêtements empruntés plus à la mode sont dans le panier à linge, j'en suis donc revenue à ma robe modeste rose pastel. Je retourne à mon poste juste devant la porte de la chambre de Jackson, écoutant avec pur ravissement. Cela fait des heures qu'il compose sa musique. J'ai entendu quatre chansons, jusqu'ici. Deux ballades et deux chansons rock avec un rythme entraînant. C'est comme écouter mon concert personnel. Sa voix rocailleuse chante l'une des ballades, me donnant des frissons. Il n'a pas chanté les autres chansons, et je me demande si c'est censé être à moi de les chanter. J'aimerais tant pouvoir le rejoindre là-dedans et être témoin de la magie de près, mais je n'ose pas interrompre le processus.

La télé s'allume au rez-de-chaussée. Viktor et Oliver doivent se mettre plus à l'aise maintenant que le danger Abdul est passé. Ils ont déjà vérifié le système de sécurité et fait des rondes autour de la maison.

La porte de la chambre de Jackson s'ouvre et il sort.

— Emma ?

— Je suis là, dis-je en levant la main.

Il me prend la main et me hisse sur mes pieds.

— Depuis combien de temps es-tu assise ici ?

— Euh, eh bien, à peu près depuis le début. Avec une brève interruption pour aller dire au revoir à ma famille.

Ses yeux s'arrondissent.

— Tout le monde est parti ?

— Oui.

— Je n'ai pas dit au revoir.

Mon cœur se serre. Je suis touchée qu'il se soucie assez de nous pour vouloir dire au revoir après que ma famille l'ait traité avec tant de suspicion, bien qu'il se soit surtout agi de Gabriel.

— Je leur ai demandé de ne pas interrompre ton processus créatif. Ils m'ont dit de te dire au revoir.

Il incline la tête.

— Qu'est-ce que tu fais encore ici ?

Je m'arme de courage.

— J'appréciais tellement mes leçons de guitare avec toi que j'espérais que tu acceptes de rester ici un peu plus longtemps pour continuer à m'apprendre. Je te paierai pour tes services.

— Emma, dit-il doucement.

Je l'interromps avant qu'il puisse refuser et lève une main, lui montrant la bague.

— Je te donnerai cette bague en guise de paiement. Elle vaut un million d'euros. Tu pourras vendre le diamant et l'utiliser pour servir une bonne cause. Ou garder l'argent, si tu veux.

Je retiens mon souffle parce qu'il a vraiment l'air de réfléchir à l'idée.

Il se frotte la nuque et croise finalement mon regard.

— Combien de temps ?

Je prends une profonde inspiration et lâche :

— Trente jours, trente leçons de guitare, et tu auras la bague.

Il m'attire dans sa chambre et ferme la porte.

— Marché conclu.

Mon cœur bat la chamade, mon corps bourdonnant d'impatience. Je ne saurais dire ce qui m'enthousiasme le plus, la possibilité d'entendre un concert en live pour moi toute seule, ou celle qu'il veuille vraiment de moi, maintenant. Hier soir, il m'a presque embrassée, et maintenant nous sommes seuls dans sa chambre. Qui sait ce qu'il peut avoir en tête ? Je prendrais trente jours de tout ce qu'il est prêt à m'offrir. Il est pieds nus, en jean et tee-shirt blanc. Très décontracté. Nous sommes comme du sel et du sucre. Ils ne vont pas tout à fait ensemble, mais d'une certaine manière, ils se marient bien. Sucré salé. Je pense que je suis le sucré.

Je pense que le désir me fait perdre la tête.

Il s'arrête devant moi, le regard intense, sa grande main se levant pour replacer une boucle de cheveux derrière mon oreille.

Je ne peux plus respirer. Mes lèvres s'entrouvrent, espérant désespérément un baiser.

— J'aime quand tu laisses tes cheveux détachés, dit-il d'une voix bourrue.

Il les libère de leur chignon soigné. Les épingles tombent au sol, le nœud restant autour de son doigt. Il le glisse dans la poche de son jean.

— C'est beaucoup mieux. Plus relâché. Tu te caches trop sous un emballage strict.

— Merci, dis-je, la bouche sèche. Je crois.

Il penche la tête, le regard direct.

— Chante avec moi.

— D'accord.

Il me prend la main et m'attire vers le banc, où il a griffonné des paroles sur un petit bloc-notes à spirales. Ses gribouillis sont difficiles à lire. Mais j'aperçois mon nom, le titre d'une chanson. Il a écrit une chanson à propos de moi ! J'ai l'impression d'être dans un rêve.

Il s'assied à côté de moi et sourit, un grand sourire joyeux qui illumine son beau visage. Mon cœur bat la chamade et des papillons virevoltent follement dans mon estomac alors qu'une sensation de chaleur m'envahit. C'est le premier sourire vraiment heureux que j'ai jamais vu sur son visage, et c'est à moi qu'il l'a adressé. Ma main se porte à ma poitrine soudain compressée. Mes yeux sont brûlants, une boule d'émotion se coince dans ma gorge et ma lèvre inférieure tremble. Tout cela est juste trop à encaisser. La beauté de ce moment, de Jackson créant une chanson juste pour moi.

Il commence à jouer et je fonds en larmes. Des larmes de

joie, je le jure. Je devrais être embarrassée, mais je ressens trop de joie pour que l'embarras prenne le dessus.

Il s'arrête de jouer.

— Qu'est-ce qui ne va pas ?

— Je suis juste si heureuse, si émerveillée que tu aies écrit cette chanson pour moi.

Il essuie mes larmes avec ses pouces.

— Regarde-moi toutes ces émotions que tu refoules. La moindre chose les fait remonter.

— Ce n'est pas du tout une petite chose ! C'est la chose la plus incroyable qui soit jamais arrivée dans ma vie !

Il m'adresse un petit sourire.

— J'ai entendu comme tu as vécu dans un cocon. Maintenant, tu peux laisser toutes ces émotions s'écouler dans la musique. J'en ai entendu une partie tout à l'heure, quand tu as chanté *Ave Maria*, mais je pense que tu en as plus en toi. Chante avec moi.

Je lève le bloc-notes.

— Je peux à peine lire tes pattes de mouche.

Il rit.

— Répète après moi, la première fois.

Puis il la joue pour moi. *Ma chanson*. À propos d'une fille qui était perdue et qui a fui, avant de cesser de fuir et de se trouver elle-même. Gah. Je suis bouleversée. Des larmes n'arrêtent pas de couler de mes yeux. Le deuxième refrain est censé être le mien, celui où je revendique ma force, ma voix, ayant enfin trouvé ma place. J'ai envie d'être cette femme, d'atteindre ce point où je connaîtrai ma place.

Quand il termine, il croise mon regard, une expression tendre sur le visage.

— Tu es incroyable, Emma. Toutes ces larmes.

Il prend ma tête entre ses mains, m'attire plus près et m'embrasse le front.

— Garde ces émotions pour la musique, d'accord ?

Je hoche la tête, essayant de dissimuler ma déception à ce chaste baiser. Il est emballé par moi comme 'amie et collègue musicienne. Suis-je une musicienne, maintenant ? Suis-je restée tristement ignorante de mon propre potentiel durant tout ce temps ? Je réalise que la réponse est oui dans les deux cas. Je suis une musicienne, débutante, mais tout de même. Cette révélation fait tomber mon estomac dans mes chaussures, comme si je venais de franchir la pente d'un grand huit terrifiant et que j'étais en chute libre. Je suis euphorique et terrifiée tout à la fois.

La Princesse Emma Rourke de Villroy ne s'est jamais à ce point éloignée de sa zone de confort, elle n'a jamais risqué de passer pour une idiote avec une nouvelle passion.

Il recommence à jouer.

— Tu prends le deuxième couplet. Le mien introduit le tien.

— Je sais, murmuré-je.

Je n'arrive toujours pas à croire qu'il ait écrit cette incroyable chanson pour moi. J'écoute, incapable de détourner les yeux de son beau visage si expressif. Ses yeux sont fermés, son expression détendue, ses doigts maîtres de la guitare. C'est extraordinaire.

Il ouvre les yeux et incline la tête vers moi pour m'inviter à commencer mon couplet.

Je commence avec hésitation, pleinement consciente que ma voix ne semble pas aussi naturelle que la sienne.

— *J'ai vécu une vie tranquille, j'ai vécu pour toi, et toi, et toi...*

Il ferme les yeux, sans cesser de jouer, l'air satisfait de mon chant. Je fixe les paroles tout en chantant, gagnant en confidence en même temps que la femme dans la chanson, la musique me soulevant alors que ma voix s'élève au-dessus d'elle. J'oublie qui je suis, où je suis, il n'y a rien à part moi et la musique et nous voguons ensemble, libres.

Je réalise soudain qu'un silence est tombé. Je tourne lentement la tête pour croiser son regard, me sentant immédiatement gênée à nouveau.

— Oui, dit-il.

— Oui ?

— Oui ! rit-il.

Je ris aussi. D'une manière ou d'une autre, il sait où j'étais, en train de voguer avec la musique.

— Est-ce que la musique te fait cet effet-là, à toi aussi ?

Comme si tu laissais le monde derrière toi et que tu étais libre ?

— C'est l'effet qu'elle me faisait, avant. Et à l'instant, pendant que tu chantais, je l'ai ressenti à nouveau. Je te suis si reconnaissant, Emma.

— Ce n'est rien, vraiment.

— C'est *tout*.

Je souris et hoche la tête.

— C'est quelque chose de spécial, je sais ça. J'ai toujours adoré écouter de la musique, mais maintenant, c'est comme si j'étais à l'intérieur de la musique.

Il me regarde en penchant la tête.

— As-tu jamais écrit des paroles ?

— Moi ? Non. Je n'ai jamais rien écrit.

— Ah, alors voilà quels seront tes devoirs. J'ai une mélodie qui a besoin de tes paroles.

Je porte ma main à ma gorge.

— Pourquoi les miennes ?

— Parce que je veux entendre le son de ta voix, ton âme, quelque chose qui te parle. Pas en tant qu'Emma la princesse, en tant qu'Emma la musicienne, la femme qui a bouleversé mon monde ce matin.

Je me penche près de lui, tentant d'adopter un ton sexy et enjôleur.

— Tu dis ça comme si nous avions couché ensemble ce matin.

Il rejette la tête en arrière.

— Couché ensemble ? La princesse vierge peut parler aussi crûment ?

Sa voix est aiguë et snob, dans une mauvaise imitation de la mienne.

Je hausse le menton.

— N'écoute pas mes frères. Ils ne savent pas tout à mon sujet.

Il repose prudemment sa guitare dans son étui et se met debout devant moi.

— Es-tu en train de me dire que tu n'es pas une princesse vierge ? demande-t-il à voix basse.

Je croise les jambes et pose les mains dessus, ravie du tour qu'a pris la conversation. Il est peut-être en train d'avoir une excellente idée.

— C'est exactement ce que je te dis.

Ses mains se referment en poings.

— Qui t'a touchée ?

Ma mâchoire s'ouvre en grand, le ton de sa voix me stupéfiant.

— Quelle importance ?

— Si tu es fiancée depuis que tu as seize ans, il s'agit soit de ton crétin de fiancé ou de quelqu'un qui a profité de toi, quelqu'un en qui tu avais confiance. Et ça me donne envie de le frapper.

— C'était quelqu'un en qui j'avais confiance.

Il s'assied à côté de moi, ses yeux bleus durcis.

— Qui ?

— Calme-toi. Le consentement était mutuel. Je l'aimais.

Il se passe une main dans les cheveux, l'air encore énervé. Je suis stupéfaite par le changement qui s'est opéré en lui, ce côté protecteur et bienveillant. La musique m'a permis de me rapprocher de lui, et je ne l'aurais jamais deviné s'il ne m'avait pas écoutée chanter en privé dans ma chambre. Il faudrait peut-être que je vive plus souvent à voix haute, que j'affiche plus de ma vraie personnalité en public.

Je partage avec lui ce que je n'ai jamais partagé avec quiconque.

— C'était mon garde, Adam.

Sa mâchoire se crispe.

— L'un des gardes présents plus tôt avec Anna et Gabriel ?

Je secoue la tête.

— Il ne travaille plus pour nous.

Je marque une pause, les souvenirs d'Adam me revenant d'un coup.

— Quand je suis allée à l'université, un garde m'a été affecté, un nouveau, très bien entraîné. Mon père l'a choisi spécialement pour moi parce qu'il était doué en arts martiaux et avec des armes. Il pouvait être mortel si besoin, et discret.

Ses lèvres se tordent.

— Donc, ton père t'a envoyé à l'université avec un assassin.

Je hausse une épaule.

— Je n'y avais jamais songé en ces termes. Je suppose que mon père voulait simplement avoir l'esprit tranquille en sachant qu'aucun mal ne me serait fait. J'avais dix-huit ans, j'étais loin de chez moi pour la première fois et je m'ennuyais terriblement de ma maison. Adam était français, mais son anglais était plutôt bon. Il me faisait penser à la maison. Et il était jeune, lui aussi, il avait vingt-deux ans et c'était sa première affectation importante loin de chez lui. Je n'avais rien planifié. À un moment donné, nos discussions se sont transformées en regards languissants et puis…

— Il a profité de toi.

— Non. Je lui ai dit que je l'aimais.

Il prend une brusque inspiration.

— Tu as simplement lâché ça comme ça ?

— Oui.

Je prends une profonde inspiration, me souvenant de la douceur de ce moment.

— Tout était si nouveau et à vif, mes sentiments explosant hors de moi. Je pensais que c'était forcément mutuel. Je ne pouvais pas être la seule à éprouver de tels sentiments.

— C'était le cas ?

— Il ne l'a pas dit, mais il m'a embrassée.

Mes doigts se portent à mes lèvres alors que je me remémore mon premier baiser, la tendresse, l'hésitation, le long regard interrogateur et la réponse assurée.

— Et je l'ai embrassé en retour. Il s'est écarté, s'est excusé et m'a dit que ça n'arriverait plus jamais.

— Mais c'était faux.

— Oui. L'attirance entre nous était impossible à ignorer. C'est devenu notre secret, expliqué-je tout en jouant avec une mèche de mes cheveux. Il m'aimait. Nous sommes restés ensemble durant toute cette année d'école, mais lorsqu'il a été temps pour moi de retourner à Villroy pour l'été, il m'a fait ses adieux. Il a quitté son emploi et est retourné en France. Il m'a dit qu'il ne pouvait me protéger convenablement alors que son cœur était impliqué, et qu'il savait que nous n'avions aucun avenir. J'étais fiancée à un futur sultan et il n'était qu'un roturier.

— Si tu l'aimais, pourquoi ne pas avoir rompu avec ton fiancé pour partir avec lui ?

Je lisse un pli sur ma robe, réfléchissant à ma réponse. Je ne veux pas sembler insensible. Parfois, je me demande si j'ai laissé partir Adam trop facilement. Je décide d'énoncer la dure vérité :

— Parce que je savais qu'Adam avait raison. Nous n'avions aucun avenir. Je pensais devoir suivre le chemin tracé pour moi selon une longue tradition, et me marier au bénéfice du royaume. Adam n'offrait aucun bénéfice au royaume.

— À part l'amour, dit-il, avant de plisser les yeux. Et moi qui pensais que tu étais si grande et puissante, tellement meilleure que moi. Tu es pire que moi. Tu es une véritable imbécile.

Je bondis sur mes pieds et pointe le doigt vers lui.

— Comment oses-tu ! Je t'ai parlé avec mon cœur !

Il se lève lentement et se rapproche, son souffle venant effleurer mes lèvres.

— Tu mérites quelqu'un comme moi, dit-il d'une voix réduite à un grondement rauque.

Je cligne des yeux, ne sachant trop ce qu'il veut dire, le cœur cognant dans ma poitrine. Est-ce qu'il est en train de m'insulter ou de me draguer ?

12

Emma

Sa main s'enroule autour de mes cheveux, tirant sèche-ment pour me forcer à rejeter la tête en arrière et me faisant hoqueter. Sa bouche recouvre la mienne, sa langue plongeant à l'intérieur, et j'ai ma réponse. Un désir tel que je n'en avais jamais ressenti auparavant m'envahit et je passe les bras autour de son cou. Il me dévore et j'adore ça. Ses mains se portent à l'ourlet de ma robe et il la soulève jusqu'à ma taille.

Il dépose de profonds baisers le long de ma mâchoire, jusqu'à ce point sensible derrière mon oreille, ses dents frot-tant contre moi et me faisant frissonner.

— Je déteste cette robe de vieille femme, murmure-t-il dans mon oreille. Est-ce que je peux l'enlever et la jeter à la poubelle ?

Je suis à la fois mortifiée et immensément ravie. J'ai une garde-robe de vieille femme.

— Défais la fermeture pour moi, demandé-je en me retournant.

Il la fait descendre d'un geste rapide, l'ôtant de mes épaules et la faisant glisser de mes bras. Je me retourne et la robe tombe au sol, formant une flaque autour de mes pieds. Je l'éloigne d'un coup de pied.

Son regard se pose sur mon modeste soutien-gorge blanc et ma culotte assortie.

— Emma, gronde-t-il en passant ses bras autour de ma taille.

Il fourre son nez dans mon cou et mes terminaisons nerveuses s'enflamment, ma respiration s'accélérant.

— Si convenable, si snob. Il faut que je te salisse un peu.

— Oui, soufflé-je.

Je veux connaître ce qu'il connaît, le rejoindre dans la joie brute du sexe. Adam était toujours si délicat avec moi, si conscient de ma place dans la famille royale et de la sienne.

Il défait le soutien-gorge, le jette et prend mes seins en coupe à deux mains.

— Cacher ces beautés derrière cette robe convenable. C'est un crime.

— J'ai besoin d'une nouvelle garde-robe.

Ses yeux croisent les miens.

— Plus question de te cacher, Emma.

Ses mains glissent le long de mon corps, ses pouces s'accrochant aux bords de ma culotte. Il la baisse jusqu'à mes chevilles. Je suis tellement prête pour ça. Cela fait des *années*. Il s'agenouille à mes pieds, m'aide à me débarrasser de ma culotte puis, ses mains remontent le long de l'arrière de mes jambes pour prendre mes fesses en coupe. Il embrasse ma hanche avec déférence et douceur, avant de se déplacer pour déposer un baiser sur l'autre hanche. Je passe une main dans ses cheveux, surprise par sa tendresse. J'espérais plus d'agressivité.

— Embrasse-moi, ordonné-je tout en tirant légèrement sur ses cheveux, le poussant à se relever.

Il se penche en avant et embrasse mon sexe. Je sursaute lorsque sa langue sort subitement et me lèche rapidement. Seigneur. Mes genoux fléchissent. Cela fait si longtemps, si longtemps que je n'aie plus été touchée comme ça.

Il lève les yeux vers moi.

— Tu as déjà fait ça ?

— Oui.

— Tu aimes ça ?

Sérieusement ?

— Non, je déteste ça.

Il rit et se met sur ses pieds d'un mouvement fluide. Il m'embrasse et me mord la lèvre inférieure, me stupéfiant avec cette sensation de plaisir douloureuse.

— Alors je ne perturberai pas ta petite fleur.

Il me prend par la main et m'attire vers le lit.

C'est tout ? Pas d'autres préliminaires ?

— Je plaisantais, protesté-je. Perturbe, s'il te plaît.

Il écarte les couvertures, m'attrape par la taille et me jette sur le lit. Je suis trop stupéfaite par ce geste brutal pour protester. Je n'ai jamais été jetée ainsi de toute ma vie.

Il rampe sur moi, les bras tendus sur le matelas de chaque côté de mes épaules.

— Écarte les jambes et dis-moi ce que tu veux.

J'ouvre les jambes et pointe du doigt.

— Je te veux, toi. Tes baisers.

Il baisse lentement la tête et m'embrasse à me couper le souffle. Il s'approche ensuite de mon oreille, la voix profonde et enjôleuse.

— Prononce le mot tabou.

Mes joues sont brûlantes. J'arrive à peine à jurer à voix haute et il veut que je dise des trucs cochons ?

— Tu ne peux pas juste continuer ?

Il m'adresse un sourire vorace, avant de se baisser vers mon corps. Je me détends, parce qu'il a compris le message et qu'il va recommencer à me faire me sentir incroyablement bien. Il s'attarde sur mes seins, sa langue passant sur mon téton tandis que sa main prend mon autre sein en coupe. Mon dos s'arque en avant alors qu'il pince, roule et caresse, me submergeant de sensations. Sa bouche se referme sur mon sein, l'aspirant et provoquant un éclair directement dirigé vers mon sexe palpitant.

Je gémis doucement. Je songe soudain que la porte n'est pas verrouillée et que les gardes entreront si je donne l'impression d'être en danger. Je ne peux garantir que je vais rester silencieuse.

— Verrouille la porte, lui ordonné-je.

Il lève la tête.

— Tu crois que les gardes vont entrer ici ?

— Si je sonne comme si j'avais besoin d'eux.

— Et quel genre de sons ce sera ?

Sa main glisse le long de mon ventre, le faisant frémir, puis plus bas, entre mes jambes, me faisant pulser.

— Hum ?

Je me mords la lèvre inférieure, étouffant un gémissement.

— Des sons passionnés.

Il sourit, ses yeux bleus étincelant malicieusement.

— On y vient.

Il sort du lit, verrouille la porte et se déshabille. Une sensation de chaleur s'accumule dans mon ventre, ma matrice me faisant mal. Il est beau, tout en muscles sculptés et sinueux, ses mouvements élancés comme ceux d'un prédateur alors qu'il approche, son érection épaisse et dure. Il a envie de moi, la convenable Emma Rourke. Sauf que je ne veux plus être cette personne. Avec Jackson, je peux découvrir l'autre côté, le côté sauvage.

Je lui ouvre les bras, un geste d'affection rare, pourtant il m'ignore, m'attrapant à la place par les hanches pour me tourner de côté, avant de m'attirer vers le bord du matelas, où il s'agenouille entre mes jambes. Ses mains remontent le long de l'intérieur de mes cuisses, m'écartant plus largement, puis il me touche enfin, ses doigts suivant légèrement mes contours d'un geste aguicheur. Il souffle légèrement sur moi et mes hanches se soulèvent. Puis ses doigts vont et viennent paresseusement de haut en bas, partout sauf là où j'en ai le plus besoin.

— Jackson, ordonné-je, sauf que cela sonne plutôt à moitié désespéré.

— Oui, Emma.

— S'il te plaît.

— Dis-moi exactement ce que tu veux, avec les mots les plus grossiers que tu connaisses. Si tu n'en connais pas, je t'en apprendrai avec plaisir.

Il passe un doigt sur moi et mes hanches bondissent.

— Embrasse-moi là, lâché-je.

Il m'adresse un sourire coquin, un éclat dans le regard, puis me surprend en se levant et en revenant sur le lit, couché sur le dos.

— Viens par ici, je veux que tu jouisses sur mon visage.

Je me remets en position assise et le dévisage.

Il me fait signe d'approcher en recourbant le doigt.

— Allez, vilaine fille. Tu es une vilaine fille, n'est-ce pas, chérie ? Pas une princesse convenable.

C'est exactement ce que j'essaie de ne pas être, comme je le lui ai confié la première fois que nous nous sommes rencontrés. Je ne devrais pas remettre ses requêtes en question, je devrais simplement suivre le mouvement. De nous deux, c'est lui l'expert pour faire un tour du mauvais côté. Avec une détermination nouvelle, je rampe vers lui.

Au dernier moment, je ne peux me résoudre à le faire, alors je l'embrasse à la place. Il me laisse faire, sa main se glissant dans mes cheveux, m'embrassant si longtemps que j'oublie tout à part le plaisir. Ses baisers sont incroyables – profonds et brûlants et mouillés, me faisant occasionnellement sursauter en me mordillant ou en aspirant ma lèvre de manière apaisante. Je ne savais pas qu'un baiser pouvait receler autant de choses. Il faut que je me rapproche. Je me place plus au-dessus de lui alors que nous nous embrassons, chevauchant son érection et me balançant contre lui, désirant désespérément unir nos corps. Sa bouche se fait plus brutale, plus exigeante, ses mains glissant partout sur moi. Oui. J'en veux plus. Un gémissement s'échappe du plus profond de ma gorge.

Il interrompt brusquement le baiser, la respiration lourde. Ses mains se referment sur mes hanches et il me soulève sur son corps.

— Accroche-toi à la tête de lit.

J'agrippe la tête de lit rembourrée, m'attendant à ce qu'il se place derrière moi. Au lieu de ça, il descend sur le matelas, plaçant son visage directement sous moi, les yeux fixés sur mon sexe exposé.

— Jackson, c'est...

— Cochon ? Ce n'est que le début. Maintenant, donne-moi cette jolie chatte.

Je ferme les yeux, rougissant d'embarras. Je ne peux pas bouger. Je suis prise entre une vie entière de bienséance et des désirs longtemps refoulés.

Ses doigts suivent mes contours, me caressant doucement. C'est loin d'être assez. Mes hanches se balancent machinalement, ayant douloureusement envie de lui.

— Allez, vilaine fille. Dis-moi que tu veux que je te dévore la chatte. C'est de cela qu'il s'agit, ta chatte. Si mouillée pour moi, si prête.

Je déglutis. Toute ma vie, on a appelé cela les « parties intimes ». C'est dur de parler d'une chose que vous ne devez pas mentionner.

— Jackson, s'il te plaît.

Il glisse un doigt en moi, l'enfonçant profondément, puis un autre, son pouce caressant en même temps. Une sensation de plaisir chauffée à blanc me transperce. En quelques secondes, je me retrouve à monter sa main sans aucune honte, me noyant dans les sensations. Oh mon Dieu. Mon corps se resserre sur ses doigts, au bord de la jouissance, quand soudain il les retire. Je gémis à cette perte.

Il me maintient fermement par les hanches et me lèche de haut en bas. Un souffle tremblant m'échappe, mes hanches basculant vers lui, en voulant plus.

Ses mots sont brûlants contre la zone la plus sensible de mon corps.

— Laisse-moi entendre ces mots salaces et inconvenants.

Son doigt passe légèrement sur moi, formant un cercle autour de mon ouverture, me titillant.

J'ai désespérément besoin de plus. Fermant les yeux, je murmure :

— Dévore-moi la chatte.

Un frémissement me parcourt. J'ai mentionné le mot tabou. Je suis *vilaine*.

Un doigt dessine de légers cercles aguicheurs.

— Tu as dit quelque chose ? Je n'ai pas bien compris.

— Dévore-moi la chatte, ordonné-je d'une voix forte et claire, avant de rougir furieusement.

Et si les gardes m'entendaient ? Ma gêne s'évanouit quelques instants plus tard, quand il m'agrippe les hanches, sa langue me léchant en coups légers et aguicheurs, me rendant folle. J'écarte les jambes, m'ouvrant pour lui, dirigée par le désir. Sa bouche se referme avidement sur moi et je suis propulsée dans un néant de plaisir qui me submerge, mon esprit cessant de fonctionner.

Il m'engloutit entièrement.

Je me balance contre sa bouche alors que ses doigts errent sur moi, retraçant mes contours et semblant essayer de m'apprendre par cœur au toucher. Lorsque ses doigts s'enfoncent en moi, je le désire avidement. Mon corps se resserre autour de lui alors qu'il s'enfonce encore et encore, sa bouche m'encourageant, la pression s'accumulant en moi. Je me sens incroyablement à vif, je ne suis plus qu'une boule de nerfs frémissante, au bord de la délivrance. Soudain, je n'ai plus envie que ça se termine. J'essaie de me réfréner, me concentrant sur n'importe quoi d'autre, le temps, mes robes hideuses, mes fausses notes discordantes.

Il me soulève de sa bouche, ses doigts me caressant fermement et rapidement. Tout mon corps tremble.

— J'ai cru t'avoir perdue, vilaine fille, dit-il d'un ton râpeux, sa voix rauque frottant contre mes parois. Tu es de retour ?

— Oui, hoqueté-je. Putain, Jackson. Putain, putain, putain.

Sa bouche revient alors, une caresse légère et aguicheuse qui me fait frémir, avant qu'il ne se mette à sucer avec force. Je crie lorsque l'orgasme me frappe, tout mon corps se mettant à frissonner. Des vagues successives de plaisir submergent mon corps alors que ses gestes se font plus doux, ses larges mains refermées sur mes hanches pour me guider le temps que l'orgasme passe. Oh mon Dieu. J'émets un hoquet alors qu'une autre échappée de plaisir me heurte, irradiant jusqu'à mes doigts de pieds. Sacré Jackson Walker ! Je n'ai jamais joui plusieurs fois.

Je me sens euphorique. J'ai envie de le serrer dans mes

bras, de rire et de danser de joie pure, mais je suis littéralement incapable de bouger.

Il me soulève pour m'écarter de lui et me dépose sur le
matelas. Je me laisse tomber sur le dos. Puis il sort du lit et
s'éloigne. Je suis vaguement curieuse de savoir où il va, mais
pas assez pour bouger. Je me contente de rester étendue là,
pantoise.

Quelques instants plus tard, sa voix profonde me parvient.

— Regardez un peu ce qu'est devenue la Emma convenable, dit-il d'un ton taquin. Nue et épuisée. Et maintenant
quoi, vilaine fille ?

Je me force à ouvrir les yeux. Il se tient à côté du lit,
portant un préservatif et l'air d'un dieu du sexe dont j'ai
envie plus que de respirer.

— Baise-moi.

— J'adore entendre de gros mots sortir de cette jolie
bouche, gronde-t-il tout en me couvrant de son corps.

Il guide son sexe au bon endroit et se glisse à l'intérieur en
un seul mouvement fluide. C'est merveilleux. Une délicieuse
douleur, cette union que je désirais tant.

Il émet un long grognement bas.

— Tu es si étroite, Seigneur. Si bonne.

Il entremêle nos doigts et cloue mes mains sur le matelas,
allant et venant lentement en moi, encore et encore et encore.

L'orgasme se développe aussitôt en moi, mon corps déjà
prêt pour lui.

— Tu es si doué pour ça, hoqueté-je.

— Seigneur, Emma, tu es incroyable.

Il m'embrasse calmement, et il a le goût de moi, de lui et
de sexe. J'ai du mal à croire qu'il ait pu se montrer aussi géné-
reux. Une part de moi pensait que ce serait brutal, déchaîné et
terminé avant même d'avoir commencé. Ses dents se
referment sur mon lobe d'oreille, tirant légèrement dessus.

— Tu dis toujours ce que tu ressens ?

— Seulement quand je le sens si fortement. Tu es un amant
extraordinaire. Tu devrais recevoir un prix pour ça.

Il lève la tête, les paupières lourdes et un sourire jouant
sur ses lèvres.

— Merci.

Mes hanches ruent sous lui.

— Même si je dois avouer que je m'attendais à ce que ce soit un peu plus effréné.

— Tu trouves ça trop sage, hein ?

Il marmonne quelque chose entre ses dents et se retire.

Je suis sur le point de protester quand il s'agenouille entre mes jambes, soulève mes chevilles sur ses épaules et presse mes cuisses contre son torse. Il attrape mes hanches et me pénètre brutalement, m'empalant sur lui en même temps. Ma respiration se bloque dans ma poitrine. Il est si profondément en moi et, oh, Seigneur, l'angle est exactement celui dont j'ai besoin, l'intensité montant immédiatement d'un cran.

Je suis prise dans son étreinte, ses à-coups brutaux, profonds et infatigables. Je m'abandonne à lui, aux sensations qui me parcourent, puis tout en moi se contracte. L'explosion de plaisir me coupe le souffle.

Il me pénètre encore et encore, me pilonnant.

— Plus fort. Laisse-toi aller. Donne-moi tout ce que tu as.

— Je n'en peux p-plus.

C'est trop, mes sens sont en surchauffe.

Ses doigts se tendent entre mes jambes, me caressant alors qu'il continue ses à-coups. Chauffé à blanc. Intense. Je halète, tremblant et gémissant de manière incohérente alors que le plaisir monte et monte et monte. Le monde se voile. Il n'y a rien d'autre à part les doigts exigeants de Jackson, ses à-coups brutaux qui me pilonnent, mon corps qui se contracte à mesure qu'il m'ouvre de plus en plus. Il parle, des paroles obscènes qui glissent sur moi en une mélodie rocailleuse et sexy, m'encourageant. Je ne suis plus qu'une boule de désir pulsant et palpitant, puis je suis emportée, un cri s'arrachant de mes poumons alors que je me disloque. Il me tient fermement, continuant ses à-coups à travers mon orgasme, amorçant d'autres ondes de choc de plaisir, avant de tout lâcher avec un rugissement, la tête rejetée en arrière, exposant les tendons de son cou.

Mes lèvres s'entrouvrent à la vue de Jackson en plein orgasme. Je prends tout ce qu'il a à me donner, la respiration lourde et le cœur cognant dans ma poitrine. C'est quelque chose de primal et d'animal, exactement ce que je voulais.

Ce dont j'avais besoin.

∼

Jackson

Maintenant que nous avons franchi la ligne, je ne peux m'empêcher de la toucher. J'adore la façon dont elle se lâche avec moi. J'adore entendre des grossièretés sortir de cette jolie bouche, de sa voix douce. J'adore le fait qu'elle se soit débarrassée de ses inhibitions, une par une, me faisant confiance pour la guider vers ce qui nous fait du bien à tous les deux. Son plaisir est mon plaisir, et c'est assez rare pour moi. Cela fait quatre jours de sexe et de musique entremêlés, et je ne me suis jamais senti si créatif, si vivant. Le sexe a quelque chose de différent, avec Emma. Je veux voir ses yeux, son expression, ses yeux arrondis de stupéfaction, son désir brûlant, ses regards doux de béatitude hébétée. Je suis accro à la sensation enivrante que je ressens lorsque je fais jouir Emma.

Je suis au lit, c'est le début de la matinée. Je suis réveillé parce qu'elle l'est, se déplaçant dans la chambre. Peu importe jusqu'à quelle heure je la garde éveillée, elle se réveille toujours à l'aube. Nous sommes samedi et nous avons prévu d'aller à Milan, tout à l'heure, pour qu'elle puisse s'acheter des vêtements « qui conviennent à son nouveau mode de vie ». Elle me tue avec ses mots convenables. Je lui ai appris toutes les grossièretés que je connais. Elle m'a fait rire en m'expliquant tous les euphémismes en règle pour le langage salace, y compris les termes médicaux appropriés. Maintenant, elle adore utiliser des grossièretés, son visage s'illuminant de fierté lorsqu'elle les prononce. Oui, c'est moi qui ai fait ça.

Je lui attrape le poignet alors qu'elle s'approche de mon côté du lit. Elle sursaute. Nous sommes dans la chambre principale, maintenant, et j'ai un côté attitré. Cela me ferait plus flipper si je ne savais pas qu'il s'agissait simplement de vacances. Trente jours de leçons de guitare, une énorme bague en diamant pour compléter la transaction. Sauf que je ne fais pas cela de manière aussi intéressée. Je serai resté plus longtemps même sans paiement, mais la valeur de ce diamant me permettrait de mettre de l'argent de côté pour le fils de Charlie, Jack, et lui donner une vraie chance dans la vie. Ce gamin n'a pas demandé à naître dans une situation aussi merdique.

Et puis, la limite de temps rend le fait de vivre avec une femme plus gérable. Je ne suis pas engagé à quoi que ce soit. Je peux me contenter de savourer sa présence.

Elle se penche en avant et m'embrasse.

— Est-ce que je t'ai encore réveillé ? J'ai vraiment essayé d'être silencieuse.

Je l'attrape et l'attire sur moi.

— Tu es en train de me rendre du matin.

— Vraiment ? fait-elle. Préparons-nous et allons faire du shopping, alors. Je vais me trouver des jeans qui me vont et des hauts talons scandaleusement peu pratiques.

Je la fais rouler sur le dos, défais le nœud de sa robe de chambre en soie et l'ouvre. Elle est toute en courbes pulpeuses, la peau pâle et douce. J'enfouis mon nez dans son cou, respirant son odeur. Elle sent incroyablement bon, fraîchement sortie de la douche, son shampoing sentant la vanille et le miel. Je ne peux m'empêcher de toucher et de goûter, lui ôtant sa robe de chambre et embrassant chaque délicieux centimètre carré exposé de sa peau.

— Je pensais que tu serais épuisé, dit-elle. Je t'ai sucé il y a tout juste une heure. Ta queue peut en supporter plus ?

Je pousse un grognement, me sentant durcir. Ce genre de paroles cochonnes m'excite plus que n'importe quoi d'autre.

— Voilà pourquoi je suis du matin, maintenant.

Je fourre mon nez entre ses seins, les prenant en coupe et frottant mes pouces contre ses tétons, les sentant se raidir en deux bourgeons durcis. J'aspire un téton dans ma bouche, l'attirant profondément, et son dos s'arque en avant, m'offrant plus. Elle est étonnamment ouverte, ses réactions honnêtes et ne surveillant pas ses expressions. Cela me fait me sentir encore plus protecteur envers elle.

Je me fraie un passage le long de son corps en embrassant, léchant et mordillant.

Elle soupire, ses doigts se glissant dans mes cheveux, ouvrant les jambes pour moi et m'invitant à entrer. Je glisse une main vers le bas et la découvre brûlante, mouillée et prête. Habituellement, ce serait mon signal pour y aller à plein régime ; au lieu de ça, cela me donne juste envie de la faire mouiller plus encore. Je fais basculer mon corps vers le bas, place ses jambes sur mes épaules et plonge. Elle a le goût de miel et de sexe. C'est incroyable comme elle a bon goût.

Ses mains lâchent prise sur mes cheveux et ses hanches s'arquent en avant, en voulant plus. Et c'est ce que je lui donne. J'en ai besoin tout autant qu'elle, j'ai besoin de l'entendre céder. Ses légers cris, ses respirations lourdes, ses « putain, putain, putain ». C'est quelque chose de si beau. Je la titille un peu, éloignant ma bouche et jouant avec mes doigts, m'enfonçant en elle, ajoutant d'autres doigts et la faisant gémir. Putain. Maintenant, il faut que je la pénètre. Elle est d'une étroitesse brûlante de velours, c'est divin.

— Baise-moi, demande-t-elle.

J'émets un grognement. C'est comme si elle savait que j'en avais besoin aussi.

— Je vais le faire. D'abord, je dois t'entendre céder.

— Tu veux que je hurle ? Quoi ? Je ferai tout ce que tu veux si tu acceptes de me baiser.

Je pulse de désir.

— Attends.

Je passe par-dessus elle pour attraper un préservatif dans la table de chevet et elle me caresse.

— Bébé, arrête. Je ne vais pas durer longtemps.

Elle m'adresse un sourire sensuel et sexy tout en se léchant les lèvres, avant de se pencher vers mon sexe palpitant. Seigneur. Je l'ai trop bien apprise. Je m'écarte, enfile le préservatif et la pousse sur le dos.

Elle m'ouvre les bras et je me coule dans son étreinte, ses bras et ses jambes s'enroulant autour de moi dans une embrassade intime. Les battements de mon cœur rugissent dans mes oreilles, et j'ai soudain du mal à respirer. Ses yeux, composés de teintes de vert et de gris et d'un anneau doré, sont rivés aux miens, brûlants. Aimants. Je n'ai jamais ressenti d'amour. Pas comme ça.

Elle m'adresse un doux sourire, baisse la main et me guide en elle.

Je rue en avant, glissant une main sous sa hanche et la soulevant pour la faire suivre le mouvement de mes à-coups. La chaleur, la vague d'oubli, me vide la tête. Je peux à nouveau respirer. Il n'y a rien d'autre que sa chaleur étroite, le miel et la vanille, ses courbes douces et ce désir qui m'entraîne. Encore et encore et encore.

Je la baise aveuglément.

Les yeux fermés.

Les seuls sons sont ceux de nos corps se cognant l'un contre l'autre.

Je me déplace pour me rapprocher de son oreille.

— Dis mon nom en jouissant.

J'en ai besoin. Je ne sais pas pourquoi.

Elle attrape ma tête et nos yeux se rivent l'un à l'autre, puis elle frémit sous moi.

— Jackson, dit-elle doucement, d'un ton aimant.

Je ferme les yeux, luttant contre l'attrait de cette douceur. Je m'enfonce en elle avec urgence, désespérément, puis je l'entends céder, mon nom tombant de ses lèvres dans un cri léger. Elle me donne ce que je lui ai demandé, me donne tout, et je me laisse aller, submergé par l'adrénaline. Je la tiens fermement contre moi.

Je ne suis pas sûr d'avoir envie de la lâcher un jour.

13

Emma

La vie est belle. Je ne me suis jamais sentie aussi heureuse de toute ma vie. Je n'ai jamais eu autant d'orgasmes de toute ma vie non plus. Jackson m'a surprise avec sa générosité au lit. Et la musique que nous créons emplit mon âme. Je suis amoureuse du monde entier, aujourd'hui.

Nous nous apprêtons à aller à Milan, mais je dois d'abord en parler aux gardes. Je les trouve dans la cuisine, en train de siroter leurs espressos.

— Bonjour.

Ils se redressent aussitôt.

— Bonjour, Votre Altesse, dit Viktor.

— Bonjour, Votre Altesse, répète Oliver.

J'ai eu une discussion avec eux le lendemain du jour où Jackson et moi avons couché ensemble, les informant que nous étions désormais en couple et que j'apprécierais qu'ils gardent ça pour eux, vu que nous n'étions pas encore prêts à l'annoncer publiquement. Ce n'est pas exactement la vérité, la partie à propos du couple, mais je veux préserver notre intimité. Jackson partira peut-être après les trente jours sur lesquels nous nous sommes mis d'accord ; il s'opposerait peut-être même à l'idée que nous soyons un couple. Je ne sais pas ce qu'il pense. Et je sais qu'il n'est pas du genre à s'engager.

Et je suis à moitié amoureuse de lui.

Je sais que c'est fou. C'est trop rapide. Et je me suis juré de faire en sorte que cela reste sans prise de tête, connaissant sa réputation et sachant que ma famille n'approuverait pas. Peut-être que ce que je ressens n'est que le résultat des endorphines incroyablement agréables provoquées par les orgasmes. J'ai attendu *vraiment* longtemps. Je rougis au souvenir de l'orgasme de ce matin et me concentre sur la tasse d'espresso que je veux me faire. J'ai bien besoin de caféine. Jackson est un oiseau de nuit et me garde éveillée tard. Il s'est rendu compte que, même si j'allais au lit à mon horaire habituel, il lui suffisait de frotter doucement les cordes de la guitare près de moi. C'est comme le chant d'une sirène, qui attire mon corps et mon âme de manière séductrice et irrésistible. L'instant suivant, la guitare est de retour dans son étui et je chevauche ses genoux. Évidemment, je continue de me réveiller à l'aube. Ce foutu réveil interne ne s'endort jamais.

Je prends une gorgée d'espresso et me tourne vers les gardes.

— Nous allons faire du shopping à Milan aujourd'hui. Nous prendrons une moto.

Je compte monter derrière Jackson.

— Madame, je ne vous le conseille pas, répond Viktor. Pour votre sécurité, nous vous emmènerons dans la voiture.

Il parle de la Mercedes de location aux vitres teintées. Je voyage toujours dans ce genre de voiture.

— Jackson est un conducteur de moto expérimenté. Je serai en sécurité avec lui. Vous pouvez prendre la deuxième moto si vous voulez, ou nous rejoindre là-bas en voiture.

Viktor fronce les sourcils.

— Nous reviendrons vers vous pour vous faire connaître les arrangements, Madame.

Je me dirige vers le salon et admire la vue des arbres et des collines. Il fait un peu frisquet pour sortir près du lac, alors je me rends dans la salle de détente avec sa large fenêtre, pour admirer le lac d'ici. Ils m'accordent de l'espace, une chose dont je n'ai jamais vraiment eu besoin et que je n'ai jamais demandée auparavant. Je suppose que quand Jackson partira, je rentrerai chez moi. Nous serons proches de Noël, et je n'ai jamais manqué un Noël avec ma famille. Si j'avais été au bout de mon mariage, je n'aurais peut-être plus jamais passé de Noël chez moi. Je me demande ce que fait Jackson pour Noël. Je repousse cette pensée. Je ne vais pas l'inviter à le passer avec moi. Même s'il a des sentiments pour moi, si j'énonce mes sentiments à brûle-pourpoint comme je l'ai fait avec Adam, cela pourrait se retourner contre moi et le faire fuir. Mieux vaut profiter de ce que nous avons et improviser.

Je souris en moi-même. J'apprends à faire ça de plus en plus, maintenant, improviser. Je m'entraîne assidûment à la guitare, mais je laisse aussi jouer mes doigts pour voir où ça peut mener. Vous savez, c'est une bonne façon de vivre, de se laisser jouer et de voir ce qui arrive. C'est beaucoup mieux que de suivre des règles rigides et des routines. Et jusqu'ici, ce nouveau mode de vie ne m'a apporté que de bonnes choses, de la belle musique et de très bons moments avec Jackson.

Peu de temps après, je me dirige vers la chambre principale pour voir si Jackson est prêt. Il est vêtu d'un tee-shirt épais gris, d'un jean noir et de bottes de moto noires, les cheveux un peu humides après la douche. Son regard croise le mien et j'ai soudain le souffle coupé. Un seul regard à ces yeux bleus brûlants et tout ce qu'il a fallu.

Il se dirige vers moi, passe un bras autour de ma taille et me fait reculer jusqu'à ce que mon dos atteigne le mur. Il baisse lentement la tête, le regard enflammé, et ses lèvres se recourbent lentement en un sourire assuré.

— Je trouve que ce jean te va bien.

Je fixe sa bouche, folle de désir.

— Mon linge a été nettoyé aujourd'hui. Je me suis dit qu'il conviendrait mieux pour le trajet en moto que ma robe.

Il passe une main sous mes cheveux, refermant la main sur ma nuque d'une étreinte chaude et ferme, avant que sa bouche ne s'écrase sur la mienne, brutale et exigeante. Je passe les bras autour de son cou et lui rends son baiser passionnément. Un gémissement s'échappe de ma bouche lorsqu'il soulève mes jambes, se frottant contre moi. Des étincelles de plaisir transpercent mon intimité, irradiant vers l'extérieur. Je mouille déjà, mon corps est prêt grâce à tout ce qu'il me fait ressentir.

Il s'écarte subitement et se passe les deux mains dans les cheveux, marmonnant quelque chose entre ses dents. Puis il attrape sa veste en cuir sur le dossier d'une chaise et l'enfile.

— Allons-y.

Je le suis dans le couloir.

— Qu'est-ce qui ne va pas ?

Il s'arrête et grogne à moitié :

— Ce qui ne va pas, c'est que tu es bien trop tentante, tout le temps.

Je dissimule mon ravissement, luttant pour réprimer un sourire.

— C'est peut-être toi qui es trop tentant tout le temps.

Il passe son pouce sur ma lèvre inférieure, avant de l'enfoncer dans ma bouche. Je suce son doigt, le regard fixé sur ses yeux brûlants.

— Putain, gronde-t-il, avant de me repousser dans la chambre, fermant la porte d'un coup de pied et la verrouillant.

Nous nous heurtons l'un à l'autre dans une furieuse frénésie, arrachant nos vêtements alors que nous embrassons, mordillons et suçons. En un éclair, il me fait me retourner, me penche en avant et me fait poser les mains à plat contre le mur. La chaleur de son corps me brûle le dos. Le premier coup de pilon nous fait grogner tous les deux, et ensuite tout va très vite, très fort et très profond, une course primale vers la ligne d'arrivée. Il m'encourage de sa voix rocailleuse, me murmurant à l'oreille un torrent de vulgarités qui m'excitent. Sa main se glisse entre mes jambes, ses doigts me rapprochant de plus en plus du précipice. Ma vision se trouble et je cède violemment, des cris rauques s'arrachant à ma gorge alors que je frémis sous lui. Il est juste là, avec moi, s'enfonçant profondément en moi, sa respiration âpre dans mon oreille.

— Chérie, dit-il avant de tout lâcher, faisant jaillir de chaudes giclées en moi.

Je laisse tomber ma tête. Lentement, je reviens à la réalité et, avec elle, je prends conscience de deux vérités troublantes. Il ne m'aime pas, il me chérit.

Et nous avons oublié le préservatif.

Jackson

J'ai oublié le foutu préservatif. Imbécile. Vous voyez, c'est l'étendue du pouvoir qu'elle a sur moi. Je n'ai jamais oublié d'enfiler un préservatif, pas même quand j'étais défoncé ou bourré après avoir bu trop de whisky. Je mets toujours un préservatif. C'est à cause d'Emma. C'est trop.

Je me frotte la nuque.

— Eh, ne t'en fais pas, j'ai reçu mon certificat de bonne santé il y a six mois.

J'ai finalement décidé de voir un médecin après avoir laissé tomber tous mes vices. J'ai reçu le feu vert et je me suis dit que les choses resteraient comme ça.

Elle lève une main tremblante pour lisser ses cheveux.

— Je suis en bonne santé aussi, alors ne t'inquiète pas non plus.

Elle laisse échapper un petit rire.

— Je ferais mieux d'aller me nettoyer.

Elle attrape ses vêtements et s'empresse d'aller à la salle de bains.

J'ai envie de me barrer. C'était stupide de faire ça, mais les choses viennent de devenir vraiment sérieuses. Je remets rapidement mes vêtements. Qu'est-ce que je fiche ici, avec une princesse ? Je me souviens alors de notre marché. La bague en diamant qui pourrait mettre Jack à l'abri toute sa vie. C'est une bonne raison de rester, même si je me sens sale, et pas d'une bonne manière, pour cet échange entre le sexe et l'argent. Il était censé s'agir de leçons de guitare. Bon sang, j'ai foiré irrémédiablement ce marché. Voilà ce qui arrive quand je pense avec mon sexe.

La vérité, c'est que, même en mettant l'argent de côté, mon plus gros problème avec Emma n'est *pas* uniquement le sexe. Je peux supporter de tourner le dos à une occasion sexuelle incroyable. J'en ai déjà connu, et j'en connaîtrai encore. Même si son mélange entre la douceur et la vulgarité est nouveau pour moi, une combinaison irrésistible. D'accord, c'est à cause du sexe, mais c'est aussi à cause de la musique. Elle est de retour pour la première fois depuis des mois, vibrant dans mon esprit, et ce que nous créons ensemble est mieux que tout ce que j'aurais pu faire tout seul. Elle commence à imaginer des mélodies et des contre-mélodies. Elle fredonne ou chante les notes et je les joue à la guitare. Je songe à ajouter aussi du piano, une chose que je n'avais jamais voulue, Charlie ayant toujours été au clavier. Je songe à la faire venir au studio pour enregistrer sa voix.

Je réfléchis trop, voilà le problème.

Elle revient quelques minutes plus tard, habillée et calme. Elle m'adresse un petit sourire.

— Eh bien. Voilà qui était une autre nouvelle expérience. Je profite vraiment de la vie, maintenant, n'est-ce pas ? Je fais un tour dans le monde de Jackson.

Mon dos se hérisse, simplement parce que je suis empêtré avec elle et que je ne sais même pas comment j'en suis arrivé là.

— C'est ce que je suis pour toi ? Une diversion ? Une façon de voir comment vit le reste du monde ?

Ses lèvres pulpeuses forment une ligne fine.

— Je n'ai pas dit ça.

— Tu devrais. Après tout, je ne suis qu'un roturier, un rocker non éduqué et autodidacte. Cela ne correspond pas vraiment au prince royal auquel tu es destinée.

Ses yeux lancent des éclairs.

— J'étais fiancée à un prince et je l'ai quitté. C'est quoi, ton problème ? C'est toi qui as oublié le préservatif.

Je croise les bras.

— Et c'est toi qui as suivi le mouvement avec enthousiasme. Ne me dis pas que tu n'as pas senti la différence de la peau contre la peau.

— J'étais déjà partie trop loin !

— Moi aussi ! répliqué-je en levant les mains au ciel.

Elle secoue la tête.

— Jackson, c'est complètement dingue. Pourquoi est-ce qu'on se dispute ? Nous avons oublié le préservatif. Ça arrive. Allons-y.

— C'est tout ? Ça arrive, allons faire du shopping ?

— Oui, répond-elle en hochant la tête.

— Et si tu tombais enceinte ?

Elle lève les yeux au ciel, avant de les poser à nouveau sur moi.

— Il est trop tôt pour le savoir. Il n'y a probablement aucun souci à se faire.

— Un enfant hors mariage avec un rocker ? Je suis sûr que ce sera très bien accueilli par ta famille royale.

— Je ne veux pas m'inquiéter avec des *et si.*

Elle fait un pas vers la porte, mais je l'attrape par le bras avant qu'elle ait pu s'enfuir.

— Fais-moi plaisir et dis-moi. Et si ?

Elle fixe mon torse.

— Il ou elle aura du sang royal dans les veines, ce qui veut dire que ma famille s'occupera probablement de moi et que l'enfant ne manquera de rien.

Mes entrailles se tordent. Clairement, je ne suis requis à aucun moment dans ce tableau. Je devrais en être heureux, mais je suis furieux. C'est comme si elle me disait « merci, et à plus tard ! » Ce n'est même pas comme si une *seule* fois dans ma vie je m'étais imaginé marié et père de famille. Je ne connais aucune famille heureuse, aucun mariage solide. Les relations se plantent toujours, raison pour laquelle je les évite. Je devrais fuir avant de me retrouver encore plus impliqué. Elle n'a pas besoin de moi. Je n'ai peut-être pas besoin d'elle non plus.

Mais vais-je vraiment abandonner un enfant, comme mon connard de père ? Abandonner mon occasion d'offrir un avenir sûr à Jack ? Il a quatre ans. Merde.

— Je suis certaine que nous n'avons pas à nous en faire, dit-elle fermement.

Elle est dans le déni, et c'est probablement comme ça qu'elle s'est retrouvée à prendre la fuite à quelques minutes de son mariage. Le déni, jusqu'à la toute fin. Sauf que cette fois c'est avec moi, et que je ne laisserai pas tomber si facilement.

— Quand est-ce que tu le sauras ? demandé-je.

Elle se mordille la lèvre inférieure.

— Je ne sais pas. Les choses sont devenues confuses durant les préparations de mariage et toute l'activité générée. J'ai perdu le fil de mon cycle.

— Alors nous allons nous contenter d'improviser ?

Elle sourit.

— Oui, c'est ce que nous allons faire. Et tu sais quoi ? Improviser a très bien fonctionné pour moi ces derniers temps.

Je secoue la tête. Cela n'a rien à voir avec le fait d'improviser de la musique.

— Nous allons t'acheter un test de grossesse. Tu pourras le passer dans deux semaines, c'est ça ? Ou trois ? Achetons-en plusieurs. Nous devons être sûrs.

— J'enverrai Viktor en chercher en mission clandestine. On peut lui faire confiance pour être discret.

— Une mission… Oui, OK.

J'ai merdé dans les grandes largeurs. Le pire, le plus stupide de tout, c'est que j'ai *envie* d'aller faire du shopping avec elle. Je veux la voir s'habiller comme une fille de vingt-cinq ans normale, plutôt que comme une vieille dame. Je veux la voir se lâcher et profiter de la vie. C'est presque comme si je redécouvrais la vie avec elle. Je suis accro à Emma. Elle est une drogue dont je ne peux me défaire.

Ça ne peut que mal se terminer.

— Jackson ?

Je prends une profonde inspiration et me concentre à nouveau sur elle.

— Oui.

— Est-ce que, euh, tu as envie d'avoir des enfants ?

— Je n'ai jamais voulu être père de famille.

— Oh. OK. Est-ce qu'on peut y aller ?

Quelque chose ne va pas. Elle est trop décontractée à propos de cette histoire de bébé.

Je lui prends la main et l'attire contre moins, passant lâchement mes bras autour de sa taille. Elle lève les yeux vers moi.

— Tu es prêt pour le deuxième round avec un préservatif ?

Je prends sa mâchoire entre mes doigts, mon pouce glissant le long de sa joue douce.

— Écoute… je n'ai aucune idée de comment être père. Mon propre père est parti quand j'avais deux ans. Je ne me souviens pas de lui. Je ne suis pas sûr d'être fait pour ça.

— Maintenant, à ton tour d'écouter. Nous allons improviser. Tout ira bien.

Elle me serre contre elle, la joue pressée contre mon torse. Je ne peux m'empêcher de passer un bras autour d'elle.

— Jackson, je suis amoureuse de toi.

Je me raidis et laisse retomber mes bras.

— Non.

Elle lève les yeux vers moi, les bras toujours enroulés autour de moi.

— Tu n'es pas obligé de ressentir la même chose.

Je me renfrogne.

— Tu devrais *avoir envie* de quelqu'un qui ressente la même chose. N'accepte pas moins que ça. C'est comme ça que tu t'es retrouvée à fuir ton mariage. Tu as simplement accepté un mariage sans amour.

Elle s'écarte d'un bond.

— Ne me juge pas lorsque je te parle avec le cœur ! Je vais t'arracher les cheveux, te frapper à la gorge et te donner un coup de pied dans les couilles !

Mon Dieu. Elle est parfaite. Je crois que je l'aime aussi.

Je ne peux m'en empêcher. Je l'attire contre moi et l'embrasse. Je semble incapable de m'arrêter.

Bon sang.

14

Emma

Les « et si » m'effraient. J'étais prête à engendrer un héritier avec Abdul après notre mariage, probablement juste après. Je n'étais pas prête pour ce qu'il se passe avec Jackson, quoi que ce puisse être.

Je refuse de passer ce qu'il reste de mon temps limité avec Jackson à m'inquiéter à propos d'une chose qui n'arrivera peut-être jamais. Alors je me concentre entièrement sur l'instant présent. Je suis assise à l'arrière d'une moto pour la première fois de ma vie, les bras passés autour de l'homme que j'aime, la campagne italienne défilant autour de moi. Je porte sa veste en cuir, parce qu'à l'instant où nous sommes sortis dans ce jour de novembre frisquet, il a retiré sa veste pour la poser sur mes épaules. Il se soucie de moi. Je n'ai pas besoin d'entendre les mots pour le savoir. La veste a son odeur et je ne veux jamais avoir à l'enlever. Est-ce que ça m'ennuie qu'il ne m'ait pas dit qu'il m'aimait aussi ? Pas du tout. Il m'a embrassée passionnément après que je lui ai dit que je l'aimais. Adam était pareil, au début. Je pense que parfois les hommes ne peuvent prononcer les mots, alors ils les montrent à la place. Je le sens dans ses caresses, dans son regard, dans ses sourires merveilleusement heureux quand nous créons de la musique ensemble. C'est amplement suffisant pour moi.

Viktor est sur une deuxième moto, devant nous. Oliver a pris la voiture pour nos achats, et il est derrière nous. Je ne m'attends à aucun problème, à faire du shopping à Milan à cette époque de l'année, vu que ce n'est pas la saison du tourisme. Et Viktor est plus que capable de gérer la moindre attention indésirable sur nous deux.

Quand nous arrivons, nous garons la moto dans la rue et nous dirigeons vers le quartier commerçant principal, avec ses boutiques de mode. Me voilà faisant du shopping avec trois hommes dans mon sillage. Ah ! Vous ne surprendrez jamais mes frères en train de faire du shopping. Viktor monte la garde près de la porte. Oliver s'assied près de la zone d'essayage.

La vendeuse, une brune d'environ cinquante ans avec des lunettes surdimensionnées, nous accueille et je la salue cordialement en italien. Je peux sentir le regard de Jackson posé sur moi et je lui adresse un sourire. Il est abasourdi par le nombre de langues que je parle, mais c'est comme la musique, d'une certaine manière. J'ai une bonne oreille pour ça, je l'ai toujours eue. Je parlais tout aussi bien l'anglais que le français quand j'ai commencé à parler à deux ans (ma nounou était française), et ma mère était si ravie de mes talents qu'elle a fait venir des étrangers parlant d'autres langues pour discuter avec moi en italien ainsi qu'en espagnol. Les langues latines – le français, l'italien et l'espagnol – ont beaucoup de choses en commun, ce n'est donc pas si difficile, et j'ai largement eu l'occasion de visiter ces pays quand j'ai été plus âgée, pour pratiquer ces langues.

Je parcours les présentoirs avec l'aide de la vendeuse. Bientôt, une salle d'essayage est remplie de toute une variété de robes modernes, de jupes, de jean et de pantalons. S'ensuivent les hauts, allant des chemisiers soyeux aux motifs audacieux et aux couleurs vives aux jolis tee-shirts à manches courtes. Je n'ai jamais autant apprécié de choisir des vêtements de toute ma vie. Tout ça est destiné à la nouvelle Emma, celle qui vit à fond.

J'entre dans la salle d'essayage et commence à essayer des choses. La première robe est à manches longues en jersey noir, beaucoup trop serrée à la taille.

Quelqu'un frappe à la porte.

— *Si* ? demandé-je, pensant que ce doit être la vendeuse.

La voix de Jackson résonne derrière la porte.

— Laisse-moi voir ta tenue.

J'ouvre la porte.

Il hoche la tête d'un air appréciateur.

— Pas mal.

Je passe une main sur mon estomac.

— Elle montre trop mon ventre.

Ses mains glissent le long de mon ventre.

— Non, chérie, tu as des courbes. Prends celle-là.

Je souris avec hésitation tout en baissant les yeux sur moi. Mes robes ont toujours été choisies pour dissimuler mes courbes autant que possible.

Il me soulève le menton, le regard direct.

— Fais-moi confiance.

C'est le cas. Je lui fais probablement trop confiance, mais jusqu'ici, il ne m'a apporté que du bon.

— OK. Tenue suivante.

Je ferme la porte et ôte la robe.

— Après ça, allons trouver de la lingerie sexy, murmure-t-il à travers la porte.

Je souris.

— Est-ce que je devrais l'essayer pour toi ?

— Non. Je choisirai. Tu te contenteras de la porter.

— Et si je ne pense pas que ça me va ?

— Eh bien, qui sera celui qui bavera dessus, hein ? Toi ou moi ?

Je ris.

— Bien sûr.

Je laisse échapper un soupir de contentement. Je ne me suis jamais sentie si désirée, si sexy. Jackson ne peut s'empêcher de poser les mains sur moi. Je n'ai pas besoin d'une étiquette pour savoir ce que c'est alors que je me sens si incroyablement bien. Assurément, il n'y a aucune raison de s'en faire.

~

Deux semaines plus tard, je flotte dans une mer d'amour, de musique et de sexe. Je n'ai jamais éprouvé une satisfaction aussi profonde dans mon corps, mon cœur et mon âme. Je me réveille à l'aube, comme toujours, et glisse la main le long du corps endormi de Jackson. Il est sur le ventre, ce qui me donne largement l'opportunité de retracer les flammes de son tatouage sur ses omoplates. Il grommelle dans son sommeil. Mes caresses étaient peut-être trop légères. Je passe ma paume sur lui, glissant entre ses épaules larges et le long de son dos. Il est nu. Nous le sommes tous les deux après hier soir.

Il aime que je reste au lit avec lui le matin, mais vu que je ne peux pas dormir après l'aube, je reste généralement étendue là à le caresser tout en écoutant de la musique dans ma tête. J'entends les chansons qu'il m'a apprises, les chansons que j'apprends, et les nouvelles chansons qu'il a écrites. Il en a une nouvelle, à propos du fait de grandir en étant un marginal en colère contre le monde entier qui doit se battre pour s'en sortir. J'adore toute l'émotion qu'il insuffle dans ces paroles. Le refrain conclut que nous sommes tous des marginaux. J'aime beaucoup ça aussi. Je n'ai jamais été en colère contre le monde entier, j'y étais plutôt insensible, mais je me suis sentie comme une marginale après tous les changements à la maison depuis que père est mort. J'apprends à ne pas me soucier du fait de ne plus être une princesse parfaite. Je défie toutes les attentes placées sur moi. Moi. Défiante. Je suis vraiment une toute nouvelle Emma.

— On devrait te faire tatouer quelque chose, dit-il d'une voix endormie.

Ma main s'immobilise sur son dos. En tant que membre de la royauté, je n'ai pas le droit de me faire de tatouages ni de piercings, mis à part pour me percer les oreilles. Ce serait considéré comme une désacralisation de mon corps et à cause de ça, je ne serais pas enterrée dans le caveau familial.

— Qu'est-ce que je devrais me faire tatouer ? demandé-je, parce que je suis une rebelle.

Il se soulève sur une épaule, se penche en avant et m'embrasse.

— Mon nom.

— Où ? murmuré-je, cette idée m'excitant.

Il veut me garder, faire savoir à tout le monde que je suis à lui.

Il me fait rouler sur le ventre et glisse la main jusqu'au bas de mon dos, juste au-dessus de mon postérieur.

— Juste là. Jackson.

Je souris.

— Dommage que je ne puisse pas désacraliser mon corps, parce que j'adorerais ça.

Sa main se glisse sur mon postérieur.

— Désacraliser ?

— Je serais virée du caveau familial pour avoir altéré mon corps, sauf si c'est pour des boucles d'oreilles. Ça, c'est acceptable.

Il émet un grognement.

— Parfois, j'oublie presque qui tu es.

Je suis fière de ça. Je m'habille pour lui plaire, j'explore la musique pour la première fois et je profite à fond de mon premier amant depuis mes dix-huit ans.

Il me donne une légère tape sur les fesses.

— C'est le grand jour, aujourd'hui. Va faire le test.

Il parle du test de grossesse. Quelques jours après notre gaffe, j'ai quitté le royaume du déni pour me demander « et si ? ». Est-ce que Jackson resterait pour un enfant ? Je sais que je le garderais. J'ai toujours voulu des enfants. J'ai parcouru le calendrier de mon téléphone, m'efforçant de me rafraîchir la mémoire, et j'ai réalisé que j'aurais une semaine de retard aujourd'hui, ce qui veut dire que c'est le bon moment pour faire le test. Je suis presque sûre que j'ai du retard à cause du stress.

Et si ?

D'accord, tout n'a pas été un long fleuve tranquille ces deux dernières semaines. Il y a eu des moments, des moments effrayants, où je me suis imaginée sans Jackson dans ma vie, tout en bénéficiant d'un rappel constant de lui à travers notre enfant. Dans tous les cas, le test d'aujourd'hui devrait nous apporter une réponse définitive.

Il me donne un coup de coude.

— Lève-toi.

— Maintenant ? demandé-je, tentant de gagner du temps.

— Oui. À la première heure.

Je ne bouge pas. Ce n'est pas que j'ai peur de tomber enceinte. Je serai heureuse d'accueillir un enfant, une fois que je me serais remise du choc. J'ai simplement peur que cela signe la fin de ma relation avec Jackson. Il nous reste onze jours ensemble, mais il risque d'être si paniqué qu'il prendra ses jambes à son cou, bague ou pas.

— Pourquoi tu ne bouges pas ? demande-t-il.

— Je suis fatiguée, dis-je en faisant semblant de bâiller.

L'instant suivant, il m'a soulevée sur son épaule, une main sur mon postérieur, et se dirige vers la salle de bains.

Je donne une tape sur ses fesses.

— J'aime quand tu joues les hommes des cavernes avec moi. Personne ne m'a jamais rudoyée comme tu le fais.

— C'est parce que je fais comme si tu étais une personne normale, et pas une personne royale intouchable. Ça finira sûrement par me retomber sur les fesses.

Je lui mords les fesses à ces mots.

— Aïe ! s'exclame-t-il.

Il me donne une tape sur le derrière en représailles et je ris.

Il me dépose dans la salle de bains, récupère le test de grossesse caché sous le placard et me le tend.

— Pisse là-dessus.

Ma bouche s'ouvre en grand.

— Pisser là-dessus ? Est-ce que tu peux être encore plus dégoûtant ?

— Oui. Pisse sur ce bâton pendant que je te regarde, et dis-moi si tu es en cloque.

Je lui prends le test des mains.

— Sors d'ici.

— Cinq minutes.

Et il sort. Je ferme la porte et la verrouille.

— Dépêche-toi, lance sa voix à travers la porte. J'ai besoin de savoir.

Bon sang, il ne met pas du tout la pression. Je ne sais pas si je vais arriver à faire pipi alors qu'il se tient de l'autre côté de cette porte, à m'écouter.

— Éloigne-toi !

— Tu es une timide du pipi, bébé ?

Je n'ai jamais entendu ce terme, mais il semblerait que je le sois.

— Oui. Et j'ai besoin d'un sweater. Un pull, corrigé-je dans son parler britannique. Il fait frais, ici.

Quelques instants plus tard, il frappe à la porte. Je l'ouvre et il me jette mon sweater.

— Fais couler l'eau. Je vais jouer de la guitare.

— Merci.

J'enfile le sweater doux, fais couler l'eau dans le lavabo, récupère un petit gobelet en papier et bois plusieurs verres pour faciliter les choses. Je peux l'entendre jouer. Il ne chante pas en même temps, probablement parce qu'il m'écoute. Alors je chante. C'est la chanson qu'il m'a apprise durant ma première leçon, *House of the rising sun*.

Je finis de chanter et me tais. Je veux l'entendre.

Il commence à jouer l'une de ses nouvelles chansons. J'écoute et songe à ce à quoi ressemblerait notre enfant en étant élevé entouré par la musique. Deux parents musicaux produiraient probablement un enfant musical, une adorable famille musicale. Et si ?

Je m'appuie contre le lavabo et écoute d'autres chansons. Il est facile de se perdre dans la musique quand Jackson joue. Finalement, je me mets au travail, lisant les indications avant de passer le test.

Je le pose sur le siège des toilettes et compte, sans jamais quitter le bâton des yeux. Oui ou non, rester ou partir ? Je ne sais pas si Jackson restera si le test est positif. Il s'est montré très ambigu à ce sujet. Il a dit qu'il n'avait jamais voulu être père de famille. Je n'ai pas besoin qu'il le soit, mais au fond de moi, j'aimerais que ce soit le cas. J'aimerais avoir un avenir avec lui. Qui aurait cru, lorsque je me suis retrouvée sur sa péniche il y a trois semaines, que cela me mènerait à ce moment ?

Le temps est écoulé. Négatif.

Je suis à la fois soulagée et déçue. C'est idiot. Je suis jeune. J'ai largement le temps d'avoir des enfants plus tard.

J'ouvre la porte et il est juste devant moi. Je lève le bâton.

— Je ne suis pas enceinte.

Tout son corps se détend.

— D'accord. Super.

Je le jette dans la poubelle et me lave les mains.

— J'imagine, oui.

Il se passe une main dans les cheveux.

— Je suis tellement soulagé. Pas toi ?

— Si, bien sûr.

— Nous devrions fêter ça.

— Bien sûr, peut-être plus tard. Je vais finir de m'habiller.

— Tu veux jouer de la guitare ?

Je le dépasse.

— Je crois que je vais aller faire une balade. Pour me changer les idées.

— OooK.

Je m'immobilise et me retourne vers lui.

— Est-ce que tu serais resté si le test avait été positif ?

— Mais il n'était pas positif.

— C'est non, donc.

Son visage se tord en une expression qui veut tout dire – il n'éprouve que du dégoût à cette idée.

— Je ne sais pas.

— Ah.

Il lève une main en l'air.

— C'est beaucoup à encaisser, Emma. Et tu dois admettre que ta vie serait très différente, si tu te retrouvais enchaînée à moi.

Je peux me sentir me refermer sur moi-même, toutes mes

défenses se relevant, les murs de l'Emma convenable me protégeant.

— Eh bien, oui, je suppose que c'est un point discutable.

Je finis de m'habiller puis, la tête haute, je prends ma veste et je pars me balader, mes gardes derrière moi.

∼

Jackson

Emma est en colère. Depuis deux jours, c'est le silence complet de son côté. Je ne sais pas si c'est parce qu'elle est déçue de ne pas être enceinte ou parce qu'elle est déçue par moi. Tout ce que je sais, c'est qu'elle a cessé de chanter, de jouer de la guitare et même de fredonner. Elle m'a dit qu'elle avait toujours une chanson en tête, mais je pense que tout est aussi devenu silencieux là-dedans. Cela me *tue*. Je sais ce que c'est que de perdre la musique, et je crains qu'elle l'ait perdue alors même qu'elle vient tout juste de la découvrir.

Je joue plus de la guitare, essayant de l'amadouer pour la faire revenir, mais tout ce qu'elle veut faire, c'est lire et faire seule de longues promenades, même si les gardes la suivent partout. Je peux comprendre à quel point il serait facile pour elle de tomber amoureuse d'un garde ; ils sont ses compagnons constants, plus que n'importe qui d'autre. Elle va se coucher tôt, se lève tôt, et n'est plus intéressée par le sexe. Elle a même arrêté de se blottir contre moi aux premières heures de la matinée. Je suis en train de la perdre. D'un instant à l'autre, elle va grimper dans son jet et retourner chez elle, pour ne plus jamais revenir.

Le lundi, je fais la seule chose à laquelle je puisse songer, je pars faire un tour à moto à la recherche d'un cadeau. Je tiens vraiment à elle, même si je ne veux pas me retrouver enchaîné à elle.

Je reviens dans l'après-midi et la trouve regardant un autre soap italien à la télé.

— Coucou, Emma. Je suis de retour.

— Salut, répond-elle d'un ton plat sans se détourner de l'écran.

Je récupère le cadeau que j'ai laissé dans le couloir et reviens, le lui tendant.

— Je t'ai acheté quelque chose. Une surprise.

Elle lève les yeux et marque un temps d'arrêt. Je lui tends un étui muni d'un gros nœud rouge. C'est la première semaine de décembre, et ils avaient des emballages cadeaux dans le magasin.

Elle se lève lentement et réduit la distance entre nous, les yeux rivés au cadeau. Je le lui donne et elle le pose au sol, ouvrant délicatement l'étui pour révéler une guitare acoustique Gibson en bois de rose léger. C'est une merveille que j'aurais adoré posséder quand je débutais.

Elle la fixe pendant un long moment. Je pense l'avoir stupéfaite avec ce cadeau. Finalement, elle tend un doigt et caresse légèrement le bois brillant.

— Essaie-la, l'encouragé-je.

Elle la transporte avec précaution jusqu'au canapé et joue quelques notes.

Je la suis.

— C'est une Songwriter Deluxe, faite pour des musiciens qui composent leurs propres chansons. La qualité sonore est excellente.

Ses yeux noisette sont écarquillés.

— Je n'arrive pas à croire que tu m'aies offert ça. Je me sens bouleversée. Tu me considères vraiment comme une compositrice ?

— Absolument ! je réponds en m'asseyant à côté d'elle. Tu entends la musique dans ta tête. Tu connais les bases et tu peux employer quelqu'un pour t'aider à composer les parties les plus avancées.

Elle fixe sa guitare, en caressant la caisse et le corps en bois.

— C'est le plus beau cadeau que j'ai jamais reçu.

Sa voix est voilée, respectueuse, et ma poitrine s'emplit de fierté. J'ai fait ce qu'il fallait, avec ce cadeau. Elle lève la tête.

— Merci, Jackson, merci beaucoup. Tu m'as donné plus que je ne pourrais jamais te rembourser.

Ma gorge s'étrangle d'émotion, parce que ce devrait être à

moi de prononcer ces mots. J'arrive à peine à parler à cause de la boule qui s'est formée dans ma gorge.

— Tu m'as donné beaucoup plus. J'étais vide, perdu, totalement désespéré à l'idée d'avoir perdu la musique. Et tu l'as fait revenir avec ta voix douce, ton talent et ta volonté enthousiaste d'apprendre. Cela m'a fait me souvenir de ce que c'était de s'ouvrir pour la première fois à la musique. Tu m'as donné plus que je n'aurais jamais cru possible.

Des larmes coulent de ses yeux et je les balaie, embrassant ses joues douces, son nez, ses lèvres. Je ferme les yeux et prononce contre ses lèvres les mots que je n'aurais jamais cru dire à personne :

— Je t'aime.

— Je t'aime aussi !

Nous nous dévisageons.

Je ne sais que faire ensuite. Elle remet la guitare dans son étui.

Puis elle grimpe sur mes genoux, me chevauchant, enroule ses bras autour de mon cou et m'embrasse passionnément. Elle est de retour. Je suis tellement soulagé que tout se détend en moi. Le désir, la musique et l'amour se mélangent en un ensemble majestueux. Je ne sais pas ce que je fais avec elle, la raison pour laquelle elle m'aime, mais je suis fatigué de me poser des questions.

Je serre ses courbes douces contre moi, mes mains se déplaçant partout sur elle ; j'ai besoin de la sentir à nouveau. Ces deux jours sans Emma ont été une torture.

Elle rompt le baiser et se lève de mes genoux pour se tenir devant moi.

— Allons à l'étage. Pour plus d'intimité.

Je réalise soudainement que les gardes pourraient être dans le coin. Je les avais oubliés. Ils sont si discrets.

Je la rejoins à l'étage et dès l'instant où je ferme la porte et la verrouille, elle se jette sur moi dans un total abandon. Seigneur, ça m'avait manqué. Son enthousiasme empressé, sa sincérité. Je suis un homme affamé, et elle est un festin.

Elle court chercher un préservatif et me le tend. Comme si c'était sa responsabilité, maintenant.

Je le lui prends et elle se déshabille immédiatement. Le désir m'envahit. Mais je veux qu'elle sache que la frayeur au sujet de la grossesse n'était pas sa faute.

— Emma, c'était ma faute. J'aurais dû me souvenir du préservatif.

Ses doigts défont prestement mon jean.

— Tant que l'un de nous deux s'en souvient. Dépêche, tu m'as manqué.

Je me déshabille et l'enfile en un temps record, encouragé par l'urgence de sa voix. Je ne suis pas délicat. Je ne le peux pas. Je la cloue contre le mur, la soulève et la prends en une poussée violente. Ses ongles s'enfoncent dans mes épaules ; ses jambes s'enroulent autour de moi, ses yeux brûlants rivés sur moi.

Profondément et violemment. Je prends et prends et prends.

J'y suis jusqu'au cou.

Si profond. Je ne peux pas m'arrêter.

Je l'incline en arrière, glissant une main entre nous et la caressant rapidement. Son corps se crispe autour de moi et je perds le contrôle, la jouissance me traversant en rugissant. J'ai vaguement conscience de ses cris légers alors qu'elle pulse autour de moi. Nous entrons en collision et explosons. À chaque fois, putain. Je m'effondre contre elle.

Elle me relève la tête et m'embrasse, les yeux brillants et un énorme sourire aux lèvres.

— Ma famille veut que je rentre pour Noël. Viens avec moi.

Ma première réaction est de répondre que Noël est après les trente jours sur lesquels nous nous sommes mis d'accord. Je suis censé partir avec sa bague dans un peu plus d'une semaine. Puis je me sens comme un crétin total, parce que je lui ai dit que je l'aimais, ce qui implique une relation. Mes entrailles se serrent et mon cœur cogne dans ma poitrine, s'agitant tardivement à l'idée d'être lié à une autre personne. Je ne sais comment, je suis tombé la tête la première dans une relation sans m'en rendre compte. Le temps a passé si vite, dans un brouillard de musique et de sexe. Et puis j'ai cru l'avoir perdu et c'était une vraie torture, et ensuite je l'ai récupérée. Je serai fou de lui dire non.

— Oui, d'accord.

Ses yeux s'arrondissent.

— Oui ?

— Oui.

Elle rit et m'embrasse partout sur le visage. Je la tiens serrée contre moi, me sentant épuisé et aimé. Sauf que je ne peux faire taire cette impression que le palais est le dernier endroit où une personne comme moi ait sa place.

Emma

Jackson et moi sommes sur le yacht royal, en direction de Villroy pour le réveillon de Noël. Nous vivons ensemble depuis presque six semaines, une manière inhabituelle de commencer une relation, en sautant toute la partie où on sort ensemble et où on se courtise. Je suis sûre que d'autres diraient que nous formons un couple surprenant, mais cela fonctionne. Nous avons la musique en commun, et je suppose que j'ai toujours eu un faible pour les hommes un peu limite. Après tout, mon premier amour était un garde aux talents d'assassin.

Jackson était bagarreur quand il était plus jeune, mais le Jackson que je connais s'est assagi. Il a une grande profondeur d'âme.

La frayeur à propos de la grossesse est derrière nous, surtout une fois que mon cycle s'est remis sur les rails, le lendemain du jour où il m'a donné ma propre guitare. Je suppose que mon bonheur avec lui a brisé tout ce stress et que mon corps s'est remis sur la bonne voie.

Jackson s'est montré un peu nerveux durant nos voyages d'aujourd'hui vers chez moi. Je suis nerveuse aussi. J'ai vérifié à la maison si c'était d'accord pour que Jackson se joigne à nous pour Noël, après l'avoir invité. Anna n'y voyait aucun problème, mais quand j'en ai reparlé deux jours plus tard, lui demandant comment le reste de la famille prenait la nouvelle, elle m'a répondu :

— Je suis la reine et je dis que c'est d'accord. Ne t'inquiète pas du reste.

Je m'inquiète.

Je ne veux pas qu'un fossé se creuse entre moi et ma famille. Je les aime, et je l'aime, lui.

Je m'assois dans la petite zone de repas de la cabine principale, où Jackson sirote une bière devant le coucher du soleil.

— Tu vas bien ?

Il a les yeux fixés sur la fenêtre.

— Oui.

Je me triture les méninges à la recherche de quelque chose qui pourrait le rassurer, à l'idée de passer du temps avec ma famille, mais ne trouve rien. Je ne sais pas si cela se passera bien, il me semble donc inapproprié de lui assurer que ce sera le cas. Je m'encourage à me concentrer sur le positif. Jackson est prêt à passer Noël avec moi et ma famille parce qu'il m'aime.

Il me regarde, les paupières tombantes.

— Je n'ai jamais récupéré cette bague que tu m'avais promise.

Mon estomac se serre. Je pensais que l'échange n'était plus nécessaire. C'était censé être une motivation pour lui donner envie de rester avec moi. Je me lève d'un bond, l'adrénaline me parcourant à l'idée de ce que cela pourrait vouloir dire.

— Je vais la chercher tout de suite.

Je me dirige vers le perchoir du capitaine, où Viktor se tient avec l'équipage.

Il me rejoint immédiatement.

— Qu'y a-t-il ?

Mes joues rougissent de honte. Jackson se sert de moi. Il rejoindra sûrement directement sa péniche quand nous arriverons au port de Villroy, ma bague en diamant dans sa poche.

— J'aimerais récupérer ma bague, s'il te plaît.

Je lui ai demandé de la garder parce que je ne voulais pas

la porter sur moi en rentrant à Villroy, j'avais peur de l'égarer trop facilement dans ma valise après que le personnel l'ait défaite.

Viktor ne pose pas de questions. Il se contente de m'adresser un hochement de tête rapide tout en m'expliquant qu'il va la récupérer dans le coffre du yacht. Même pour un trajet si court, il s'est montré prudent, connaissant la valeur de la bague.

— Merci, parvins-je à répondre. Je vais attendre ici.

Je ne veux pas qu'il me voie la donner à Jackson.

Je croise les bras, m'étreignant les côtes et l'air frais, encore plus froid à l'intérieur, me faisant frissonner. Toute la chaleur joyeuse qui m'emplissait a disparu. Quelques minutes plus tard, Viktor revient et prend ma paume, me remettant la bague.

— Merci.

Je glisse la bague à mon doigt, me remémorant le moment où je l'ai reçue, à seize ans, la première fois que j'ai rencontré Abdul. Comme je m'étais sentie adulte, comme j'avais été stupidement candide. Maintenant, cette bague ne sert plus que d'échange mercantile pour quelques pauvres leçons de guitare. Sauf que c'était tellement plus que ça, pour moi. Mes yeux me piquent et ma gorge est serrée. Zut. Je ne peux pas pleurer devant tout le monde. Je repousse impitoyablement toutes ces émotions.

Je retourne à la cabine, où Jackson regarde par la fenêtre. Ses cheveux blonds familiers sont négligemment décoiffés, comme toujours. Ses épaules larges, sa mâchoire couverte d'une barbe négligée. Tout cela est à jamais gravé dans mon esprit, ancré dans mon cœur. Soudain, je suis furieuse. Comment a-t-il pu me mener en bateau comme ça ? Pourquoi n'est-il pas parti avec la bague quand les trente jours ont été passés ? C'était la semaine dernière. Pas un mot à propos de notre marché, alors. Qu'est-ce qu'il fabrique, à rentrer avec moi pour Noël ?

Je m'arrête à côté de lui, ôte vivement la bague et la lui jette.

— Voilà.

Il se redresse alors que la bague tombe au sol. Il se penche pour la récupérer et je résiste avec peine à lui donner une tape sur l'arrière du crâne.

— Merci.

Je serre les dents, ravalant une réponse sarcastique.

Il se lève et met la bague dans sa poche de jean. De manière complètement décontractée. Comme si rien de tout ça n'avait d'importance. Comme si *je* n'avais pas d'importance.

— C'est tout ce que tu as à dire ? demandé-je. Merci ?

Il fronce les sourcils.

— Je te suis reconnaissant.

Je bous intérieurement. J'ai l'impression d'être une imbécile, d'avoir ouvert mon cœur à un homme sans cœur.

— Eh bien, au revoir.

Il soulève un coin de sa bouche.

— Tu vas nager ?

— Non. Je vais juste dans une autre zone du yacht. Pour t'accorder un peu d'air.

Je tends la main et ajoute :

— Disons-nous au revoir ici.

Il fixe ma main.

— J'ai loupé quelque chose ? Je croyais que je rentrais avec toi pour Noël.

Je déglutis. Me serais-je trompée ? Il a peut-être vraiment besoin d'argent, mais veut *aussi* être avec moi. J'ai peur de poser la question. J'ai l'impression que mon cœur est sens dessus dessous.

Je laisse tomber ma main et parle en regardant son torse.

— Je ne sais pas. Tu veux peut-être rentrer chez toi pour Noël.

Il me prend le menton pour me faire relever les yeux vers lui.

— Est-ce que j'ai dit que je voulais rentrer chez moi pour Noël ?

Je cligne rapidement des yeux, luttant pour reprendre contenance.

— Non.

Ses doigts se déplacent pour prendre ma mâchoire en coupe.

— Qu'est-ce que tu t'es mise dans la tête ? Tu es nerveuse à l'idée de rentrer chez toi ?

Ce n'était pas ça, mais oui, je suis nerveuse. Je ne veux pas empirer les choses, mes sentiments sont embrouillés, alors je dis simplement :

— Je vais bien.

Il plisse les yeux.

— Définis « bien ».

— Parfaitement bien.

— Est-ce que c'est à cause de la bague ? Tu veux la garder en souvenir ?

— Non.

— D'accord, j'abandonne, bébé. Tu es à deux doigts de pleurer pour une raison que je n'arrive pas à comprendre.

Je laisse échapper un soupir tremblant. Je ne peux lui expliquer sans exposer mes peurs que mes sentiments profonds pour lui ne soient pas réciproques. Peut-être que son « je t'aime » n'avait pour but que de m'amener à cet instant où je lui tendrais la bague. Mon estomac se noue. C'est la sombre face cachée de l'amour, cette peur déchirante, après tant de bonheur, que l'amour puisse être repris. C'est comme ce diamant entre nous, scintillant de beauté, mais assez acéré pour couper du verre.

Il m'attire dans ses bras et je fonds contre lui, tout mon corps empli de soulagement. Ses bras forts, son torse ferme, sa chaleur, son odeur sexy. Tout va bien. Pourquoi est-ce que je doute ?

Jackson

Je passe une main sous ses cheveux, prenant sa nuque en coupe alors qu'elle presse sa joue contre mon torse. J'ai essayé de la jouer détendu, mais au fond de moi, je suis dans un état de panique totale. Emma doit avoir senti que je doutais. Rencontrer sa famille ? Sa mère ? C'est sérieux. Je ne me suis jamais engagé avec aucune femme. Je ne l'ai jamais voulu. Ils vont me regarder et savoir immédiatement que ma place n'est pas ici. Emma fait partie de l'élite. Et même si j'ai un certain statut en tant que rock star, je ne me suis jamais senti comme une élite. Je suis un bagarreur de la rue et elle est une snob du palais.

J'ai sérieusement envisagé de localiser ma péniche, qui est censée être amarrée à Villroy, pour rentrer chez moi. Pas pour passer Noël avec ma famille. La dernière chose dont j'ai envie, c'est de rendre visite à ma mère et de la regarder aduler mon frère parfait et sa famille parfaite. Je comptais faire comme d'habitude, aller me prendre une cuite et jouer dans un pub minable. Avant, Charlie m'accompagnait, raison pour laquelle cela ne m'attire pas. John et Max, mes autres membres du groupe, apprécient leur famille, eux.

Elle s'écarte et lève la tête vers moi. Ses yeux sont secs, maintenant, les larmes ne menacent plus de tomber et son expression est détendue. En fait, je me sens plus calme, moi aussi. C'est étrange, à quel point un simple câlin peut être puissant. Je ne peux résister à l'envie de l'embrasser, pressant doucement ses lèvres pulpeuses.

Elle sourit.

— Ma mère va faire une crise cardiaque quand elle verra cette robe.

C'est une robe bustier rouge moulante avec un col en V profond dévoilant sa poitrine abondante, et qui descend modestement au-delà des genoux. C'est du Emma tout craché – sexy et doux à la fois. J'adore ça.

Je glisse un doigt le long de sa clavicule exposée, avant de plonger dans son décolleté. Ses tétons se durcissent en deux cailloux et elle frémit. J'adore sa façon de réagir à mes caresses. Je fourre mon nez dans son cou, inhalant la douce odeur de vanille et de miel, avant de remonter jusqu'à son oreille.

— Scandaleux.

— Ça l'est, répond-elle d'un ton voilé. Les épaules et la poitrine doivent être couvertes, tu sais.

J'enroule ses cheveux dans mon poing, appréciant le fait qu'elle les laisse détachés, maintenant.

— Est-ce que tu vas avoir des ennuis pour ne pas avoir suivi les règles royales ?

Elle passe ses doigts dans les cheveux sur ma nuque.

— C'est le protocole royal. Je ne serai pas punie, si c'est ce que tu demandes. La nouvelle reine, Anna, eh bien, tu l'as rencontrée, elle est beaucoup plus détendue au niveau du protocole. Je vais décevoir ma mère, mais elle est déjà déçue. Elle a pris le fait que je fuie le jour de mon mariage comme une trahison personnelle et elle n'a pas voulu écouter mes excuses. Je ne peux pas continuer à vivre pour lui faire plaisir.

Je me fige, une pensée alarmante me donnant soudain froid dans le dos.

— Est-ce que je fais partie de ta rébellion ?

Elle m'adresse un sourire espiègle.

— Je suppose que quand je t'ai rencontré pour la première fois, je me suis dit que tu serais parfait pour un acte de rébellion, mais je ne te considère plus comme ça. Tu es comme moi, un amoureux de la musique, profondément sentimental et passionné.

Je ne peux m'empêcher de sourire. C'est ce que je suis. Et ce qu'elle est.

— Super. Est-ce que tu te sens encore perdue ?

— Tu m'as aidé à trouver ma véritable identité.

Tout mon corps se détend. Si je me concentre uniquement sur Emma, sur l'instant présent, le sentiment d'agitation qui me pousse à fuir se calme. Je veux être meilleur que ça. Pour elle.

Je pointe du doigt vers la fenêtre, où Villroy est en vue.

— Nous y voilà.

— La maison, dit-elle d'un ton plein de respect.

L'île est saisissante, avec ses falaises rocheuses, ses dunes de sable le long des plages, parsemées de cottages blancs avec des portes bleues, des volets et des fenêtres tout le long de la route sinueuse menant au palais. Ce dernier est éblouissant en haut de la colline, une imposante structure de grès munie de multiples tours et clochers. Il ressemble à un palais de conte de fées.

— J'ai du mal à croire que tu vis là-dedans, dis-je. Ça ressemble à un bâtiment des temps anciens.

Elle regarde sa maison, le visage rayonnant.

— Cette version du palais a pris forme après un incendie, il y a deux siècles. Je l'ai toujours adorée. Ne t'inquiète pas, il a été modernisé. Ma famille est chez elle sur cette île depuis l'époque où les Vikings se sont installés ici pour la première fois, amenant leurs femmes irlandaises venues d'une première colonie irlandaise. J'ai toujours éprouvé un sentiment d'appartenance si profond, ici, l'impression de prendre place dans une longue tradition.

Une vilaine voix dans ma tête intervient. *C'est ici qu'Emma a sa place. Pas toi.*

— J'ai brisé cette tradition, dit-elle doucement. J'ai changé.

Elle élève soudain la voix, paniquée.

— Et si je n'avais plus ma place ici, avec cette nouvelle version de moi ?

Je lui étreins la main.

— Tu es comme ce palais, hein ? La même Emma, juste modernisée.

Elle rit.

— J'aime bien cette idée. Tu es doué avec les mots. Pas étonnant que tu sois un si grand parolier.

Une sensation de chaleur m'envahit le cou. Je suis sur le point de dire qu'il y a beaucoup plus doué que moi quand elle agite un doigt devant moi.

— Accepte le compliment.

C'est ce que je lui dis quand elle essaie de minimiser ses talents musicaux. Elle possède quelque chose de rare et de spécial. J'attrape son doigt.

— Merci.

Peu de temps plus tard, le yacht s'amarre au port, l'équipage s'empressant de le sécuriser. Bon sang, les paparazzis sont là, ainsi que des journalistes, avec des microphones et des caméras. J'aurais dû m'en douter. Je n'ai pas eu besoin de creuser pour voir la mauvaise presse, en ligne, à propos du fait qu'Emma ait laissé tomber Abdul et qu'il ait clamé qu'elle l'avait trompé avec moi. Des mensonges, mais qui se soucie de la vérité quand l'histoire est croustillante ? Je suis sûr que le fait que j'arrive avec elle ne fera qu'ajouter de l'huile sur le feu. Emma est passée d'un prince héritier et futur sultan à un rocker tatoué avec un énorme problème de relations publiques. Imaginez si elle était en cloque, en plus de tout ça. Ce serait une vraie foire d'empoigne s'ils découvraient une grossesse hors mariage. Elle ne le supporterait jamais, et il ne ferait aucun doute pour personne que je ne fais qu'attirer les ennuis.

Je lui étreins la main.

— Nous avons du public.

Elle jette un œil à la foule de piranhas qui nous attend et grimace.

— Je m'y attendais. Des préparations ont dû être faites en vue de mon arrivée, alors la rumeur s'est répandue. Contente-toi de les ignorer. J'ai eu de la chance d'éviter la presse pendant aussi longtemps.

Elle jette un œil par la fenêtre.

— Ton bateau est là, il t'attend, si tu veux un moyen de fuir.

Elle sait que je suis censé faire profil bas.

— Je ne t'abandonnerai pas à la foule.

Elle se presse contre moi, passant un bras autour de ma taille.

— J'ai du mal à croire qu'il y a tout juste six semaines, j'étais en train de vomir sur ce truc.

Je souris.

— Oui, trop de tequila.

— Probablement le mélange entre ça et les Coco Pops.

Je me souviens soudain à quel point j'étais furieux à propos des Coco Pops, alors que je n'ai rien mangé de ce genre depuis des semaines et que je ne m'en suis pas soucié. Cela montre à quel moins mon monde était étriqué, à cette époque, alors que je m'apitoyai sur la tristesse d'avoir perdu Charlie et la musique, me raccrochant à une stupide boîte de Coco Pops.

Viktor ouvre la porte de la cabine.

— Nous sommes prêts dès que vous le serez, Votre Altesse.

— Prêt ? demande Emma avec une expression lumineuse en se tournant vers moi.

J'incline la tête et enfile ma veste en cuir. J'ai vraiment un mauvais pressentiment au sujet de mon rôle dans l'intérêt de la presse pour Emma.

Quelques minutes plus tard, nous traversons le dock vers la route, où trois Mercedes nous attendent. La robe rouge sexy d'Emma est couverte par son long manteau en laine blanche. Elle se démarque beaucoup, en blanc au milieu d'une mer de manteaux noirs. Elle me prend la main et la serre très fort, le menton levé et les épaules en arrière alors qu'un feu rapide de question est lancé dans sa direction.

— Emma, Emma, par ici ! Depuis combien de temps êtes-vous avec Jackson ?

— Savez-vous que le sultan a coupé les liens avec Villroy et conseille aux autres royaumes de faire pareil ?

— Un commentaire sur les saucisses molles du gouvernement, Jackson ?

— Est-ce qu'il est meilleur au lit que le sultan ?

— Êtes-vous encore vierge ?

Une vague de rires traverse la foule. J'ai envie de cogner le type qui a fait la remarque sur sa virginité, de leur dire à tous d'aller se faire foutre, mais je sais d'expérience que cela ne fera qu'empirer les choses. Je dois me contenter de fusiller du regard l'abruti qui a osé parler comme ça à Emma.

Emma lève une main et sourit.

— Je suis ravie d'être rentrée à la maison. *Merry Christmas* ! Joyeux Noël !

Quelques journalistes marmonnent des « Merry Christmas » et des « Joyeux Noël », puis les questions reprennent. Elle s'est adressée poliment à eux en anglais et en français. De mon point de vue, elle leur a donné plus que ce qu'ils méritent. Mince, elle m'a donné plus que ce que moi je méritais, rien qu'en étant elle-même.

Viktor nous pousse dans la voiture du milieu, prenant le

siège avant. Oliver entre dans la voiture derrière la nôtre. La voiture de devant doit contenir d'autres gardes.

— Bon retour à la maison, Votre Altesse, dit le chauffeur.

— Merci, Arthur, répond aimablement Emma. J'ai invité mon petit ami, Jackson, à la maison pour les vacances.

Il me scrute dans le rétroviseur.

— Très bien. Bienvenue à Villroy, monsieur.

— Merci, dis-je avant de me tourner vers Emma.

Elle a un faux sourire plaqué sur le visage, les mains serrées l'une contre l'autre si étroitement qu'elles sont blanches. Je libère l'une de ses mains et la tiens. Je me penche vers elle, parlant à voix basse pour qu'elle soit la seule à m'entendre :

— Ignore ces foutus journalistes. Ils ne te connaissent pas, et ils n'ont aucun droit de te connaître.

Elle fixe nos mains jointes et dit entre ses dents :

— Je suis une personnalité publique. Je sers Villroy et je dois me rendre disponible pour eux.

Sa voix est raide et convenable, son dos droit comme un I. Les teintes de la princesse snob et convenable que j'ai rencontrée sur ma péniche refont surface. J'aurais dû m'y attendre. Bientôt, elle retournera à ses vieilles habitudes. Je n'aurais plus ma place dans sa vie. Je n'étais qu'une diversion, durant une période de détresse.

Je suis en colère, même si je n'ai aucun droit de l'être. Je prends une profonde inspiration.

— Ça ne veut pas dire qu'ils peuvent te manquer de respect.

— Je n'ai répondu à aucune question irrespectueuse, n'est-ce pas ?

Je me tourne et regarde par la fenêtre les cottages qui remontent la colline. J'imagine que ces petits cottages étaient destinés aux paysans, par le passé ; c'est là que les miens auraient vécu.

L'élite vit toujours en haut de la colline.

16

Jackson

La voiture se gare dans une cour de devant, et à l'instant où nous en sortons, plusieurs hommes portant des tee-shirts blancs et des pantalons noirs approchent, accueillant Emma chez elle avec beaucoup de déférence, s'inclinant devant elle avant de nous escorter vers les doubles portes du palais. Elle ne me présente pas aux domestiques, se contentant de les saluer tout en continuant de se diriger vivement vers l'entrée.

Un autre domestique nous ouvre la porte et j'ai mon premier aperçu de l'intérieur d'un palais. Le hall d'entrée de marbre blanc à deux niveaux, avec ses miroirs dorés et son papier peint satiné, a l'air de sortir tout droit d'un musée. Seul un grand sapin de Noël avec des guirlandes lumineuses et des décorations blanches réchauffe l'espace caverneux.

D'autres domestiques sont alignés des deux côtés du hall. Je n'ai aucune idée de ce qu'ils font séparément, mais ils attendent en adressant des sourires à la Princesse Emma. Personne ne semble rebuté à l'idée qu'elle ait fui son mariage. Ils sont juste heureux que leur princesse bien aimée soit rentrée à la maison. Emma est gracieuse, polie, extrêmement convenable. Elle ressemble à une personne complètement différente de celle que j'ai appris à connaître ces dernières semaines, et qui s'est lâchée avec sa voix et son corps. Ici, elle est entièrement dans la retenue.

Emma me serre le bras.

— Voici mon petit ami, Jackson, tout le monde. Il est ici pour les vacances.

Les domestiques me murmurent des salutations. Je lève une main.

— Ravi de tous vous rencontrer.

Un homme s'avance pour poser une question à Emma à voix basse, que je ne peux entendre. Elle affiche un sourire rayonnant.

— Oui. S'il vous plaît, apportez tout dans ma suite. Jackson va rester avec moi.

Je me détends un peu. Elle reconnaît ouvertement ma place dans sa chambre, ce qui est très peu convenable.

Elle se tourne vers moi en souriant et m'adresse un clin d'œil.

— Je ne voudrais pas que tu te perdes en essayant de trouver ma chambre au beau milieu de la nuit.

Je glisse une main sur son cou, la caressant avec mon pouce. Voilà l'Emma que je connais.

D'ici à ce qu'on soit dans ses appartements, après avoir traversé un labyrinthe de couloirs décorés de peintures à l'huile et de bustes en marbre représentant une horde d'ancêtres royaux, je me sens à nouveau de mauvais poil. Toute l'ampleur de cet endroit – rien que la taille du palais, et la longue et fière tradition – tout cela m'est étranger.

Sa domestique, Lina, s'agite partout dans la suite, qui ressemble à un appartement, avec un salon, une salle de séjour, quoi que ce puisse être, une grande chambre et une salle de bains attenante. La suite est très féminine, aux motifs principalement roses et floraux, avec des meubles antiques en bois sculpté plein de fioritures et de pieds sculptés. Les murs sont d'un rose floral, les lampes sont d'une teinte assortie, ainsi que les rideaux qui encadrent les larges fenêtres donnant sur la mer. Le lit à baldaquin est d'un blanc immaculé, du tissu transparent et vaporeux au-dessus aux couvertures blanches. Il y a bien trop d'oreillers roses. C'est une chambre à l'intérieur de laquelle aucun homme n'a jamais pénétré.

Et pourtant me voilà.

Je m'assois sur une chaise aux motifs floraux roses et blancs dans sa chambre, m'efforçant de me fondre dans le décor.

Ce dont j'ai vraiment envie, c'est de récupérer ma guitare, qui est dans la salle de séjour à côté de la sienne, d'en jouer et d'assourdir le monde tout autour. Je ne peux pas me montrer trop grognon, cependant. Je suis un invité, ici. Et puis, Emma m'a rendu la musique, je peux supporter d'attendre un peu avant de jouer de la guitare. Je remue de manière inconfortable, la bague dans ma poche s'enfonçant dans ma cuisse. Je ferais mieux de trouver une cachette où la mettre. Je me dirige vers la salle de séjour et la place dans le compartiment de mon étui à guitare, dans une petite pochette qui contient des médiators. Elle sera en sécurité ici, jusqu'à ce que je puisse rentrer chez moi et l'échanger contre du liquide. Je ne peux pas la vendre dans un hôtel des ventes sans exposer Emma. Elle est trop reconnaissable. Je vais devoir trouver un bijoutier digne de confiance et juste lui offrir le diamant, séparé de l'anneau. Cela m'enlève un poids de savoir que Jack sera pris en charge.

Je reviens m'asseoir sur la chaise de la chambre et regarde Emma dans sa robe rouge « scandaleuse » alors qu'elle donne des directives à Lina, qui défait les valises d'Emma et place ses affaires dans des tiroirs et dans la commode. Mon cadeau de Noël pour Emma est une chanson. Elle n'a besoin d'aucun objet matériel, et c'est le seul cadeau que personne d'autre que moi ne peut lui donner. Enfin, ils pourraient, mais ce ne serait pas une chanson originale de Jackson Walker.

Lina se tourne vers moi.

— Voulez-vous que je vous aide à ranger vos affaires, monsieur ? demande-t-elle en indiquant mon sac de voyage surdimensionné.

— Non, merci.

Je ne compte pas déballer mes affaires. Je n'ai pas ma place ici. Ce n'est qu'un passage temporaire avant que je passe à autre chose. Il me vient à l'esprit qu'Emma voudra rester ici. Après Noël, ce sera terminé entre nous. Je tapote des doigts sur ma jambe. Nous pourrions nous retrouver régulièrement, j'imagine, mais à cet instant, en voyant Emma dans son élément, je n'arrive pas à voir où je pourrais avoir ma place.

— Puis-je faire autre chose pour vous, madame ? demande Lina à Emma.

— Ça ira. Merci, Lina, répond Emma d'un ton formel, avec toute la hauteur des manières de princesses.

Ça me fait grincer des dents, cette Emma bizarre et trop polie avec des domestiques qui s'adressent à elle de manière si révérencieuse.

Lina incline la tête et part, refermant doucement la porte derrière elle.

— Votre Altesse, dis-je d'un ton traînant.

Emma s'approche de moi, une expression déterminée sur le visage. Avant que j'aie pu lui demander si elle va bien, elle me surprend en relevant sa robe jusqu'à sa taille et en me chevauchant dans la chaise surdimensionnée. Je durcis instantanément, mes mains remontant le long de ses jambes nues et douces pour prendre ses fesses nues en coupe. Mon sexe bondit contre mon jean.

— Vous, M. Walker, me devez un coup.

Je glisse une main vers le morceau de tissu entre ses jambes et elle gémit.

— Vraiment ?

— Oui, répond-elle en faisant ressortir sa lèvre inférieure dans une expression boudeuse.

Mes yeux sont rivés sur ces lèvres de star du porno.

— Tu étais tellement occupé à me regarder emballer mes affaires ce matin et à jouer de la guitare que tu m'as complètement négligée.

— Peut-être que tu étais tellement occupée à emballer tes affaires, ce matin, que c'est toi qui m'as négligé, dis-je d'une voix devenue rauque.

Elle m'embrasse brutalement avant de se laisser glisser à genoux devant moi et de tendre la main vers ma braguette.

J'émets un grognement. Je viens de retrouver mon Emma.

∽

Je suis en chemin pour le service du soir à la chapelle du palais, me sentant à nouveau pas du tout à ma place. D'abord, je ne suis pas du genre à aller dans une chapelle. Je ne suis plus allé à l'église depuis que j'étais gamin. Et deuxièmement, je n'ai rien apporté d'assez élégant pour un service du réveillon de Noël. Je ne sais pas pourquoi je n'ai pas pensé à m'acheter un costume en Italie, et Emma ne l'a pas mentionné, mais maintenant je regrette de ne rien avoir de mieux à porter qu'une chemise grise en coton et à manches longues, un pantalon noir et des bottes de moto noires. Emma a revêtu une robe tirée de sa vieille garde-robe, une robe modeste vert pâle à manches longues qui ressemble à un sac et qui descend bien au-delà de ses genoux. On devine à peine sa taille, sans parler de ses seins fantastiques, dans cet accoutrement. Ses cheveux sont relevés en chignon. J'ai l'impression de souffrir du coup du lapin, à la regarder passer de la chipie sexy à la princesse convenable. Je ne sais plus laquelle est la vraie Emma. Est-ce qu'elle joue juste un rôle pour moi, tout en étant elle-même pour tous les autres ? Je ne peux m'empêcher de penser que je suis une curiosité, pour elle, un jouet avec lequel essayer des choses qu'elle ne peut pas faire habituellement. Mes entrailles se nouent à cette pensée.

Je passe la porte de ses appartements à sa suite et elle passe un bras autour du mien, nous guidant à travers un autre labyrinthe de couloirs. Je ne suis pas sûr que j'arriverais à sortir d'ici sans une carte.

Nous sommes très loin de l'endroit par où nous sommes entrés. Nous arrivons en vue d'un escalier. En bas se trouvent d'autres domestiques, alignés le long du passage ; pour quoi faire, je n'en ai aucune idée. Des plantes vertes s'enroulent autour des rampes en bois ouvragés. Il y a un autre grand sapin de Noël dans le hall du rez-de-chaussée, qui n'est pas le hall principal. Le sapin est décoré en bleu et argent, muni de nombreux flocons de neige, stalactites et boules.

— Regardez un peu qui la rock star nous amène, dit une

voix masculine familière d'un ton traînant. Ma petite sœur égarée. Tss-tss. Emma. Que dirait Mère ?

C'est Lucas qui nous sourit largement. Son frère est toujours en train de se ficher d'elle. Il est vêtu d'un costume bleu marine et, quelque part, il semble plus décontracté dans ce vêtement qu'Emma dans sa tenue formelle.

— Tss-tss toi-même, réplique Emma avec bonne humeur.

Elle m'a dit qu'elle avait tendance à beaucoup se vexer quand ses grands frères se moquaient d'elle, mais qu'elle comptait se montrer plus détendue.

— Lucas, ravi de te revoir, mec.

Je lui serre la main et il m'attire à lui pour un gros câlin fraternel.

— Alors, ce doit être sérieux si tu es ici pour notre Noël en famille, dit Lucas. Je suis surpris – il croise le regard noir d'Emma, avant de se tourner à nouveau vers moi – je veux dire, je suis heureux que tu sois là.

Il se penche vers moi et baisse la voix pour ajouter :

— Je n'aurais pas cru qu'Emma serait ton type.

— Je t'ai entendu, Lucas, rétorque Emma. Occupe-toi de tes affaires.

Lucas l'imite et articule les mots *occupe-toi de tes affaires.* Emma l'ignore et nous dépasse.

— Emma est quelqu'un de bien, lui dis-je. Elle chante comme un ange. Nous faisons de la musique ensemble.

Lucas me donne un coup de coude dans les côtes.

— C'est comme ça qu'on appelle ça, maintenant ?

Emma s'arrête et adresse un regard meurtrier à son frère.

— Tu n'as pas quelque part où aller ?

Il se gratte la barbe, m'adressant un regard en coin.

— C'est le service du réveillon de Noël. Tu n'as pas envie de pécher, n'est-ce pas ?

Emma lève le menton et me prend la main, se mettant à marcher d'un pas vif et s'efforçant de distancer son frère. Il se maintient à notre hauteur. Je commence à comprendre pourquoi Emma s'est liée à sa mère, si elle avait quatre grands frères la harcelant comme Lucas. Elle a aussi un petit frère, mais elle dit qu'Adrian n'est pas du genre plaisantin.

Lucas l'inonde de questions, l'interrogeant sur son statut d'ange, puisque j'ai dit qu'elle chantait comme un ange. Ma faute.

— Est-ce que ton auréole est dorée ou argentée ? Qui la polit ? Est-ce que tes ailes sont sagement rangées sous ta robe de matrone ?

Il est clair qu'il l'aime, même s'il lui en fait voir de toutes les couleurs.

Emma le fait taire avec une question :

— Comment va Mère ?

Lucas redevient sérieux.

— Pas bien. Elle est encore cloîtrée dans sa chambre.

— Est-ce qu'elle va venir au service ?

— Je ne sais pas. Anna et Gabriel l'ont suppliée de se joindre à nous, mais elle n'a rien confirmé ou infirmé.

Emma entrelace ses doigts avec les miens et murmure :

— C'est notre premier Noël sans Père.

— Ah. Désolé.

Elle hoche la tête d'un air solennel avant de se tourner vers Lucas.

— Si elle n'est pas là, je lui rendrai visite après. Je sais qu'elle est très déçue de mon comportement, nous devrions mettre les choses au clair.

— Bonne chance, dit Lucas.

Quelques minutes plus tard, nous arrivons à la chapelle, où deux hommes en costume, qui doivent être les frères d'Emma, nous attendent. Comme Gabriel, ils ont des cheveux courts brun foncé, des pommettes anguleuses et une mâchoire carrée rasée de près. Lucas est le seul à avoir de la barbe.

— Vous vous êtes faits beaux, tous les deux, remarque Emma, d'un ton rayonnant. Pas même un début de barbe.

Ils se frottent tous les deux la mâchoire comme si c'était une sensation nouvelle.

— C'est temporaire, pour Noël, marmonne l'un d'eux.

Emma fait les présentations :

— Jackson, voici mes frères Oscar et Adrian. Adrian est mon petit frère, il a une jumelle, Silvia, dont je t'ai déjà parlé.

— Je suis un grand fan, dit Oscar en me serrant la main.

— Je n'ai jamais entendu parler de vous, ironise Adrian.

Je ris.

— Ça arrive.

Adrian sourit.

— Non, sérieusement, je suis un grand fan, moi aussi. C'est très cool de vous avoir comme invité.

— Où est Phillip ? demande Emma.

C'est un autre de ses frères. Elle m'a fait un topo plus tôt.

— Il passe Noël à Tampa avec la famille de sa fiancée, répond Adrian.

— Traître, lance Lucas.

— Au donjon, ajoute Oscar.

Lucas et Oscar se sourient.

Adrian fait un geste vers la porte de la chapelle.

— J'imagine qu'on devrait y aller. Nous attendions de pouvoir te rencontrer, dit-il en me regardant.

Emma écarte ces paroles d'un geste.

— Je sais que j'ai gagné une certaine notoriété en tant que mariée en fuite, mais vous n'avez pas besoin de jouer les fans avec moi.

Je ris et ses frères la dévisagent.

— Emma, c'est bien toi ? demande Oscar en la scrutant avec attention. Est-ce que tu viens vraiment de faire une blague ?

— Je vous avais dit qu'elle avait craqué, dit Lucas. Il n'y a plus d'Emma convenable, même si Jackson dit qu'elle a la voix d'un ange, alors peut-être qu'il reste une fille extrêmement sérieuse quelque part en elle.

Adrian sourit.

— Emma chantait souvent quand on était petits. J'ai toujours aimé ça, mais elle a arrêté en grandissant.

Emma penche la tête sur le côté.

— Tu sais, j'avais presque oublié qu'il fut un temps où je chantais à voix haute. Je suppose que j'ai arrêté à environ neuf ans, quand j'ai commencé mes leçons sur l'étiquette et que j'ai compris ma place dans la vie royale.

Elle affiche un sourire lumineux.

— Et maintenant, j'y reviens.

Elle ouvre la porte de la chapelle et entre.

Je la suis à l'intérieur, mes yeux s'arrondissant devant ce lieu imposant. Il est pire que le grand hall d'entrée, en termes de splendeur royale. C'est l'un de ces endroits au plafond vertigineux, avec des dorures sur tout et du plâtre sculpté et peint à la main, qui vous fait vous sentir insignifiant.

Sur les côtés, il y a des alcôves avec de multiples figurines d'apôtres en marbres et sceaux royaux. Au moins, il y a de la musique. Peut-être un peu trop. Trois énormes orgues dorés avec de longs tubes en argent. Je parie qu'aucun roturier n'a jamais mis les pieds ici jusqu'alors.

— Oh, tout le monde est là, même Mère, me murmure Emma. C'est un très bon signe.

Elle pointe du doigt vers sa mère, assise au bout de la rangée de devant. Anna, assise à côté de sa mère, se retourne et nous fait signe.

Gabriel regarde vers nous et incline la tête. D'autres personnes plus âgées se trouvent aussi dans la rangée. Des proches ? Je n'en ai aucune idée.

Emma me guide jusqu'à la deuxième rangée, s'arrêtant pour saluer sa mère.

— Mère, je suis si contente de te voir au service. Voici mon petit ami, Jackson.

Je tends la main et sa mère la fixe comme s'il s'agissait d'un poisson mort malodorant.

Son regard passe sur ma tenue décontractée et elle émet un reniflement.

— Je suis contente de te voir de retour à la maison, Emma. J'aimerais te parler, après le service.

Puis elle se retourne, nous ignorant.

L'expression d'Emma est tendue lorsqu'elle se déplace plus loin sur la deuxième rangée. Ses frères nous rejoignent, Adrian s'asseyant à côté de moi. Il se penche devant moi pour murmurer à Emma :

— Ça va être ta fête.

— La ferme, répond-elle sur le même ton.

Nous restons assis là un moment, dans la chapelle silencieuse, pendant que d'autres personnes arrivent.

— Est-ce que ce sont aux domestiques d'entrer, maintenant ? lui demandé-je dans un murmure.

Elle secoue la tête et chuchote :

— Ce sont des proches du côté de ma mère. Ils sont venus
de loin pour la soutenir dans son deuil. Elle vient d'un petit
royaume sur une île près de l'Australie. Non pas qu'elle leur
ait demandé le moindre soutien. Je suspecte Anna d'avoir eu
quelque chose à voir là-dedans. Elle oublie toujours le protocole royal. Nous passons nos émotions et nos besoins person-
nels sous silence. Le royaume et notre peuple passent
toujours avant nous-mêmes.

— Et pour ce qui est du côté de ton père ?

— Nous ne parlons pas de ça.

Adrian m'explique à voix basse :

— Le grand frère de mon père a abdiqué du trône pour
épouser une roturière. Il a été exilé. Sa famille n'a aucune relation avec la nôtre, à part par le biais de notre sœur Silvia.
Maintenant qu'elle vit aux États-Unis, elle les a retrouvés.

Lucas se penche et ajoute :

— La racaille Rourke.

Ils pouffent de rire et Emma les fusille du regard.

— Gardez le linge sale hors de vue, siffle-t-elle.

Sa mère jette un œil à Lucas par-dessus son épaule, pince
les lèvres et regarde à nouveau devant elle.

Emma pointe un doigt vers ses frères et incline la tête vers
leur mère.

Je lui murmure à l'oreille :

— Puisqu'Anna est une roturière, est-ce qu'elle va inviter
le côté racaille de la famille à revenir ?

Emma secoue la tête.

— Il y a peu de chance pour qu'ils soient acceptés. Anna a
vraiment dû faire ses preuves, et elle n'avait pas mauvaise
réputation au départ.

Eh bien, cela me rappelle quelqu'un. Une mauvaise réputation, roturier, racaille. J'essaie de ne pas m'agiter sur le banc
en bois dur.

— Où sont les domestiques ?

— C'est un service familial, répond Emma. Il n'y a pas de domestiques.

— Ils ne sont pas autorisés à participer ?

— Ils ont leur propre chapelle dans les quartiers des domestiques. C'est une belle salle.

— Une salle ?

Comparée à ici ?

— Oui, un espace tranquille pour eux. Ils peuvent aussi aller à l'église sur l'île. Il y en a quelques-unes.

Je jette un œil à sa famille, tous vêtus de costumes sur mesure et de robes formelles, les bijoux hors de prix scintillants de leurs colliers, bracelets, bagues, boucles d'oreilles, leur posture régalienne. Dans des circonstances normales, je sais exactement où je serais, avec les domestiques. Quand nous étions seuls tous les deux en Italie, je me suis autorisé à oublier qui elle était vraiment. Les différences entre nous n'ont jamais été aussi frappantes.

Je n'arrive pas à comprendre pourquoi elle m'a amené ici. Elle réalisera son erreur bien assez tôt.

17

Emma

Je dois admettre que c'était un peu surréaliste de retourner à la chapelle du palais après y avoir passé ma répétition de mariage il y a seulement six semaines, mais les choses étaient très différentes avec la verdure de Noël et les bougies de fêtes, et je me sentais vraiment différente au fond de moi, même si j'ai fait de mon mieux pour me fondre dans le décor à l'extérieur. J'ai vraiment envie de faire amende honorable auprès de Mère.

— Je te rejoins dans un instant, dis-je à Jackson une fois que nous sommes dans le couloir après le service. Je vais aller parler à ma mère. Suis mes frères dans le salon privé pour le cocktail. Je te retrouverai là-bas.

Je me mets sur la pointe des pieds pour déposer un baiser sur sa joue, consciente de nos spectateurs.

Il prend ma mâchoire en coupe, son pouce caressant ma joue.

— Ma soirée a l'air plus amusante que la tienne.

— Je suis sûre que cela va bien se passer, dis-je avec flegme.

Il rejoint mes frères, qui attendent non loin, occupés à discuter avec certains de nos proches.

Tout le monde s'est rejoint dans le hall pour bavarder

joyeusement, animé de l'esprit des fêtes. Je ne vois ma mère nulle part. Je suppose qu'elle est retournée dans sa chambre.

Je m'y rends directement, déterminée à combler le fossé qui s'est creusé entre nous. Je vais lui expliquer mes actes le jour du mariage et la transformation, non, la *découverte* de ma véritable identité qui a suivi, à la fois en tant que musicienne et que femme. Je lui dirai à quel point je suis heureuse et comme j'aimerais qu'elle fasse à nouveau partie de ma vie. Je ne mentionnerai pas la façon grossière dont elle a ignoré Jackson.

Principalement parce que mon avenir avec lui est incertain. Son bateau n'est pas loin, il a la bague en diamant et, honnêtement, je ne sais pas ce qui nous attend. Ce n'est pas une chose dont j'ai envie de discuter avec Mère, cependant. Qu'elle fasse un effort ou me repousse, je n'ai rien à perdre, considérant l'état de notre relation.

J'arrive à sa chambre, gonflée à bloc et prête à vider mon sac. Je frappe et sa domestique de longue date, Joan, répond, ouvrant grand la porte.

— Elle est dans la salle de séjour, Votre Altesse.

— Merci, Joan.

Je suis heureuse que ma mère ne se soit pas encore repliée dans son lit. Elle est peut-être prête à revenir vers nous. Je la trouve assise à la table près de la fenêtre. Elle adore la vue donnant sur la mer. Même s'il fait noir, en ce moment, elle la fixe quand même.

— Bonjour, Mère.

Je me penche et dépose un baiser sur sa joue. Sa peau est terriblement fine et râpeuse, pas douce comme elle l'était avant. Elle a aussi perdu plus de poids pendant que j'étais partie.

Je m'installe sur la chaise face à elle.

— Est-ce que tu manges bien ?

— Bien sûr, dit-elle, avant d'agiter la main. Accorde-nous un peu d'intimité, s'il te plaît.

Joan incline la tête.

— Oui, madame, répond-elle avant de quitter la suite.

Ma mère me dévisage pendant un long moment inconfortable. Ses yeux noisette scrutent les miens, même si les siens semblent plus ternes.

— Tu as l'air en forme, finit-elle par dire. Cette période d'absence t'a fait du bien.

— C'était formidable. J'étais dans la maison de l'ami de Lucas, au lac de Côme.

— Je sais.

J'avale ma salive.

— Mère, je suis enfin heureuse. J'avais besoin de m'éloigner de la vie de palais pour découvrir qui je suis. Je sais chanter. Jackson dit que j'ai un vrai talent. Nous…

— Je n'arrive pas à croire que tu aies amené un invité aussi inapproprié à nos vacances en famille, dit-elle, les yeux lançant des éclairs. Je veux qu'il parte. Il a eu une très mauvaise influence sur toi. Cela en plus de ton comportement passé, qui a embarrassé notre famille, seigneur, j'ai l'impression de ne plus te connaître.

— Je suis toujours moi. Une moi moins rigide et plus *heureuse*.

— Je veux récupérer ma fille, dit-elle d'un air renfrogné.

— Et je veux récupérer ma mère ! m'exclamé-je, perdant patience. Tu ne fais rien d'autre que te cacher dans ta chambre. J'ai l'impression de vous avoir perdu toi et Père, en même temps.

Elle pince les lèvres en une ligne fine.

— Alors voilà la cause de ta rébellion. Moi. Toujours rejeter la faute sur la mère.

Elle se penche en avant et continue :

— J'ai *tout* fait pour toi, je t'ai donné tous les avantages, j'ai dépensé du temps et de l'énergie pour te modeler en la femme que tu avais besoin d'être. Et maintenant, tu te retournes contre moi.

Les mots s'échappent de ma bouche :

— Tu m'as modelée en une copie de toi-même. Mais devine quoi ? Je ne suis pas toi. J'ai découvert qui j'étais. J'aime m'habiller en couleurs vives, maintenant, pas en couleurs pastel. Je ne me cacherai plus derrière mes vêtements, derrière le protocole. J'aime chanter ; *j'adore* chanter.

J'apprends la guitare. J'ai des talents dont je n'avais même pas conscience parce que je me suis ouverte à tout. Toutes les règles rigides et les attentes m'étouffaient. Maintenant, je suis libre, et je suis désolée si tu n'aimes pas cette Emma, mais c'est qui je suis à partir de maintenant.

Elle retrousse les lèvres.

— C'est *son* influence. Cet homme qui ne s'habille pas correctement pour le service, qui ne montre aucun respect envers notre famille.

Je serre les dents, ignorant la pique vers Jackson.

— C'est moi. Personne d'autre.

Elle m'adresse un regard condescendant.

— Je connais ce genre d'hommes. Des hommes de classe inférieure. Les drogues, l'alcool, les femmes. Tu n'es qu'une parmi d'autres sur une longue liste de femmes, et d'autres suivront.

— Ce n'est pas vrai ! Jackson n'est pas comme ça.

Elle me chasse d'un geste de la main.

— Dans ce cas, pars vivre avec lui dans son taudis.

J'essaie à nouveau, m'efforçant de rester patiente :

— Tu ne le connais pas. Il s'est montré gentil avec moi, et je suis sûre qu'il vit dans une maison très convenable.

— Pars. Il t'a transformée en une personne que je ne reconnais plus.

Elle se tourne à nouveau vers la fenêtre, me congédiant.

C'est comme parler à un mur ! Je suis si furieuse que j'en tremble.

— J'ai parlé à Abdul en Italie et lui ai adressé mes plus plates excuses, pour recevoir une gifle en plein visage en retour, ainsi que des insultes. Voilà l'homme que tu voulais que j'épouse.

Elle se tourne vers moi, sa voix devenue plus douce :

— J'ai entendu parler de ça. Emma, il n'y avait rien dans ses antécédents pouvant indiquer…

— Clairement, tu ne sais pas toujours ce qu'il y a de mieux pour moi.

Je repousse ma chaise si vite qu'elle manque de tomber en arrière. Je la redresse et pars.

Je descends le couloir. Pour l'amour du ciel, je suis une adulte, qui sait enfin ce qu'elle veut. Pourquoi ne veut-elle pas croire que je suis capable de changer toute seule ? Je ne suis pas dénuée de volonté au point de me laisser façonner par l'influence d'un autre. Oui, j'ai adopté les leçons de musique de Jackson et ses goûts en matière de lingerie, mais ça ne veut pas dire que je ne fais pas mes propres choix. La musique que nous créons ensemble est le reflet de nous deux. Le reste est encore moi, juste une version plus autonome de moi. C'est bien ça le vrai problème. Mère ne supporte pas l'idée d'une Emma autonome. Eh bien, dommage pour elle. Je ne redeviendrai jamais l'ancienne version convenable de moi-même, qui s'incline devant son devoir et ses obligations.

Je vais dans ma chambre et me débarrasse de ma robe hideuse faisant partie de la garde-robe de l'ancienne Emma, pour enfiler à nouveau ma robe bustier rouge. Je l'adore. Elle me fait me sentir sexy, plus proche d'une femme que d'une jeune fille déguisée pour jouer un rôle. Je défais mon chignon et brosse mes cheveux. Puis je renouvelle mon maquillage, appliquant généreusement mon eye-liner fumé et du rouge à lèvre rouge s'accordant avec ma robe.

Lorsque j'ai terminé, mon humeur est passée de furieuse à triste. Je ne sais pas comment arranger les choses avec Mère, et je m'inquiète sincèrement pour elle. Elle n'est plus la même depuis le décès de mon père. Je repousse la mélancolie qui a envahi ma tête et me dirige vers le salon privé à la recherche de Jackson. J'ai besoin de retrouver ce sentiment que j'éprouvais lorsque j'étais en Italie avec lui. Cette énergie puissante, brillante et merveilleuse qui me faisait me sentir vivante.

Je le trouve assis sur un canapé en cuir, mes frères assemblés autour de lui sur le canapé face à lui. Il est une curiosité pour eux, une rock star. Pour moi, c'est mon amour, mon moyen d'évasion vers la passion, la musique et la vie. Mes yeux se remplissent de larmes de manière inattendue, ma gorge se bloquant presque quand tous les sentiments que j'ai pour lui remontent en moi.

Ses yeux entrent en collision avec les miens et il se lève,

s'avançant vers moi et se tenant près, mais sans me toucher. J'ai besoin qu'il me touche.

Je le serre dans mes bras, passant étroitement les bras autour de sa taille. Il enroule un bras autour de ma taille, son autre main se glissant sous mes cheveux pour prendre ma nuque en coupe.

Sa voix gronde contre mon oreille.

— J'en déduis que ça ne s'est pas très bien passé.

Je lève la tête, parlant à voix basse :

— Elle pense que je suis horrible et que tu as une mauvaise influence sur moi. Elle m'a dit d'aller vivre dans ton taudis avec toi. Elle ne comprend pas.

Il me relâche et m'adresse un regard plein de compassion. Je jette un œil à mes frères. Ils nous ignorent, riant et plaisantant entre eux comme d'habitude.

— Ce n'est rien, lui assuré-je. Je lui ai expliqué ce qu'il m'arrivait et ce qu'il se passait entre nous, aussi. Je ne peux rien faire de plus.

— Emma...

— Quoi ?

Il plonge les mains dans ses poches.

— Je ne veux pas que tu sois en mauvais termes avec ta famille à cause de moi.

— Ce n'est pas à cause de toi. C'est moi. J'ai osé sortir de la boîte où l'on m'avait enfermée. Alors qu'ils aillent tous se faire foutre. D'accord ? La vie continue.

— J'imagine, marmonne-t-il.

— J'aimerais boire un verre, dis-je d'un ton radieux avant de me diriger vers le minibar.

Jackson reste en arrière. Je peux sentir son regard sur moi. Je suis résolue à ne pas laisser ma dispute avec ma mère assombrir la soirée.

Quelque temps plus tard, nous nous dirigeons tous vers la salle à manger pour un dîner de famille du Réveillon. La pièce est remplie de proches de Mère, dont certains que je n'ai pas revus depuis des années. Tout le monde est là sauf elle.

Anna semble accablée par la chaise vide de ma mère, et

après une brève conversation avec Gabriel, elle part. Je regarde Gabriel d'un air interrogateur.

— Elle va chercher Mère, dit-il, parvenant à déchiffrer mon expression.

Je me suis toujours sentie en harmonie avec mon grand frère, grâce à notre sensibilité partagée à l'importance d'accomplir notre devoir envers la couronne. Il s'est pas mal assoupli depuis qu'il a rencontré Anna. C'est peut-être ce que Jackson représente pour moi, la version masculine d'Anna. Je souris en moi-même à cette pensée.

Je jette un œil à Jackson et étreins brièvement sa cuisse sous la table. Il ne réagit pas. Normalement, il aurait dû m'étreindre la main ou poser sa main sur ma cuisse pour glisser ses doigts où il en avait envie de manière indécente. Lucas lui dit quelque chose et il se détourne.

Je prends une longue gorgée de vin, me préparant mentalement à la possibilité que ma mère apparaisse. Sera-t-elle désagréable avec Jackson ? M'ignorera-t-elle comme si je n'étais plus sa fille ? Une sensation acide me brûle l'estomac.

Je prends un morceau de pain, même s'il n'est pas convenable de manger avant que tout le monde soit assis, et enchaîne rapidement avec ce qu'il me reste de vin, vidant mon verre. Un domestique le remplit aussitôt. Pourquoi est-ce que je m'inquiète ? Anna n'arrivera pas à convaincre Mère de faire une apparition. Je me fiche de ce qu'a dit Anna au sujet du fait de considérer ma mère comme la sienne, l'inverse n'est clairement pas vrai. Ma mère a été tolérante envers Anna et ses manières franches et effrontées, mais elle ne traite pas Anna comme une fille. Ils n'ont pas passé plus de temps ensemble que le minimum requis pour le transfert des devoirs de reines de Mère à Anna.

Les salutations explosent dans la pièce quand Anna revient avec ma mère à sa suite. Ma bouche s'ouvre en grand et je la referme vivement. Comment Anna a-t-elle fait pour la persuader de venir ? Surtout après la vilaine dispute que je viens d'avoir avec Mère. Je pensais qu'elle resterait cloîtrée dans sa chambre pendant une année de plus. Peut-être qu'elle ne se souciait pas assez de moi pour être bouleversée. Elle s'est lavé les mains de moi. Une vague de nausée me remonte dans la gorge.

Tout le monde se lève, inclinant la tête devant l'ancienne reine. Elle ne sourit pas, se contentant de lever une main pour saluer tout le monde, et laisse Anna l'escorter à une chaise près du bout de la table où sont assis Anna et Gabriel.

— Maintenant que nous sommes tous ici, j'ai une annonce à faire, dit Anna.

Le silence envahit la pièce.

— Je suis enceinte ! annonce-t-elle d'un air rayonnant.

Tout le monde la félicite en chœur. Lucas se met à siffler et ma mère lui adresse un regard cinglant. Ce n'est pas un comportement convenable.

Une vague d'émotions m'envahit, mes yeux s'emplissant de larmes. Il se passe tant de choses à la fois. Évidemment, je suis heureuse pour eux. Et aussi un peu jalouse. J'adorerais avoir un mari aimant et un enfant à venir. Je risque un regard vers Jackson. Il a l'air gêné, les yeux fixés sur son assiette. Je me dis que c'est parce qu'il n'est pas habitué à ma famille, et pas parce qu'il est anti-famille. Mais ce n'est pas tout à fait vrai. Il l'a dit lui-même – il n'a jamais voulu être père de famille. Je ne devrais pas rêver de ce qui ne sera jamais.

Gabriel sourit d'une oreille à l'autre, il pose un regard de pure adoration sur Anna.

— Elle est enceinte de huit semaines. L'accouchement est prévu pour début août. Nous ne pourrions être plus heureux.

— Ou avoir plus la nausée, ajoute Anna. Cela fait deux semaines que j'ai des nausées matinales, et d'autres sont à venir. Alexandra, il va falloir m'expliquer comment vous avez pu surmonter six grossesses.

Elle s'adresse à ma mère.

Cette dernière sourit.

— J'ai eu de la chance. Je n'ai jamais eu de nausées matinales.

Elles échangent quelques mots à voix basse, ma mère semblant plus animée que je ne l'ai vue depuis des siècles. Je me demande si c'est comme ça qu'Anna a persuadé Mère de descendre pour le dîner, en lui disant qu'elle allait être grand-mère. Ma mère était catégorique sur la nécessité pour Gabriel de donner naissance à un héritier. Il a fait son devoir, mais tout le monde peut voir qu'il est heureux de l'avoir fait.

Gabriel signale le début du repas, et nous nous retrouvons bientôt à profiter de notre premier plat, des coquilles Saint Jacques sautées avec du foie gras et des truffes fraîches. Villroy étant un important fournisseur de fruits de mer, du caviar, du saumon fumé et du homard suivent bientôt, avec des accompagnements variés et des rince-bouche entre les plats. Je regarde Anna s'en tenir aux féculents, mangeant très peu. Ma mère a une conversation soutenue avec Anna. Maintenant, c'est Anna qui est la fille qu'elle voulait. Silvia l'a abandonnée pour commencer une nouvelle vie aux États-Unis avec son mari, et je ne suis qu'une déception.

Je ne peux supporter plus longtemps d'être ignorée, me sentant comme une moins que rien après avoir passé ma vie à suivre les règles et les attentes définies pour moi. Je me lève.

— Excusez-moi, je suis très fatiguée. Je vous dis à demain matin.

— Tu es encore une couche-tôt, plaisante Lucas.

— Elle a toujours aimé ses routines et ses plannings, ajoute affectueusement Gabriel. Évidemment, seule Emma se lève à l'aube tous les matins avec les yeux bien réveillés.

Il m'a pardonné pour avoir violé impétueusement le protocole royal en fuyant mon mariage arrangé. C'est mon grand frère, et il m'aime.

Jackson se lève à son tour. Je colle un sourire sur mon visage.

— Bonne nuit, tout le monde.

Ma mère ne veut même pas me regarder. Cette façon de m'ignorer froidement me rend furieuse.

— Bonne nuit, Mère.

Elle se retourne, se renfrognant alors qu'elle étudie ma robe bustier rouge, et dit :

— Je ne connais même pas la personne qui porte cette robe de prostituée.

J'émets un hoquet de stupeur.

Un silence de mort envahit la pièce.

Je rassemble tout ce que je possède de dignité.

— Et je n'ai pas envie de connaître la personne qui est capable de traiter sa propre fille de prostituée.

Je sors de la pièce d'un pas raide, la tête haute. Jackson m'emboîte le pas.

— Emma, lance Anna, reviens, s'il te plaît. Alexandra, s'il vous plaît. C'est un moment familial.

Sa voix est étranglée. Elle pleure parce qu'elle n'a jamais eu de famille avant la nôtre, étant orpheline. Elle dit toujours à quel point elle est heureuse de nous avoir, mais je suis désolée, je ne peux tout simplement pas rester dans la même pièce que ma mère. C'est terminé.

Jackson est silencieux à mes côtés.

— Je suis désolée de t'avoir embarqué dans ces discordes familiales.

— Je suis désolé qu'il y ait de la discorde dans ta famille, répond-il. J'ai la sensation que c'est nouveau, pour toi.

Je fais un geste vif de la main.

— Tant que tu fais ce qu'on attend de toi, tout le monde t'adore. Fais un pas derrière la ligne rouge, et tu es une pute.

Il grimace.

Dès que j'arrive dans l'intimité de ma suite, je me dirige droit vers la salle de bains, verrouille la porte et fonds en larmes. J'ai fait tant d'efforts pour assumer la fierté que j'éprouve envers la personne que je suis. Je ne veux pas me sentir si impactée par la façon dont ma mère m'a exclue à cause de ça.

La poignée de la porte cliquette.

— Bébé, ne pleure pas. Jouons de la guitare. Déverse tout ça dans la musique.

J'essuie mes larmes, mais elles n'arrêtent pas de couler.

— Je n'arrive pas à m'arrêter de pleurer. Vas-y, joue.

Je me laisse glisser au sol et relève mes genoux contre ma poitrine alors qu'un autre sanglot me secoue le corps, soulevée par une série de sanglots déchirants. Une réaction tardive au deuil, je ne sais pas. Je pleure pour tout ce que j'ai perdu, et il y a tant de choses.

Quelques notes vibrantes atteignent mes oreilles entre mes

sanglots, avant de cesser brusquement. Je renifle, attrape un mouchoir et me mouche le nez. Un seul regard dans le miroir de la salle de bains à mon maquillage fichu ayant bavé sous mes yeux, mon nez rouge et mes joues maculées de larmes, et je me remets aussitôt à sangloter.

La porte s'ouvre un instant plus tard. Il doit avoir crocheté la serrure. Jackson me scrute d'un regard doux.

J'essaie d'arrêter de pleurer, mais je ne peux pas.

Il me prend dans ses bras sans un mot et me porte jusqu'au lit, repoussant les couvertures et me déposant. Je me recroqueville sur moi-même, pleurant dans mon oreiller. La lumière s'éteint et il se retrouve dans mon dos, m'enlaçant par-derrière et caressant mes cheveux.

Finalement, je suis à court de larmes, complètement épuisée. Je dérive vers le sommeil, me disant que tout ira mieux demain. La journée a été riche en émotion.

Sauf que quand je me réveille, Jackson est parti.

Son sac et sa guitare ont disparu.

Il ne reste qu'une note gribouillée, arrachée à son calepin de musique. Je la lis, les mains tremblantes.

Emma,

Je cause plus de problèmes que je n'en vaux la peine. Réconcilie-toi avec ta famille et sois la personne que tu étais destinée à être, une princesse. Merci de m'avoir offert ta musique. Continue de jouer.

Jackson

Tout ça, c'est de *sa* faute. Je ne lui pardonnerai jamais.

18

Jackson

Je pars pour le bien d'Emma. Sa place est ici, à mener une vie royale, et elle ne peut pas le faire avec moi. Je n'ai pas ma place ici, sa mère l'a clairement exprimé, et tout ce que je fais, c'est aggraver le fossé entre elles. Ce n'est pas comme si Emma et moi avions jamais eu un avenir. Je n'étais qu'une diversion temporaire de sa vraie vie.

Je me dirige vers le dock avec mes affaires. Mon trajet du palais au dock s'est déroulé sans incident. Emma a dormi tard, pour une fois, après s'être endormie en pleurant, j'ai donc pu partir discrètement. J'ai croisé sa domestique, Lina, en chemin pour vérifier qu'Emma allait bien, inquiète qu'elle ne se soit pas réveillée, et Lina a trouvé quelqu'un pour me déposer au port.

Je monte dans la péniche et déverrouille la cabine, vérifiant qu'il n'y a eu aucun dégât à l'intérieur en mon absence. Tout semble comme je l'avais laissé, sauf que les saletés ont été débarrassées pour moi. Des images d'Emma me traversent l'esprit – lorsque je l'ai trouvée endormie dans mon lit avec cette perruque hideuse, lorsque j'ai essayé de la convaincre de quitter mon bateau pendant qu'elle me regardait de ses grands yeux innocents. Elle n'est plus si innocente, maintenant, grâce à moi. Je l'ai brisée, et le moins que je puisse faire, c'est rester loin d'elle pour qu'elle puisse en revenir au niveau auquel elle est née.

Je pose mon sac de voyage et mon étui à guitare dans la salle de bains et je jette un œil dans les toilettes. Tout est trempé comme s'il avait plu, là-dedans. Quelqu'un a laissé la fenêtre ouverte. Je parie que c'était Emma, essayant d'aérer après avoir vomi ses tripes, et oubliant de la refermer. D'une certaine manière, je pense que je serai toujours entouré de souvenirs d'elle. Je n'ai jamais vécu avec une femme avant elle, je n'ai jamais passé des vacances avec une femme, et j'ai tout gâché, hein ?

Je me dirige vers les commandes et démarre le moteur. Le niveau d'essence est élevé. C'est le jour de Noël, et je rentre chez moi. Pas parce que je veux voir ma famille ou mes amis. J'ai besoin d'aller au studio et d'enregistrer toute la musique que j'ai faite avec Emma avant de tout perdre. Tout est encore dans ma tête – sa voix douce et angélique, ses mélodies, contre-mélodies et harmonies. Je ne peux pas perdre la musique en plus d'elle. Je ne peux pas. Si cela arrive, je ne retrouverai jamais la musique.

Je dois stopper pour la nuit avant de finir le voyage, ce qui est ennuyeux, mais je ne peux pas voyager facilement de nuit avec les commandes de ce truc. Je m'amarre au nord de la France et regarde si je peux me débrouiller avec ce qu'il me reste de denrées non périssables. J'ai un sachet de chips. Parfait. J'en fourre une poignée dans ma bouche et me serre un verre d'eau. L'eau se tarit rapidement en un écoulement lent, avant de s'arrêter de couler. Je fixe le robinet vide. Qu'est-ce que… Emma. C'est forcément elle. Elle a dû faire couler l'eau pendant un temps incroyablement long, à faire Dieu sait quoi, inconsciente du fait que sur un bateau, l'eau peut arriver à épuisement. Elle ignore tout des choses de la vraie vie, parce que c'est une princesse surprotégée. La seule raison pour laquelle elle est venue trouver quelqu'un comme moi, c'était pour avoir un avant-goût de la façon dont vivait l'autre partie de la population.

Et puis merde. Je boirai de la tequila. Ou ce qu'il en reste, après qu'elle s'est servie.

Je finis les chips et le fond de tequila, puis je reste assis à fixer le vide, hébété, vide, sans une seule note de musique dans la tête. Je suis vidé. Bon sang.

Je m'effondre sur mon lit. Joyeux Noël.

∼

Emma

Je me sens complètement hébétée. Le départ abrupt de Jackson m'a abasourdie, puis je me suis refermée sur moi-même, incapable de supporter un seul autre bouleversement. J'ai traversé le jour de Noël, me montrant aussi plaisante que possible avec ma famille, même si j'étais incapable de former ne serait-ce qu'un sourire poli. Mère et moi nous sommes évitées. Et ce que je veux dire par là, c'est qu'elle a fait comme si je n'existais pas, et que j'ai fait la même chose. Pourquoi se concentrer sur une cause perdue ? J'ai passé la majorité de ma journée de Noël à écouter une tante corpulente jacasser à propos de ses souvenirs de moi quand j'étais une petite fille.

Nous sommes au lendemain de Noël, et je dois partir. Je ne sais pas où. Je sais juste que je ne peux pas rester ici. Je me sens inutile dans ce nouveau fonctionnement de la vie de palais. Je remplis une valise de ma nouvelle garde-robe. Je ne peux pas retourner en Italie, à cause de tous les souvenirs de Jackson qui s'y trouvent. J'irai peut-être aux États-Unis pour rendre visite à Silvia et son mari. Elle m'a demandé de venir la voir, après tout.

J'envisage de prendre ma guitare puis je décide de ne pas le faire. C'est trop tôt. Cela ne fera que me rappeler Jackson. Sa voix rocailleuse, la chaleur dans ses yeux, ses doigts sur les miens, me guidant vers les bonnes notes. Au début, j'ai reporté la faute du départ de Jackson sur ma mère et sa façon désagréable de le repousser, puis j'ai rejeté la faute sur ma dispute avec elle, songeant que cela l'avait fait fuir. C'est à cela que sa note fait référence, mais peut-être, tout simplement et impitoyablement, qu'il ne voulait que mon argent. Il avait la bague en diamant et il ne voulait ou n'avait plus besoin de quoi que ce soit chez moi. Peut-être que c'était tout cela à la fois. Je n'ai aucun moyen de savoir, puisqu'il est parti sans même dire au revoir. Le salopard. Tout ce qu'il me reste, c'est cette stupide note. Je ne sais pas où il vit. Je n'ai pas son numéro. Je pensais qu'on aurait plus de temps pour trouver un moyen de faire fonctionner les choses.

Je regarde par la fenêtre, les yeux fixés sur la mer. Il est probablement sur son bateau, quelque part, ayant repris ses vacances en solo que j'ai interrompues. J'étais un désagrément qu'il ne pouvait plus tolérer. Une sensation de désespoir profond s'infiltre dans chaque fibre de mon corps, me laissant totalement vidée. Une vie entière passée à ne pas laisser transparaître mes émotions m'aide à me forcer à faire face aux faits. Je suis moi, avec ou sans lui. Je découvrirai peut-être encore plus de choses cool à propos de moi-même. Je tenterai de nouvelles expériences toute seule. Je continuerai de chanter. Je prendrai peut-être des leçons de piano pour changer de la guitare.

Un pied devant l'autre.

Toujours aller de l'avant.

Je prends mon téléphone pour envoyer un message à Silvia lui parlant de ma visite, quand quelqu'un frappe à la porte de ma chambre. Mon cœur cogne dans ma poitrine, j'ai les nerfs à fleur de peau et des papillons dans l'estomac. C'est peut-être Jackson. Peut-être qu'il est revenu.

— Entrez !

La porte s'ouvre, laissant apparaître Lina, et mes épaules s'affaissent de déception. Ridicule. *Arrête d'imaginer qu'il ait soudain pu réaliser qu'il a fait une erreur et qu'il soit revenu en courant vers toi.*

Lina incline la tête et fait une rapide révérence.

— Votre Altesse, la reine demande à vous voir immédiatement dans sa salle de séjour.

Je pense aussitôt à Anna et sa grossesse.

— Elle va bien ?

— Je crois, madame.

Je laisse échapper un soupir de soulagement.

— Je la rejoindrai sous peu.

— Elle dit que c'est urgent, madame.

Le cœur dans la gorge, je me dirige vers la porte. Il y a peut-être un problème avec le bébé. Elle n'a peut-être pas voulu le confier aux domestiques. Je me précipite en haut, vers la suite d'Anna et de Gabriel, en priant pour que ce ne soit pas ce que je crains.

On me fait rapidement entrer, et je m'arrête net.

Ma mère et Anna sont assises à une table ronde préparée pour le thé dans la salle de séjour. Je sens immédiatement venir le piège. Pire, je sens qu'elles forment un front uni et que je suis la seule mise à l'écart.

— Qu'est-ce qu'il se passe ? demandé-je.

Anna sourit.

— Assieds-toi.

Je croise les bras, refusant de regarder ma mère.

— Elle ne veut pas de moi ici.

— Moi, je te veux ici, répond Anna d'un ton inhabituellement sévère. Maintenant, assieds-toi, s'il te plaît, avant que je ne te traîne par les cheveux.

Elle m'adresse un sourire plaisant après avoir prononcé ces mots.

Je l'observe. Elle est plus grande que moi et je n'ai pas vraiment envie de prendre la moindre mesure défensive contre ma belle-sœur enceinte. J'obtempère, m'asseyant à côté d'Anna.

— Est-ce que quelqu'un d'autre va se joindre à nous ?

— Il n'y a que nous trois, répond Anna d'un ton joyeux. Maintenant, nous allons boire un peu de thé, puis nous allons arranger tout ça.

Elle fait un signe à sa domestique, qui commence immédiatement à verser du thé à chacune de nous. Anna la remercie et la congédie.

— Vraiment, Anna, tout cela n'est vraiment pas nécessaire, dit ma mère. Il n'y a rien à arranger.

Anna plisse les yeux.

— Ne vous avisez pas de faire comme si tout allait bien entre vous et Emma. Je voulais arranger ça hier, mais j'ai dû attendre, parce qu'Emma devait surmonter un autre coup bas avec le départ de Jackson.

— Je dis bon débarras, dit ma mère en regardant ses ongles.

Mes mains se referment en poings. Elle est si insensible à ma douleur. S'est-elle jamais souciée de mes sentiments ?

— Avec tout votre respect, dit Anna à ma mère, c'est incroyablement méchant. Emma adore cet homme, et vous n'avez aucune raison d'être aussi glaciale à ce sujet.

Merci, Anna ! Je me détends un peu, maintenant que je sais qu'Anna est de mon côté.

— Je devrais peut-être partir, dit Mère en se levant de sa chaise.

Je me lève aussi.

— Il n'y a rien de plus à dire. Je vais rendre visite à Silvia.

— Personne ne va nulle part ! aboie Anna. Maintenant, reposez vos fesses sur ces chaises. C'est un ordre de votre reine !

Je me rassois rapidement, ne désirant pas contrarier une femme enceinte. Mère fait de même, un peu plus lentement. Elle est habituée à donner les ordres, pas à les recevoir. Elle était reine.

Anna me prend la main, puis prend celle de Mère.

— Je suis désolée d'avoir dû abuser de mon autorité, mais vous êtes ma famille, maintenant.

Ses yeux deviennent larmoyants, et cela perce ma posture défensive, me faisant moi aussi monter les larmes aux yeux. Elle serre ma main et m'adresse un regard plein de compassion.

— Écoute, nous, les femmes Rourke, devons nous serrer les coudes, d'accord ?

Je hoche la tête.

Elle se tourne vers Mère, qui esquisse un bref hochement de tête avant de détourner les yeux.

Anna lâche nos mains et se redresse.

— Maintenant, Alexandra, vous devez une excuse à Emma pour avoir rejeté sa nouvelle personnalité plus autonome, entre autres choses. C'est votre fille, elle a fait son devoir toute sa vie, et elle ne mérite pas d'être ignorée.

Ma mère se tourne vers moi et croise mon regard pour la première fois depuis deux jours entiers.

— Je suis désolée de t'avoir ignorée.

Je serre les dents, ravalant mes mots durs. Son excuse est prononcée sans convictions et incomplète.

— Et ? insiste Anna.

Mère se tourne vers elle.

— Elle a changé. Tu ne peux pas me demander de me contenter d'accepter cette – elle agite une main vers moi – phase. Elle s'habille d'une manière complètement inappropriée pour une jeune fille de son rang. C'est à cause de cette rock star dépravée.

Je porte une tenue aux couleurs vives censée me remonter le moral – un chemisier à poids rouge et blanc, un pantalon noir et des bottes noires à hauts talons. Ce n'est ni inapproprié ni dépravé. C'est *normal* et à la mode chez une femme de mon âge. Je me fiche de mon « rang ». Je ne reviendrai jamais à mes robes pastel modestes faites pour une matrone.

Avant que j'aie pu dire quoi que ce soit de tout ça, Anna prend la parole, souriant gentiment à ma mère tout en disant :

— Essayez encore, ma très chère belle-mère. Je sais que vous pouvez faire mieux que ça. Ses vêtements sont parfaitement acceptables. Et Jackson est quelqu'un de bien. Ne le jugez pas parce qu'il a l'air plus rock 'n roll qu'un prince guindé.

Mère émet un reniflement.

— Les gens bien ne partent pas du jour au lendemain sans dire au revoir à leurs hôtes.

Anna adresse un regard cinglant à ma mère. Le genre de regard dont ma mère est experte.

— Nous ne quitterons pas cette pièce tant que les choses ne seront pas arrangées entre vous et Emma. J'ai une annonce importante à faire, une fois que cette histoire aura été réglée.

Nous nous tournons toutes les deux vers elle, dans l'expectative. Est-ce une nouvelle à propos du bébé ? Un garçon ou une fille ? Est-ce qu'elle va avoir des jumeaux ? Ou s'agit-il d'une nouvelle à propos du spa de jour, ou des invités fabuleux pour la suite royale de rêve ? Anna a tant de projets inté-ressants en cours.

— Je vois que j'ai toute votre attention, dit Anna d'un ton suffisant tout en prenant un scone aux myrtilles. Réessayez, maintenant.

Mère pince les lèvres.

— Emma, j'ai peut-être jugé ton ami trop prématurément.

Je ne dis rien. Ce n'était pas une excuse et elle n'a pas mentionné le fait que je ne sois plus l'ancienne Emma guindée et convenable. Que je me sois trouvée et que cette personne soit complètement appropriée. Que je ne sois pas une prostituée.

Anna mâche bruyamment son scone et lape son thé. Mère grimace et tente de le dissimuler en prenant une gorgée de thé.

Plusieurs minutes tendues passent, les seuls sons étant les bruits de mastication et de lapement bruyants d'Anna. Je la suspecte de faire ça pour irriter Mère. Je ne me souviens pas de l'avoir jamais entendue faire tant de bruit à un repas jusqu'ici.

Mère frémit devant les sons constants de mastication et de lapement, et finit par prendre la parole :

— Emma, j'accepte ton excuse pour avoir quitté Abdul. Tu as eu raison de le faire, même si…

Elle hoche la tête et reprend :

— Je suis simplement contente… eh bien, que ce soit terminé. Nous ferons en sorte de restaurer la bonne réputa-tion de notre famille.

Je croise son regard, sentant que c'est un bon début, mais…

Mère retourne à son thé.

Par chance, les bruits de mastication et de lapement d'Anna s'arrêtent et elle prononce le mot « prostituée » dans une quinte de toux, ce qui n'est pas si facile à faire que ça.

Mère ferme les yeux un instant, avant de fixer son thé.

— J'ai eu tort de dire que tu portais une robe de prosti-tuée, et je vais *essayer* d'accepter les changements inattendus que j'ai vus chez toi.

Elle lève finalement les yeux vers moi et ajoute :

— Tu es une adulte, maintenant, célibataire et traçant ton chemin dans le monde toute seule, il fallait donc s'attendre à ce que cela arrive.

C'est une meilleure excuse que je ne m'étais jamais attendue à entendre venant d'elle.

Anna se tourne vers moi avec espoir.

Je m'efforce d'adopter un ton courtois.

— Merci, Mère. J'espère qu'un jour nous pourrons apprendre à nous connaître en tant que femmes adultes traçant notre chemin dans le monde, dis-je, répétant ses mots.

Je n'ai plus envie de m'excuser d'explorer ce que je suis et de changer d'une manière que j'en suis vraiment venue à apprécier. Même s'il me vient soudain à l'esprit que le fait d'avoir perdu le lien que je partageais avec ma mère est ce qui m'a finalement conduite à quitter Abdul pour chercher une nouvelle vie. D'une certaine manière un peu bizarre, la distance qu'elle a créée entre nous m'a aidée à briser les liens avec mon ancienne vie. J'ai presque envie de la remercier pour ça, mais je ne pense pas qu'elle le prendrait bien.

Ma mère m'adresse un signe de tête.

— Formidable ! s'exclame Anna en claquant sa paume sur la table. Je peux déjà sentir le nuage se soulever. Oh, mince. Excusez-moi !

Elle sort précipitamment de la salle de séjour pour se rendre dans sa chambre et, je l'espère, dans la salle de bains, parce que je peux bientôt l'entendre vomir par la porte ouverte.

Mère grimace.

Je fixe la table, me demandant si ce sera pareil pour moi quand je serai enceinte, un jour. Ou je serai peut-être comme ma mère, et n'aurai jamais de nausées matinales. Encore des rêves fantasques. Je suis célibataire et véritablement libre pour la première fois de ma vie. J'ai besoin de me concentrer sur ça, peu importe à quel point j'aimerais que les choses soient différentes. Peu importe à quel point Jackson me manque.

Anna revient quelques minutes plus tard et se rassied.

— Désolée. Cela arrive de manière assez imprévisible, ce qui m'amène à mon annonce. J'aimerais beaucoup que vous vous impliquiez plus dans la ligne de produits de beauté naturels du spa de jour, toutes les deux. Je ne suis pas au mieux de ma forme, si vous voyez ce que je veux dire, et il y a beaucoup de travail à accomplir. Gabriel voudrait m'aider, mais voyons les choses en face, seules les femmes comprennent ce qui est nécessaire dans une ligne de produits de beauté et un spa qui attirera principalement une clientèle féminine. Alors pour commencer, j'ai besoin d'aide avec mes recherches. J'ai besoin que vous trouviez les meilleurs produits naturels sur le marché. Ensuite, j'ai besoin que vous trouviez s'il vaut mieux obtenir la licence de produits existants avec notre marque et des ingrédients locaux, ou partir de zéro et engager quelqu'un pour inventer des formules uniques.

Elle lève un doigt et continue :

— Et voilà la partie que vous apprécierez probablement le plus. J'ai besoin que vous alliez visiter des spas de jour en Europe pour que nous sachions quels genres de services sont attendus localement et que nous puissions proposer un niveau supérieur de services.

Elle colle la main sur sa bouche quelques instants, puis prend une profonde inspiration.

— Fausse alerte, côté vomi. Vous serez mon équipe de confiance en Europe, toutes les deux. Silvia va faire un peu de recherches aux États-Unis. Je ne pourrai pas beaucoup voyager tant que je continuerai de vomir l'héritier.

Elle sourit, se caresse le ventre et lui parle :

— Je plaisante, tu restes ici.

Elle nous regarde tour à tour, moi et Mère.

— Dès que je me sentirai mieux, je reprendrai les commandes.

Elle nous prend la main à moi et ma mère et incline la tête vers moi. Je prends l'autre main de Mère de façon à ce que nous formions un cercle.

Anna se penche en avant.

— Nous sommes plus fortes ensemble, dit-elle d'un ton

farouche. Les femmes Rourke unies pour la bonne cause, pour le futur de Villroy, pour notre héritage.

Mère laisse échapper un soupir tremblant.

— Oui, soufflé-je, le cœur flottant dans ma poitrine.

Soudain, je peux voir où est ma place dans ce nouveau mode de vie au palais. Anna a raison. Nous seules, les femmes Rourke, savons ce qui doit être fait pour un spa de jour, et c'*est* le futur de notre royaume, la clef pour sauver notre économie vacillante.

— Je serai heureuse de faire tout ce dont tu auras besoin. Compte sur moi.

— Super ! s'écrie Anna, lâchant ma main et me prenant dans ses bras.

Puis elle me relâche et se tourne vers ma mère.

— Alexandra ?

— Mon Dieu, dit Mère. Tu es vraiment l'une d'entre nous.

Elle s'essuie les yeux. Elle doit vraiment être émue, parce qu'en général, elle tient fermement la bride de ses émotions.

— Je- je suis bouleversée.

— Oooh, je vous aime, dit Anna en l'étreignant.

Mère fond en larmes, pleurant sur l'épaule d'Anna. Je suis paralysée de stupeur. Même à l'enterrement de mon père, Mère n'a jamais craqué.

Ma mère repousse Anna quelques instants plus tard.

— Ne t'en fais pas pour moi, dit-elle.

Elle prend une inspiration tremblante et redresse les épaules.

— Oui, j'aimerais beaucoup t'assister pour cette noble cause. Et je sais qu'Emma sera d'une grande aide, si cela ne la dérange pas de travailler avec moi.

Elle se tourne vers moi, la lèvre inférieure tremblante et les yeux encore brillants après sa récente crise de larmes.

Maintenant, c'est moi qui pleure.

— Bien sûr que non. Tu m'as tant manquée.

— Eh bien, zut, dit Anna dont les yeux deviennent à leur tour humides. Si j'avais su que tout ce que j'avais à faire afin qu'Alexandra revienne parmi les vivants, c'était de me faire engrosser, j'aurais fait en sorte que Gabriel s'y mette plus tôt.

— Anna, la sermonne gentiment Mère, mais elle sourit.

— Ah ah ! Je plaisante, dit Anna avec un clin d'œil. Il a essayé dès qu'il en avait l'occasion. Cet homme est fou de moi.

Mère presse les lèvres l'une contre l'autre d'un air guindé.

— Pouvons-nous parler de la ligne de produits de beauté, maintenant ?

Anna sort un énorme classeur blanc de sous la table.

— Très bien, les filles, mettons-nous au travail.

J'échange un sourire avec ma mère, un sentiment de paix m'envahissant. Je connais ma place, et je sais que c'est important pour la cause. J'apprendrai à aimer cette nouvelle vie et, au bout d'un moment, j'apprendrai à vivre sans Jackson.

19

Emma

C'est le Réveillon du Nouvel An et je ne peux m'empêcher de me sentir triste. Je sais que j'ai tant de choses à espérer de cette nouvelle année qui m'attend. J'ai un travail important et dois aider Anna avec le spa de jour ; et c'est un job amusant de bien des manières. J'ai la musique et je me suis rapprochée d'Anna et de ma mère. Avec un peu de chance, Silvia se joindra à nous pour certaines de nos visites de spa en Europe, en prenant des jours de vacances.

Tout est calme, ici, dans le salon privé. La télé montre les célébrations du Nouvel An partout dans le monde, le son baissé au minimum. Mes frères sont sortis faire la fête Dieu sait où, il n'y a donc que moi, Gabriel, Anna et Mère. Je suis assise sur un long canapé en cuir bordeaux, à côté d'Anna et Gabriel. Mère est installée sur une chaise à haut dossier face à nous. Par égard à la grossesse d'Anna, nous buvons tous de l'eau pétillante.

— Personne ne joue jamais de piano au conservatoire, dis-je, songeant à ma nouvelle passion pour la musique. Nous devrions peut-être le déplacer ici.

Le conservatoire est une pièce très formelle, distante et en grande partie vide, qui accueillait autrefois les divertissements de soirée, avant que toutes les autres formes de divertissement disponibles aujourd'hui apparaissent.

— Personne n'en joue, dit Gabriel.

— J'en jouais, avant, répond ma mère.

Je ne le savais absolument pas.

— Vraiment ? Pourquoi as-tu arrêté ?

Elle hausse une épaule.

— J'imagine que j'étais trop occupée avec mes devoirs de reines et avec vous tous. Sept enfants courant partout dans le palais, cela a monopolisé énormément mon attention et mon énergie. J'avais l'impression que m'accorder du temps était égoïste, alors que j'étais demandée pour des choses importantes.

Sauf que maintenant elle n'est plus reine et que nous sommes tous adultes.

— Tu devrais recommencer à jouer, dis-je. Tu as pris des leçons ?

— Quand j'étais enfant, répond-elle avec un geste de la main. Je suis tellement rouillée que je suis certaine que ce serait comme recommencer à zéro.

— Nous devrions suivre toutes les deux des cours, dis-je. Nous ferons déplacer le piano dans un coin plus agréable et nous trouverons un professeur.

— Et ensuite, vous pourrez nous jouer un concert ! s'exclame Anna.

— Oh non, dit-on, Mère et moi, en même temps.

Je suppose que nous sommes toutes les deux timides s'agissant de nos talents. Nous échangeons un sourire.

La porte s'ouvre pour laisser entrer notre majordome, Nolan.

— Excusez-moi, Vos Majestés, pour cette interruption. M. Jackson Walker est ici et demande à voir Emma.

Il se tourne vers moi.

— Dois-je le laisser entrer, Votre Altesse ?

Le cœur bloqué dans ma gorge, je suis incapable de parler, je me contente donc de hocher la tête. À la seconde où il sort, je me tourne vers Anna.

— De quoi 'ai-je l'air ?

Elle m'embrasse le bout des doigts.

— Tu es parfaite.

Je coince mes cheveux derrière mes oreilles.

— Vraiment ?

Je n'ai pas de maquillage, je suis habillée de manière décontractée avec un sweater épais couleur crème et un legging noir. La tenue était un cadeau de Noël d'Anna, qui m'encourage à m'habiller de manière décontractée à la maison pour plus de confort. C'est une expérience assez décadente.

— Je pourrais te sauter sans problème, sourit Anna.

Gabriel lâche un rire. Ma mère fronce les sourcils. Le côté outrancier d'Anna ne sera jamais dompté. Je pense que c'est ce que mon frère aime tant chez elle. Je ne m'y suis pas encore tout à fait habituée.

Je me lève et lisse mon sweater, avant de me rasseoir. Je pose les mains sur mes genoux et les croise, mais cela me semble trop posé et convenable. Je lève les mains.

— Je ne sais pas quoi faire de mes mains.

— Oooh, dit Anna, passant un bras autour de mes épaules et m'étreignant brièvement. Tu es si mignonne.

Elle me lâche et me regarde droit dans les yeux.

— Détends-toi. Reste cool. Écoute ce qu'il a à te dire et improvise à partir de là.

— Est-ce qu'on devrait sortir ? demande Gabriel.

Ma mère émet un reniflement.

— Pourquoi devrions-nous interrompre notre soirée pour un visiteur non invité ?

Oh, Seigneur. J'imagine ça très bien. Ma mère, témoin d'une conversation douloureuse et pleine d'émotions avec Jackson. Ce salopard est parti sans même dire au revoir. Ne laissant que cette note stupide. Je devrais brûler cette note. Je devrais peut-être me rendre dans le hall principal. Cela risque d'être extrêmement embarrassant, devant ma famille. Et puis, pourquoi est-il ici ? Que me veut-il ?

Je me lève et me dirige vers la porte du salon au moment même où elle s'ouvre, laissant entrer l'homme qui m'a volé mon cœur. Ses traits familiers hantent mes rêves, et maintenant il est là, d'une réalité saisissante. Je regarde ses cheveux blond sale raccourcis sur les côtés, ses yeux bleus à l'air fatigué, son expression tendue, sa barbe négligée, sa veste en cuir. Il tient son étui à guitare à la main.

— Emma.

Sa voix rocailleuse frotte contre mes nerfs à vif.

Je hausse le menton.

— Qu'est-ce que tu fais ici ?

— Je t'ai écrit une chanson.

— Tu m'as *quittée*.

Je déteste entendre le tremblement de ma voix.

Il fronce les sourcils.

— C'était une erreur. Je regrette… est-ce que je peux juste jouer pour toi ? Tout est dans la chanson, tout ce que j'ai envie de te dire.

— Écoutons-la ! s'écrie Anna depuis l'autre bout de la pièce.

Le son de la télé a été coupé.

Jackson croise mon regard, l'air interrogateur.

Je m'oblige à rester forte.

— Si tu insistes.

Il sort sa guitare, attache la lanière et la passe par-dessus son épaule, jouant quelques notes. Il est debout devant moi, des émotions remplissent son regard, et je me sens déjà fondre. C'est trop facile. Il m'a profondément blessée.

Puis il commence à chanter de sa voix profonde et rocailleuse, une ballade qu'il a écrite rien que pour moi.

« Je me suis enfui et j'ai été stupide
    Comment ai-je pu fuir mon âme ?
    Mon cœur reste avec toi
    J'ai besoin d'être à nouveau entier
    J'ai besoin de mon Emma
    Ma déesse de la musique
    Mon Emma
    Ma muse, ma vie
    Je serai un père de famille pour toi

Mon Emma

Veux-tu bien être ma femme ? »

La dernière note résonne, pure et sincère, et je me retrouve paralysée de stupeur.

Son regard cherche le mien.

Je n'arrive pas à en croire mes oreilles. Mon cœur cogne contre ma cage thoracique, mon pouls palpite dans mes veines.

— Quoi ? demandé-je bêtement, comme si l'entendre me demander une deuxième fois en mariage donnerait soudain plus de sens à tout ça.

Il se débarrasse de sa guitare, la posant dans son étui, puis tombe à genoux devant moi.

— Emma, veux-tu bien m'épouser ?

Ma bouche s'assèche. Il m'a à nouveau demandée en mariage. J'ai du mal à me faire à cette idée.

— Tu m'as quittée et maintenant tu veux m'épouser ?

Il me prend la main.

— Je croyais que tu serais mieux sans moi. Mais, Emma, je t'aime, et je ne peux nous tourner le dos. Cette dernière semaine a été insoutenable. Vraiment horrible. Je ne pensais pas pouvoir un jour unir ma vie à quelqu'un, mais tu es différente, si spéciale. Je sais que je ne trouverai jamais une autre femme comme toi. Je veux tout avoir avec toi, un mariage, des enfants, la musique que nous écrivons, jouons et chantons ensemble, pour le restant de nos jours.

Je le dévisage, sans voix.

Il se lève prestement et plonge son regard dans le mien.

— Je t'aime, répète-t-il, sa voix se brisant. J'ai vécu un enfer. Tout me rappelle toi, ma guitare, mon bateau, même ma stupide veste en cuir, parce que tu l'as portée une fois. Je n'arrive pas à dormir la nuit. Je suis si malheureux sans toi.

Une part de moi est heureuse de savoir qu'il souffre, même si c'est entièrement sa faute. L'autre partie de moi est pleine d'espoir.

— Tu n'aurais pas dû partir, surtout pas sans même dire

au revoir.

— Je croyais que j'empirais les choses entre toi et ta mère. Je pensais que ta place était ici, et pas la mienne, mais notre place est ensemble, peu importe où ce sera. Je jure sur ma vie que je ne te quitterai plus jamais. Je t'aime plus que j'aime la musique, plus que je ne m'aime moi-même. Je n'aurais jamais pensé ressentir ce genre de choses pour qui que ce soit.

Une sensation de légèreté se répand dans mon corps, un sentiment de flottement que je n'ai éprouvé qu'avec la musique et Jackson. Les deux sont entremêlés à jamais pour moi, maintenant.

— Jure-moi sur ta guitare que tu ne me laisseras plus tomber.

Il prend la guitare dans son étui et me la tend.

— Elle est à toi. Tout ce que j'ai est à toi.

Je repose doucement la guitare dans son étui, évitant son regard tandis que je pose la question qui me rongeait :

— Et pour la bague en diamant ? Serais-tu prêt à me la rendre ?

— Euh…

Je me redresse et me force à exprimer ma crainte :

— Si je n'étais pas un membre de la famille royale qui a de l'argent, est-ce que tu voudrais quand même de moi ?

Il se rapproche d'un pas.

— Oui. Mais je ne peux pas te rendre cette bague. J'en ai besoin pour mettre de l'argent de côté pour le fils de Charlie. Il n'a que quatre ans. Emma, il l'a nommé après moi. Jack.

Sa voix s'étrangle, ses yeux s'emplissant de larmes.

— Je veux m'assurer qu'il aura la possibilité de vivre une belle vie, de suivre des cours de musique, d'avoir des professeurs, tout ce dont il aura besoin.

Mes genoux vacillent. Il ne se servait pas du tout de moi. Il prenait soin d'un enfant qui a perdu son père beaucoup trop jeune. Comment pourrais-je ne pas aimer cet homme ?

Il prend mes deux mains dans les siennes.

— Est-ce que tu as apprécié un tant soit peu ma chanson, au moins en partie ?

— Oui.

Un coin de sa bouche se soulève en un sourire de travers attendrissant.

— Quelle partie ?

Je l'attrape et le serre contre moi, tout mon corps se détendant une fois de retour dans les bras de Jackson, enveloppée dans sa chaleur, son odeur, son amour.

— Tout. Oui, tout.

Il prend ma mâchoire en coupe et m'embrasse délicatement, avant de me serrer à nouveau très fort.

— Je t'aime, Emma.

— Je t'aime aussi.

— Je veux que tu choisisses notre bague de fiançailles, cette fois, me murmure-t-il à l'oreille. Quelque chose qui est exactement *ton* style.

Je ne peux m'empêcher de lui adresser un sourire rayonnant. Jackson m'a toujours apporté son soutien dans mes efforts pour explorer de nouveaux intérêts et découvrir mon propre style.

— Félicitations ! lance Anna tout en se précipitant vers nous.

Elle me serre dans ses bras, puis étreint Jackson, une expression rayonnante sur le visage.

— Je suis si heureuse pour vous deux !

— Merci ! je réponds, heureuse qu'elle, au moins, le soit.

Je jette un œil vers ma mère et Gabriel. Mon frère sourit.

— Félicitations, Emma.

Il adresse un bref hochement de tête à Jackson.

— Jackson.

C'est du Gabriel tout craché. Il n'est pas du genre à déborder d'enthousiasme, comme Anna.

Anna retourne à sa place à côté de Gabriel. Mère reste silencieuse.

Je prends la main de Jackson, lui confiant à voix basse :

— Je me suis réconciliée avec ma mère. Tu n'étais pas la cause de notre désaccord. C'était bien plus profond que ça. La prochaine fois, tu ferais mieux de partager avec moi tes inquiétudes.

Il lève ma main, effleurant les jointures de mes doigts d'un baiser, ses yeux bleus rivés sur moi.

— Je suis vierge de toutes relations. Sois gentil avec moi, mon amour. Je vais faire de mon mieux pour rattraper mes lacunes.

Mes joues rougissent alors que je songe à la façon très sexy dont il m'a aidée à rattraper mes lacunes.

— C'est assez nouveau pour moi aussi. Nous nous débrouillerons, tant que nous sommes ensemble. Viens, je veux que tu dises bonjour à Mère. Elle doit s'habituer à toi. Assure-toi d'incliner la tête et de t'adresser à elle de la manière qui convient.

Il entrelace ses doigts avec les miens et murmure :

— Compris.

Je le guide à travers la pièce pour qu'il puisse saluer ma mère.

— Bonjour, Votre Majesté, dit Jackson en penchant la tête. J'espère que nous aurons l'occasion d'apprendre à nous connaître un peu mieux. Je prendrai soin d'Emma.

Je ne peux m'empêcher de sourire.

Mère ne sourit pas.

— Où vivrez-vous ?

— J'ai une maison à Londres, répond Jackson.

Je me tourne vers lui.

— En fait, j'ai beaucoup de travail, ici. J'aide Anna avec le nouveau spa de jour et la ligne de produits de beauté.

— C'est un travail important, ajoute ma mère, scrutant Jackson et attendant sa réponse.

— Dans ce cas, je louerai un cottage près d'ici, dit Jackson. Tout ce que veut Emma.

— Je ne me mettrai pas en travers de votre chemin, dans ce cas, dit Mère. Félicitations à vous deux.

Elle se lève.

— Bonne nuit, tout le monde.

Anna prend la main de Gabriel.

— Nous allons vous donner un peu d'intimité.

Ils sortent tous les trois en file indienne, discutant à voix basse. Ils sont probablement tout aussi stupéfaits que moi par la tournure des événements.

Jackson me tire par la main pour me guider vers le canapé. Il m'adresse un petit sourire.

— Je n'arrive pas à croire que tu m'aies pardonné si rapidement. J'étais prêt à mener une campagne longue et difficile pour te récupérer.

— Je suis surprise d'avoir tenu aussi longtemps. J'ai eu envie de te reprendre dès l'instant où j'ai posé les yeux sur toi. Tu m'as terriblement manqué.

Il glisse un bras autour de mes épaules et m'attire plus près.

— Mes émotions étaient si à vif que je n'arrivais pas à les rediriger vers la musique, jusqu'à ce que je te prenne pour sujet. Tu étais la pièce manquante qui m'a aidé à redevenir entièrement moi-même.

— Oh, Jackson.

Des larmes me piquent les yeux. Sous cet aspect ombrageux et brut, c'est un poète.

— Tu es en train de me tuer avec tous ces trucs profonds et pleins d'émotions. Je n'y suis pas habituée, et je ne suis clairement pas douée pour te rendre la pareille.

Il me soulève le menton et m'embrasse.

— Tu n'es pas obligée d'être comme moi. Sois juste avec moi. C'est tout ce dont j'ai besoin.

— OK, murmuré-je.

Puis il m'embrasse et il n'y a plus de mots, uniquement de l'amour, du désir et un sentiment profond de justesse. Sa main glisse le long de ma gorge, de mes côtes, puis il me soulève et me pose sur ses genoux, me faisant le chevaucher. Le baiser devient plus charnel, ses mains remontant sous mon sweater, prenant mes seins en coupe et me pinçant les tétons. Un gémissement m'échappe.

Il rompt le baiser, la respiration forte.

— Allons dans un endroit plus privé, d'accord ?

Je me lève de ses genoux et lui prends la main, le menant vers le couloir.

— J'aimerais que tu vives au palais avec moi. C'est le meilleur endroit pour que j'accomplisse mon travail, et nous pouvons installer un studio de musique pour toi dans le conservatoire.

Il s'arrête.

— Je me sens bizarre, ici, comme si j'étais un intrus. Ma famille aurait été des domestiques, ici.

Je croise son regard et réponds d'un ton posé :

— Et je suis sûre que je me sentirais bizarre au premier rang de tes concerts, pendant que des femmes hurlent ton nom, mais c'est comme ça que les choses fonctionnent, dans une relation sérieuse. Tu supportes mes bizarreries, et je supporte les tiennes.

Il pince les lèvres, une lueur d'amusement dansant dans les yeux.

— Les tiennes sont plus bizarres.

Je hausse le menton.

— Ça reste à voir.

Il encadre mon visage de ses mains.

— Tu te souviens de ce que tu as dit, à propos d'avoir été prête à me reprendre dès l'instant où tu m'as vu ?

— Oui.

— J'aurais été prêt à tout pour te garder dans ma vie. Alors il s'avère que je suis aussi facile à convaincre que toi.

Je ne peux m'empêcher de sourire.

— Attends. Tu veux dire que je suis facile dans le sens dévergondée ?

J'insuffle une note d'indignation dans ma voix, parce que *j'adore* cette idée.

Ses mots me brûlent les lèvres.

— C'est exactement ce que je veux dire, mon amour. Je suis un homme chanceux.

— Souviens-toi bien de ça.

Il m'embrasse tendrement.

— Comment pourrais-je l'oublier, alors que tes yeux se voilent de désir chaque fois que tu croises mon regard ?

Je passe les bras autour de son cou et l'embrasse passionnément. Puis je lui prends la main et le guide loin dans le palais, jusque dans l'intimité de ma chambre, où je compte bien le garder un certain temps.

ÉPILOGUE

Trois mois plus tard...

Emma

Je suis surexcitée, en ce merveilleux jour de printemps plein de promesses et de potentiel. C'est le premier lundi d'avril et nous sommes sur le point d'inaugurer le spa de jour. Le groupe de Jackson, Ignite, est là pour jouer une fois que nous aurons coupé le ruban. Et une tonne de gens sont venus les voir jouer ; un certain nombre d'entre eux pourraient devenir de futurs clients pour le spa. Je ne m'inquiète pas de ses nombreuses fans féminines, parce que ma confiance dans Jackson est absolue. Ce n'est vraiment pas difficile. Il me montre son amour chaque fois qu'il me regarde, chaque fois que sa voix rocailleuse chante pour moi, chaque fois qu'il me touche. Comme Anna aime à le dire, cet homme est fou de moi.

Nous vivons au palais, dans ma suite, et Jackson est petit à petit devenu plus à l'aise. Mes frères vont et viennent, mais quand ils sont là, ils adorent passer du temps avec Jackson. Gabriel et Anna l'ont accepté comme membre de la famille, même si notre mariage n'est que dans deux mois, et ma mère s'entend mieux avec lui, voyant qu'il m'a prouvé son engagement envers moi en vivant où je lui ai demandé de vivre, en composant une chanson après l'autre à propos de moi et de notre amour et en me traitant avec respect. Et puis, il est clair qu'il me rend heureuse. J'ai une chanson dans le cœur et la démarche dansante. Jackson nous fait construire une maison aux alentours de la France. Elle est intime et isolée, comme la villa italienne où nous sommes tombés amoureux, et elle est équipée d'un studio de musique.

Maintenant que l'étape des recherches est terminée et que les nausées matinales d'Anna sont passées, l'équipe Rourke va accélérer la manufacture locale de la nouvelle ligne de produits de beauté et impliquer notre industrie de pêche. Un certain nombre des cosmétiques contiendront des ingrédients locaux, comme de l'huile de poisson, des algues, de la mousse et de l'eau de mer. Parallèlement, Anna prend encore des réservations pour des semaines entre filles et des invités en lune de miel pour la suite royale de rêve. Elle demande une somme exorbitante pour ce privilège.

— Emma ! Allez, c'est l'heure ! s'écrie joyeusement Anna tout en me faisant signe de la rejoindre près du gros ruban rouge devant l'emplacement du futur spa de jour. Il se trouve du côté est de l'île, le plus près de la France. Anna projette de construire un dock à cet endroit, pour y rediriger le ferry des visiteurs. Le port de l'extrémité sud de l'île ne sera utilisé que pour la pêche et l'industrie cosmétique.

Je réprime une grimace devant l'exclamation d'Anna. Mère grimace pour moi. C'est simplement qu'Anna est reine, maintenant, et devrait maîtriser le volume de sa voix. La presse est ici, ainsi que le public. Gabriel se contente de sourire, appréciant son enthousiasme naturel. Il est si fou amoureux que c'en est ridicule. Je connais très bien ce sentiment d'être si amoureux qu'on en a l'air idiot.

Je rejoins Anna devant le ruban, ma mère à mes côtés. Mère est vêtue d'une robe légère en soie bleue qui la rajeunit, avec un motif floral rouge et bleu. Après toutes les visites de spa de jour que Mère et moi avons faites ensemble, en plus de nous plonger dans les traitements de beauté, Mère a l'air plus jeune et plus dynamique que je ne l'ai jamais vue. Elle a aussi reçu sa part de compliments dans les spas, un grand nombre d'esthéticiens remarquant son teint parfait et son apparence juvénile, certains affirmant même que nous pourrions être sœurs. Je n'irais pas aussi loin. Elle n'a pas cru une seconde à ces flatteries, mais je pense que ça a stimulé sa confiance en elle, cela et le fait d'avoir trouvé un but grâce à notre travail. À cinquante-quatre ans, elle ressent un nouvel élan de vitalité et d'énergie. Peut-être qu'elle aussi avait besoin de trouver sa place dans la nouvelle organisation du palais. Évidemment, mon père lui manque encore, et elle parle souvent de lui, mais elle le fait plus avec affection qu'avec la vive douleur d'un deuil récent.

Le visage rayonnant, Anna nous étreint toutes les deux en même temps.

— Ah ! C'est si excitant !

À cinq mois de grossesse, elle resplendit de bonne santé.

— Nous allons toutes les trois mettre une main sur le manche des ciseaux pour la photo. Je veux que tout le monde sache que les femmes Rourke sont celles qui ont fait émerger ce projet.

— Gabriel devrait être sur la photo, remarque ma mère avec pertinence. Il est le roi, et c'est un événement destiné au royaume.

— Évidemment ! lance Anna en lui faisant signe d'approcher. Derrière chaque femme à succès, il y a un homme bon.

J'étouffe un rire. Je suis certaine que Gabriel dirait l'inverse.

Un domestique nous apporte une paire de ciseaux géante avec des poignées noires. Ils sont ridiculement grands, mais j'imagine que cela fera bon effet sur la photo. Nous nous alignons, Gabriel derrière Anna puis Mère devant moi, et moi tout devant. Nous sommes en ordre de taille.

Les journalistes se bousculent pour avoir une place, tous les objectifs tournés vers nous.

Quelqu'un tend un microphone à Anna.

— Puis-je avoir votre attention, s'il vous plaît ? lance-t-elle, avant d'attendre que le silence se fasse. En ce jour de printemps mémorable, une saison pour les nouveaux commencements, je suis fière d'innover le tant attendu spa de jour de Villroy.

Un concert d'applaudissement envahit la foule.

— Rien de tout cela n'aurait été possible sans le travail dur et dévoué de la Princesse Alexandra, la Princesse Emma et la Princesse Silvia, continue Anna. Applaudissons-les toutes.

Silvia n'est pas là, mais c'est gentil de la part d'Anna de mentionner sa contribution.

D'autres applaudissements retentissent, Jackson sifflant par-dessus le reste. Je lui adresse un regard rayonnant, là où il se tient, sur scène avec son groupe. Il pointe du doigt vers moi en articulant :

— Tu déchires !

Je souris. Il assure que je déchire avec mes ballades, mais je pense que c'est lui qui les amène à ce niveau. C'est un musicien extraordinaire. Depuis que je le connais, je l'ai vu atteindre de nouveaux sommets de musicalité. La flamme est de retour dans son ventre, cette passion profonde pour la musique.

Anna tend le microphone à Gabriel. Sa voix grave emplie d'autorité rugueuse résonne autour de nous.

— J'inaugure le Spa Island Bliss au nom du royaume de Villroy. Et nous voulons tous vous revoir ici pour l'ouverture officielle en juin !

— Maintenant ! s'écrie Anna.

Nous baissons la poignée des ciseaux, coupant le ruban en deux. Les flashs d'appareils photo crépitent devant mes yeux alors que tout le monde applaudit. Ignite commence à jouer son meilleur hit tapageur, *Inferno*, faisant accroître l'énergie de la foule.

Anna et Gabriel s'enlacent, puis elle se précipite vers moi et Mère.

— On a réussi, les filles ! s'exclame-t-elle. Et j'ai une autre nouvelle fabuleuse, le docteur dit que l'héritier est une héritière. Nous allons avoir une petite fille !

— Félicitations ! m'exclamé-je. Une femme de plus dans l'équipe Rourke !

Anna rit.

— Exactement. Je vois que je t'ai bien endoctrinée.

Elle se tourne vers Mère, qui est restée silencieuse.

— Alexandra ?

— Je suis si heureuse pour toi, dit Mère, sa voix se brisant.

Sa lèvre inférieure se met à trembler et Anna l'attire dans ses bras, lui offrant un peu d'intimité pour laisser couler ses larmes. Elle est plus grande que ma mère, le visage de Mère est donc un peu dissimulé. Mère a accueilli toutes les nouvelles à propos de la grossesse assez personnellement. Elle est très enthousiaste à l'idée d'être grand-mère.

Je me balance sur les talons, me sentant surexcitée après toutes ces nouvelles merveilleuses et ce que je suis sur le point de faire.

— Je dois aller voir mon chéri. Encore félicitations !

Mère s'écarte d'Anna et s'essuie les yeux.

— Tu ne peux pas écouter d'ici ? C'est déjà bien assez fort.

— J'ai besoin de me rapprocher un peu.

— Elle est amoureuse, dit Anna. Elle a toujours besoin de se rapprocher un peu. Vas-y ma grande.

Je ris et pars en courant, me dirigeant derrière la scène surélevée installée pour la performance d'Ignite. Ma guitare m'attend sur un support. Je glisse la lanière par-dessus mon épaule et admire le doux bois de rose de ma guitare tout en fredonnant à voix basse.

Leur chanson se termine et Jackson dit dans le microphone :

— Maintenant, j'aimerais vous présenter l'amour de ma vie, mon inspiration, mon cœur et mon âme, Emma Rourke !

Je monte sur scène, les jambes tremblantes et me sentant nerveuse un peu tardivement. Je m'entraîne avec un professeur de chant pour élargir mon éventail de notes et ma qualité sonore, mais ceci est ma première performance en public. C'est aussi la première fois que ma famille m'entendra chanter depuis que j'étais petite. Toutes mes leçons ont eu lieu au conservatoire, loin de l'agitation de la vie de palais.

Jackson me sourit, l'amour brillant dans ses yeux bleus, et je me concentre uniquement sur lui, les battements de mon cœur passant des battements d'ailes d'un colibri à un rythme régulier. Il se tourne vers la foule.

— C'est une chanson originale d'Emma. Je vais la laisser vous en parler.

Je me rapproche du micro devant moi sur son socle.

— Bonjour tout le monde.

Je suis trop près, et du larsen résonne.

— Désolée. Cette chanson s'appelle *Le Voile* et elle parle de ce qui arrive quand le voile tombe de vos yeux et vous révèle quelque chose de nouveau.

— Jackson ! s'exclame une femme, si fort qu'elle en ferait se dresser les cheveux sur la nuque.

Jackson ne réagit pas, se contentant de se tourner vers moi.

— Écoutons ça, mon amour.

Il commence à jouer. C'est un duo et je sais qu'il se joindra à moi pendant le refrain.

Je commence à jouer, chantant juste pour lui, mon seul public. Ses yeux se ferment, une expression de pure joie sur le visage alors qu'il écoute la musique que nous jouons ensemble. Cela me comble entièrement, cet amour que nous partageons. Bientôt, la musique me soulève et, soudain, je m'envole. Je me tourne vers l'audience et je chante haut et fort, me déversant dans cette chanson qui signifie tant de choses pour moi. Je suis la femme qui a arraché tous les voiles – son voile de mariage, le voile du palais, mon voile de princesse convenable – et qui me suis retrouvée d'une manière complètement nouvelle et renforcée en tant que future mariée, membre contributeur du palais, princesse et musicienne.

Je suis la musique. Je suis l'amour. Je suis Emma.

Je RUGIS !

La chanson se termine et je reviens à la réalité avec un sursaut quand des applaudissements résonnent dans mes oreilles. La voix de Jackson gronde dans mon oreille.

— Ma belle. Incline-toi.

J'incline la tête et fais une petite révérence, mon éducation prenant le dessus alors que le bruit considérable des applaudissements ne semble que grandir. Quelqu'un émet un siffle-ment et je me retourne pour voir Gabriel, Anna et ma mère sur le côté de la scène, dans une zone encerclée d'une corde en velours rouge, qui applaudissent, tout sourire. Des gardes se tiennent à côté d'eux.

Je lève une main vers eux en remerciement et sors de la scène, laissant Ignite reprendre leur concert.

— N'est-elle pas incroyable ? demande Jackson à la foule. C'est mon ange. Je suis tombé amoureux de sa voix, et de tout le reste, tout ce qui la rend si incroyable ; elle est un vrai cadeau dans ma vie. Emme Rourke, mesdames et messieurs.

Les applaudissements continuent de retentir. L'énergie de la foule me traverse en une vague d'adrénaline jubilatoire. Mes joues sont écarlates et mon pouls palpite dans mes veines. C'est ce que Jackson doit ressentir lorsqu'il joue devant une foule enthousiaste.

Je remets ma guitare dans son étui et rejoins ma famille sur le côté de la scène.

— Tu étais incroyable ! s'exclame Anna.

— Formidable, ajoute Gabriel.

— Je n'aurais jamais cru que tu pouvais chanter de cette façon, Emma, dit Mère. Si j'avais su, je t'aurais encouragée à apprendre la musique plutôt que de te faire apprendre les langues.

Je souris.

— J'aime les deux, la musique et les langues. Et tu m'as donné tout ce dont j'avais besoin. C'était à moi de trouver ce qui me rendait heureuse.

Mère penche la tête sur le côté.

— Je comprends mieux ce que Jackson et toi avez en commun.

Le volume de la musique monte sur scène avec le riff de guitare électrique de Jackson, une vraie tuerie. Mère grimace.

— Même si sa musique habituelle est assez déroutante.

— Elle me plaît de plus en plus, dis-je avec un sourire.

Puis je me tourne vers Gabriel.

— Tu peux tenir ça ? lui demandé-je en lui tendant mon étui à guitare.

Dès qu'il la prend, je rejoins l'audience, me frayant un passage au premier rang à coups de coude et hurlant comme la pire des fangirls. Je lève les bras vers le ciel et me mets à danser.

~

Jackson

Je suis en smoking, pieds nus sur la plage de l'île de Villroy, un jour parfait de juin, sur le point d'épouser mon ange. Si vous m'aviez demandé il y a un an si je pensais que ma vie allait ressembler à ça, je vous aurais répondu un grand non. Je pleurais Charlie, pleurais la perte de la musique, perdu dans un sombre désespoir. Mais maintenant, mon avenir est radieux. Je suis sur le point d'épouser mon âme sœur, de devenir un père de famille et tout le reste, de m'engager corps et âme. Ce que je ressens pour Emma vaut plus que l'argent, la célébrité, les applaudissements. C'est réel et brut, une vie remplie de musique et d'amour. Créer de la musique n'a jamais été aussi facile. J'ai rendu mon nouvel album au label à temps. Il n'a pas été bien reçu, au début. Ils pensaient que c'était trop différent des premiers albums d'Ignite. La voix d'Emma y figurait en effet en bonne place et il comprenait plus de blues et de ballades que d'habitude. Tout va bien. Mon manager a renégocié le contrat et ils l'ont sorti en tant qu'album solo, sous mon nom et avec les autres membres crédités en tant que musiciens invités. Notre contrat est maintenant terminé. Ils laissent partir Ignite, et cela nous convient à tous. Je ne peux plus être celui que j'étais avec Ignite, aucun de nous ne le peut sans Charlie. Nous ne sommes plus un groupe, plus des amis qui jouent ensemble dès qu'ils le peuvent. Peut-être que le jeune Jack, le fils de Charlie, se joindra à nous un jour. Il a commencé à prendre des leçons de piano, maintenant que des fonds ont été placés pour lui.

Je prends une profonde inspiration d'air marin salé. La fascination de la presse pour moi et Emma s'est calmée, vu que nous faisons généralement profil bas et nous occupons de nos affaires. Il n'y a eu aucune annonce royale officielle pour notre mariage, de manière à assurer notre intimité. Apparemment, le fait qu'Emma se marie sur la plage au lieu de la chapelle du palais est une grosse rupture avec la tradition. Elle est la première princesse à choisir de se marier à l'extérieur de la chapelle de toute l'Histoire de la famille Rourke.

C'est bien mon Emma, qui trace sa propre voie. Nous avons un service de sécurité, bien sûr, étant ainsi à découvert, et une petite liste d'invités. Ma mère et mon frère sont là, ainsi que la femme et les enfants de mon frère. Ma famille est bien plus impressionnée par le fait qu'Emma soit un membre de la royauté qu'ils ne l'ont jamais été par moi en tant que rock star. Maman a même admis avoir été éblouie rien que de la rencontrer. Emma avait immédiatement fait remarquer mes meilleures qualités.

— Jackson est un musicien exceptionnel et une personne formidable. C'est lui, la star, pas moi.

Que voulez-vous que je vous dise, cette femme m'adore.

Les anciens membres de mon groupe, John et Max, jouent en arrière-plan pendant la procession tandis que la sœur d'Emma, Silvia, descend l'allée en tant que demoiselle d'honneur. J'ai choisi Lucas pour être mon témoin. Nous sommes devenus proches alors qu'il passe plus de temps au palais, s'impliquant avec le côté professionnel des choses pour la nouvelle industrie de Villroy. Je ne pouvais choisir l'un des membres de mon groupe plutôt que l'autre pour être mon témoin, et mon frère et moi n'avons jamais été proches.

La chanson *Emma* commence, la première que j'aie écrite pour elle. Elle l'a choisie pour être sa chanson pendant qu'elle descend l'allée. Elle apparaît au bras de son frère Gabriel. Pas de voile pour mon Emma. Comme le dit sa chanson, elle en a fini avec les voiles, de quelque sorte que ce soit, réels ou métaphoriques. Elle porte une tiare en diamant qui lui donne l'air très royal et une robe rose foncé sans manche avec un décolleté. Elle est sexy et surprenante, exactement comme elle. Elle croise mon regard, un sourire jouant au coin de ses lèvres. Une vague d'émotions brutes obstrue ma gorge et mes yeux deviennent embués. *Bon sang. Ne pleure pas. Ne joue pas les mariés en larmes.* Je frotte mes yeux larmoyants et les ouvre juste au moment où Emma commence à avancer vers moi, me souriant d'un air entendu.

Elle me comprend. Elle sait que j'essaie de garder le contrôle de mes émotions et elle sait pourquoi – je l'aime comme un fou.

Son sourire s'élargit à mesure qu'elle s'approche, illuminant son visage. Elle est heureuse de m'épouser, et j'ai tellement de chance.

Dès que Gabriel s'écarte, me laissant Emma pour moi tout seul, je prends sa joue en coupe et l'embrasse. Je me fiche d'être censé attendre que nous soyons déclarés mari et femme.

— Tu es belle, murmuré-je.

Elle sourit.

— Merci. Tu es très élégant dans ton smoking.

La cérémonie passe dans un brouillard. Je suis entièrement concentré sur Emma alors que la voix du prêtre bourdonne en arrière-plan, nous invitant à enfiler les bagues et réciter nos vœux. La rougeur de ses joues, la couleur rose pâle de ses lèvres pulpeuses, l'anneau doré dans ses yeux noisette, sa voix douce et angélique.

— Je vous prononce maintenant mari et femme, annonce le prêtre.

Nos invités nous applaudissent.

Emma passe les bras autour de mon cou et je l'embrasse passionnément, la faisant se pencher sur mon bras. Mon amour, ma vie, mon Emma.

Je la redresse et elle rit.

— Ça, c'était un baiser ! s'exclame-t-elle.

Je l'attire près de moi et lui murmure à l'oreille :

— Attends d'être à ce soir.

— Nous pourrons partir discrètement plus tôt, dit-elle, me prenant le bras et redescendant l'allée.

D'autres acclamations s'ensuivent, des confettis flottent autour de nous et le groupe se lance dans notre hit d'Ignite, *Inferno*.

Emma chante les paroles de la chanson qui était autrefois trop bruyante pour elle. Elle disait qu'elle était tapageuse et qu'elle lui mettait les nerfs à vif. Elle s'est lâchée et elle n'a jamais été aussi heureuse. Elle me le dit chaque fois que je me moque de ses manières guindées et convenables. Elles refont surface de temps en temps, les bonnes manières et la bienséance ayant été forées en elle dès la naissance. C'est pourquoi nous allons passer notre nuit de noces loin du palais, sur le yacht royal. Elle voulait que cela nous remémore notre première expérience nautique (à un niveau bien plus luxueux), et ensuite nous voyagerons vers le sud de la France et l'Italie. C'est sublime à cette époque de l'année.

— Regarde un peu notre gâteau, dit-elle en m'attirant vers une longue table remplie de toutes sortes de pâtisseries.

Au centre se trouve un gâteau blanc à trois niveaux avec une figurine représentant un couple au sommet, qui ressemble de manière frappante à moi et Emma. Le rocker et la princesse – moi avec ma guitare électrique, portant un tee-shirt noir relevé jusqu'aux coudes et un jean troué, et Emma portant une tiare et une robe rose. Même sur cette décoration, nous avons l'air fou amoureux. Attendez une minute, serait-ce… Je me rapproche pour mieux voir.

— Des Coco Pops !

— Je les ai fait ajouter rien que pour toi, déclare-t-elle en souriant et en admirant les Coco Pops qui encerclent les bords de chaque niveau.

— Je me suis dit que tu devrais avoir ta nourriture favorite pour ton mariage.

— C'est génial !

— Je suis impatiente de te l'écraser en pleine face.

Je la dévisage.

— Et à quoi cela ressemblera-t-il, sur notre album de mariage ?

Elle grimace.

— Bon sang ! Regarde un peu ce qui est arrivé. Tu t'es transformé en traditionaliste.

Je ris.

— Je préférerais peut-être verser le glaçage sur toi. Nue.

Son regard s'illumine.

— Quel homme dégoûtant et dépravé tu fais, dit-elle d'une voix rauque.

Elle m'embrasse, sa langue se glissant dans ma bouche de manière complètement désinhibée malgré les invités non loin.

Je romps le baiser.

— Plus tard.

Quelqu'un me donne une tape sur l'épaule et je me retourne.

— Eh, salut.

— Félicitations, fait Lucas.

— Merci, mon pote.

— Merci, dit Emma. Nous sommes très heureux.

Lucas se penche vers Emma et dit d'une voix basse et moqueuse :

— Fuir un autel pour te précipiter si vite sur un autre, Emma. Que vont penser les gens ?

Emma se gratte la joue du majeur.

Je ne peux pas m'empêcher de rire. C'est moi qui lui ai appris ça.

— Il y a eu sept mois entre les autels, rappelé-je à Lucas. Quand c'est le moment, c'est le moment. Je te souhaite le même bonheur.

Il prend un air horrifié.

— Fais attention à ce que tu dis. Tu essaies de me porter la poisse ? Tu ne sais donc pas que je suis le célibataire le plus convoité du monde ? Il y a eu un vote sur internet, et j'ai gagné.

Il arbore un sourire suffisant.

— Ils disent que je suis charmant.

Emma roule des yeux.

— Tu as probablement voté pour toi-même un millier de fois.

Il croise les bras et lui adresse un sourire narquois.

— Je n'en ai pas eu besoin. C'était dans la poche.

Je lui donne un coup d'épaule.

— Mec, je suis impatient de rencontrer la femme qui arrivera à te mettre à genoux.

Il se redresse et parle d'une voix hautaine :

— Je suis un prince, Jackson. Nous ne tombons à genoux pour personne à part le roi et la reine.

Je souris.

— Dans ce cas, je suis impatient de rencontrer ta future reine.

J'échange un regard avec Emma. Nous sourions tous les deux. Nous savons à quel point l'amour peut vous rendre fou.

Une ombre d'inquiétude traverse le visage de Lucas, avant qu'il n'affirme :

— Ça ne risque pas.

Il nous adresse un salut désinvolte et se dirige vers le bar pour rejoindre ses frères.

Nous faisons le tour des invités, les saluant et acceptant les nombreuses félicitations chaleureuses. Après un dîner composé de fruits de mer au soleil couchant, les lumières sont allumées à l'intérieur des tentes où une piste de danse a été installée.

Mon groupe joue une piste spéciale pour la réception, toutes nos chansons à Emma et moi. Personne n'est sur la piste de danse, et je décide que je devrais en profiter.

— Il est temps de danser ensemble, lui dis-je tout en la guidant vers la piste.

C'est un slow, l'une de nos chansons les plus récentes. Dès que notre maison sera construite avec son studio de musique, je vais enregistrer un album avec elle. Juste nous deux. Un duo. Nous le créerons tous seuls pour garder le contrôle créatif total.

Elle sourit.

— Tu sais, c'est la première fois que je danse avec toi. Toute cette musique, et nous n'avons jamais dansé.

Je passe les bras autour de sa taille et l'attire plus près. Ses bras s'enroulent autour de mon cou, ses courbes douces se pressant contre moi.

— Nous avons essayé, une fois, tu te souviens ? Le premier soir où nous nous sommes retrouvés, au Réveillon du Nouvel An.

Elle sourit.

— Oh, je m'en souviens maintenant. Tu essayais d'être

gentil et aimant et j'essayais de me frotter contre toi de manière dépravée.

Elle se frotte subtilement contre moi et je deviens dur comme de la pierre.

— C'est ça, parvins-je à répondre.

— Maintenant, nous n'avons plus qu'à nous torturer l'un l'autre toute la nuit, en utilisant la danse comme préliminaires.

J'étouffe un grognement quand sa main parcourt mon torse. Elle m'excite si facilement, mon corps se souvenant de toute la passion présente chaque fois que nous nous unissons et s'enthousiasmant à l'idée d'en avoir plus.

Elle caresse les cheveux sur ma nuque.

— À moins que... murmure-t-elle d'une voix rauque, nous nous éclipsions pour tirer un coup vite fait dans une cachette secrète que je connais.

Je lui adresse un clin d'œil.

— Je la connais aussi.

Elle rit, un son bas et sexy.

— Rock and roll, bébé.

C'est sa façon de dire que tout est permis. Elle est parfaite, putain.

Peu de temps plus tard, c'est l'heure du gâteau et Emma m'adresse *ce regard*. Celui qui dit j'ai envie de toi. Maintenant.

Je la fais patienter, même si elle est si tentante, à sa façon de se presser contre moi. Je me penche et lui murmure à l'oreille :

— Nous devons faire le truc du gâteau. Ça ira dans notre album de mariage. Pense à nos enfants. Ils vont vouloir voir ça.

Elle m'adresse un regard rayonnant.

— Juste après le gâteau, nous nous éclipsons.

Je ne peux lui refuser ça, je ne peux me le refuser à moi-même.

Nous coupons lentement une énorme part de gâteau, nous donnons une cuillère l'un à l'autre – hors de question de s'écraser le gâteau au visage – et sourions pour l'objectif.

— Prête ? demandé-je.

Elle hoche la tête.

— Il y a juste une dernière chose que j'ai besoin de montrer à nos enfants.

Elle attrape notre figurine tout en haut du gâteau.

— Ça nous ressemble tellement. Je le chérirai pour toujours.

Mes yeux me piquent. J'encadre son beau visage des deux mains et l'embrasse tendrement. Elle me mordille la lèvre inférieure, m'embrassant brutalement, l'intensité du baiser grimpant instantanément.

Je la jette sur mon épaule et retourne vers le palais. Les gens sifflent et nous acclament, mais je me concentre sur la voix d'Emma.

— Ouiii ! siffle-t-elle.

C'est mon Emma toute crachée.

Ne manquez pas le prochain tome de la série Les Rourke, *Royal Charmer*, où Lucas rencontre sa future reine !

Royal Charmer

Alice

Primo, je suis en voyage de noces sur l'île de Villroy sans mon mari, ce qui n'a pas été une décision difficile à prendre, étant donné que mon ex-fiancé a décidé de tomber « malencontreusement » amoureux de ma meilleure amie. Je n'ai pas envie d'en parler.

Secundo, je suis auteure de romance. On vient de m'accorder une extension de délais plus que généreuse et j'ai juré d'employer mon temps de manière productive. Massacrer tous les hommes n'est pas une idée qui séduit mon éditrice. L'ennui, c'est que mon cœur meurtri n'a plus envie d'amour.

Je m'apprête à m'avouer vaincue quand un prince échoue sur mes genoux, son estime au plus bas. Et pour une raison insensée, je décrète que ce serait une bonne idée de jouer sa fiancée. La dernière chose que je veux, c'est m'engager réellement, mais avec de fausses fiançailles, je tiens peut-être la trame de mon prochain livre.

Lucas

Ça me plaît d'être le célibataire royal le plus convoité (internet a voté et j'ai gagné), mais ce n'est absolument pas ce que je suis. J'ai envie de contribuer au royaume, de jouer un rôle dans ma lignée. Je devrais être le PDG de notre nouvelle entreprise, mais mon frère aîné, Gabriel, le roi, me met des bâtons dans les roues, convaincu que je suis trop inconstant.

Alors, quand la femme de Gabriel, Anna, la reine excentrique, m'offre une occasion de prouver ma valeur auprès des banques, avec la seule contrainte d'emmener une fausse fiancée, j'accepte avec réticence. La fin justifie les moyens, et Alice a besoin de ces fiançailles bidon comme inspiration pour son histoire.

Je ne m'attendais pas à tomber amoureux. Et pourtant,

maintenant, me voilà déterminé à convaincre cette femme échaudée par l'engagement qu'elle est faite pour moi.

Inscrivez-vous à ma newsletter afin de ne rater aucune de mes nouvelles publications: Kyliegilmore.com/FRnewsletter

AUTRES LIVRES DE KYLIE GILMORE

La série du Club de Lecture Happy End

Hollywood incognito (Tome 1)

Au-devant des ennuis (Tome 2)

Même pas cap (Tome 3)

Entente formelle (Tome 4)

Erreur sur le bad boy (Tome 5)

Joue avec moi (Tome 6)

Résister au destin (Tome 7)

Une chance de romance (Tome 8)

Un séducteur diabolique (Tome 9)

Un plan désagréable (Tome 10)

Un mariage Happy End (Tome 11)

La série Rourkes

Royal Catch - Version française (Tome 1)

Royal Hottie - Version française (Tome 2)

Royal Darling - Version française (Tome 3)

Royal Charmer - Version française (Tome 4)

Royal Player - Version française (Tome 5)

Royal Shark - Version française (Tome 6)

AU SUJET DE L'AUTEUR

Kylie Gilmore est auteur de best-sellers sur la liste de USA Today tels que la série du Club de Lecture Happy End, la série Rourkes, la série Clover Park et la série Clover Park STUDS. Elle écrit des romances comiques qui vous feront rire, vous feront pleurer et vous donneront un coup de chaud.

Kylie vit à New York avec sa famille, ses deux chats et un chien complètement fou. Quand elle n'est pas en train d'écrire, de courir après ses enfants ou de prendre des notes lors de conférences sur l'écriture, vous la trouverez sur la pointe des pieds, cherchant à atteindre sa cachette secrète de chocolat tout en haut du placard.

www.ingramcontent.com/pod-product-compliance
Lightning Source LLC
Chambersburg PA
CBHW071755190726
48292CB00003B/995